HWANG Bo-reum

BIENVENUE À LA LIBRAIRIE HYUNAM

Roman traduit du coréen par
Hyonhee Lee et Isabelle Ribadeau Dumas

OUVRAGE TRADUIT ET PUBLIÉ AVEC LE SOUTIEN
DE L'INSTITUT CORÉEN DE LA TRADUCTION LITTÉRAIRE
(LTI KOREA, SÉOUL)

Éditions Picquier

Ouvrage publié sous la direction de
LIM YEONG-HEE

Titre original : *Welcome to the Hyunam-dong Bookshop*
어서 오세요, 휴남동 서점입니다

Mas de Vert
B.P. 20150
13631 Arles cedex

www.editions-picquier.com

Mise en page : Atelier Baie

Illustration de couverture © Banzisu

Conception graphique : Picquier & Protière

ISBN : 978-2-8097-1675-7

Un village sans librairie ne mérite pas le nom de village. Il sait très bien qu'il ne peut pas tromper son âme en se qualifiant de village.

Neil Gaiman

Voici ma librairie

Un client faisait les cent pas devant la devanture. Il devait se tromper sur l'heure d'ouverture. Le dos voûté, les deux mains en visière sur le front, il regardait à l'intérieur. Yeong-ju l'a reconnu sans difficulté : c'est le client en costume qui passe à la librairie une ou deux fois par semaine, en sortant du travail.

— Bonjour.

La voix de Yeong-ju l'a fait sursauter ; il a tourné la tête sans bouger et il l'a reconnue. Il a enlevé en hâte les mains de son front, puis, gêné, s'est redressé en souriant.

— Je viens d'habitude en fin de journée, a-t-il déclaré à Yeong-ju qui lui rendait son sourire sans dire un mot. J'ignore ce que pensent les autres, mais moi je vous envie, j'aimerais bien commencer mon travail à l'heure du déjeuner comme vous.

— Vous n'êtes pas le premier à me dire ça, a répondu Yeong-ju, souriant toujours.

Bip Bip Bip Bip.

L'homme s'est détourné pendant qu'elle composait le code ; lorsqu'il a entendu la porte s'ouvrir, il s'est rapproché et son visage s'est détendu devant ce qu'il voyait. Sur le seuil, Yeong-ju l'a invité à entrer.

— Ça sent la nuit et les livres. Venez si l'odeur ne vous incommode pas.

Mais il a reculé en agitant légèrement les deux mains.

— No... non. Je ne veux surtout pas vous déranger en dehors de votre temps de travail. Je reviendrai une autre fois... Il fait vraiment trop chaud aujourd'hui.

Yeong-ju, prenant conscience du soleil qui tapait sur son bras, a confirmé avec un sourire de connivence :

— C'est vrai. Et nous ne sommes qu'en juin.

Pendant un moment, elle l'a suivi des yeux, puis elle est entrée dans sa librairie. Elle se sentait bien ; son cœur se réjouissait, son corps entier se détendait, elle s'abandonnait au plaisir de retrouver son lieu de travail. Elle avait pris la décision de ne plus chercher le sens de mots comme *motivation*, *passion*, ces mots qu'elle ressassait sans fin pour reprendre le dessus. Elle avait compris qu'ils avaient finalement peu d'importance et qu'elle devait se fier à ses sensations. Désormais, elle se posait ce genre de questions : *Est-ce que ton corps se sent bien dans ce lieu ? Existes-tu dans ce lieu ? Est-il vraiment à toi ? T'aimes-tu toi-même dans ce lieu ?* Si elle répondait *oui* à tout, c'était la preuve qu'elle aimait ce lieu. Et c'était le cas de cette librairie.

La chaleur était vraiment forte. Mais elle avait une chose à faire avant d'allumer la clim. Expulser l'air du passé et accueillir l'air nouveau. *Quand pourrai-*

je m'affranchir du passé ? Est-ce que j'attends trop de l'avenir ? Ces pensées qui lui venaient à l'esprit comme une vieille rengaine pesaient sur son cœur, mais elle, comme d'habitude, les repoussait énergiquement en ouvrant les fenêtres une à une.

Yeong-ju a parcouru des yeux sa librairie en s'éventant le visage de la main. Une cliente venant ici pour la première fois aimerait-elle cet endroit ? Suivrait-elle les recommandations de la libraire ? A quoi ressemble une librairie à laquelle les clients font confiance ?

Si elle venait pour la première fois, elle apprécierait surtout l'énorme bibliothèque. Celle qui occupait un mur entier et ne contenait que des romans. Les gens qui, comme elle, aimaient la fiction, réagiraient de la même façon. Mais elle avait appris que beaucoup d'amateurs de livres dédaignaient les romans ; elle l'avait compris seulement après avoir ouvert sa librairie. Les lecteurs de non-fiction ne s'approcheraient même pas de cette bibliothèque.

Des livres tapissant un mur entier, c'était la réalisation de son rêve d'enfant. Petite fille, déjà gourmande de livres, elle disait régulièrement à son père qu'elle voulait une chambre dont les quatre murs seraient couverts de livres. Son père la grondait, lui disait qu'il n'était pas bon d'être trop gourmande, de livres ou d'autre chose, et lui faisait les gros yeux. Elle savait bien qu'il n'était pas vraiment fâché, mais ça ne l'empêchait pas de pleurer. Souvent, elle s'endormait en larmes dans les bras de son père.

Yeong-ju a contemplé sa bibliothèque et s'est retournée vers les fenêtres. Fin de l'aération. Comme d'habitude, elle a fermé les fenêtres en commençant par celle qui se trouvait le plus à droite, elle a allumé la clim et mis l'album *Hopes and Fears* du groupe britannique Keane. Elle l'écoutait presque tous les jours depuis qu'elle l'avait découvert l'an passé, alors qu'il était sorti en 2004.

La voix langoureuse et rêveuse du chanteur a empli la librairie. La journée commençait.

Adieu les larmes

Assise au bureau près de la caisse, Yeong-ju a ouvert sa boîte mail, histoire de vérifier le nombre de commandes passées en ligne. Puis elle a consulté le pense-bête qu'elle avait établi la veille avant de partir. Elle a pris l'habitude de faire des « to-do lists » quand elle était au lycée. Au début, l'idée était de bien baliser sa journée, mais maintenant cela l'apaise. Les listes, tout comme ses lectures, lui donnent confiance en elle, elle sait qu'elle pourra passer la journée sans problème.

Les premiers mois après l'ouverture de la librairie, elle avait perdu cette habitude. Le temps était suspendu. Chaque jour la voyait lutter pour exister. Avant l'inauguration officielle, elle débordait d'énergie, possédée par une force inconnue. Non, il serait plus juste de dire qu'elle avait quasiment perdu l'esprit. Une idée fixe chassait toutes les autres : *Il faut que j'ouvre ma librairie*. Elle a la chance de retrouver de l'énergie dès qu'elle a un objectif. Et là, elle était motivée : elle s'était démenée pour trouver le quartier et l'emplacement de la boutique, pour faire les travaux et commander les livres. Elle s'était même formée au métier de barista.

La librairie Hyunam a ouvert ses portes dans le quartier résidentiel du même nom. Mais comme Yeong-ju se contentait d'ouvrir la porte et de la refermer, son magasin, tel un animal malade, a vite été à bout de souffle. Son ambiance calme avait attiré les riverains, mais ils se sont faits de plus en plus rares. En cause, Yeong-ju elle-même, qui restait assise, le visage blême, comme si son corps s'était vidé de son sang. Les visiteurs qui franchissaient le seuil avaient l'impression de faire intrusion dans son espace intime. Son sourire non plus n'était pas communicatif.

Pourtant certains, comme la maman de Min-cheol, savaient que ce sourire était sincère.

— Tu crois que te voir rivée à ta chaise, ça va attirer les clients ? Une librairie est aussi un commerce. Pourquoi restes-tu assise comme une princesse ? Gagner de l'argent n'est pas facile, tu sais.

La mère de Min-cheol, une jolie femme bien habillée, apprend le chinois et le dessin au centre culturel. Deux fois par semaine, après ses cours, elle s'arrête à la librairie.

— Comment vas-tu aujourd'hui ? Un peu mieux ? lui a-t-elle demandé d'une voix inquiète.

— Je vais toujours très bien, a répondu Yeong-ju, un léger sourire aux lèvres.

Sortant un portefeuille clinquant de son sac à main tape-à-l'œil, la visiteuse a continué :

— Est-ce que tu mesures à quel point tout le monde se réjouissait de l'ouverture d'une librairie dans le quartier ? Et que voit-on, une femme qui reste le cul sur sa chaise, aussi molle qu'un ballon dégonflé. Personne n'ose entrer.

— Ah bon. Je ressemble à un ballon dégonflé ? Il y a pire, a réagi Yeong-ju avec une bonne humeur forcée.

— Donne-moi un Americano glacé, s'il te plaît, a rétorqué la maman de Min-cheol en souriant.

— Je fais exprès d'avoir l'air d'une idiote parce que je suis vraiment trop parfaite, tu sais. Apparemment ça ne fonctionne pas.

— Tu sais que j'ai un faible pour les gens qui ont de l'humour ?

Elle la trouvait drôle. Elle s'est appuyée au bar pendant que Yeong-ju préparait le café.

— Moi aussi, a-t-elle poursuivi comme si elle se parlait à elle-même, j'ai traversé une période comme la tienne. Je n'avais plus aucune énergie, j'étais tout le temps épuisée. Après la naissance de mon fils, j'avais mal partout. Je comprenais pourquoi mon corps me faisait mal, mais mon cœur… pourquoi me faisait-il mal ? Quand j'y repense maintenant, je souffrais de dépression.

— Le café est prêt.

— Le plus dur, c'est que je ne pouvais pas me comporter comme une malade, alors que j'étais vraiment malade. Je pleurais tous les soirs parce que je trouvais injuste de ne pas pouvoir parler de ma souffrance. Je me demande si je me serais sentie mieux si, comme toi, j'avais pu passer du temps à ne rien faire. J'aurais peut-être arrêté de pleurer un peu plus tôt. C'est vrai que j'ai pleuré beaucoup et longtemps. Il faut pleurer quand on a envie de pleurer. Il faut pleurer quand le cœur le réclame. Plus on l'en empêche, plus longtemps on souffre.

Yeong-ju l'écoutait en silence. La maman de Mincheol, la paille entre les lèvres, a aspiré d'un trait son café glacé.

— Plus je te parle de tout ça, plus je t'envie de pouvoir t'abandonner à ce quc tu ressens.

Il est exact que Yeong-ju pleurait souvent pendant les premiers mois. Quand ses larmes coulaient, elle les laissait couler. Lorsqu'un client entrait alors qu'elle pleurait, elle l'accueillait en s'essuyant les yeux. Il faisait semblant de n'avoir rien vu, ne demandait pas ce qui lui faisait de la peine. Elle devait avoir une bonne raison, pensait-il. Evidemment qu'elle avait une bonne raison et elle la connaissait bien. Cette raison, qui rôdait autour d'elle, risquait de la faire pleurer encore longtemps et même pendant toute sa vie.

Et puis un jour, elle s'est aperçue qu'elle ne pleurait plus, alors que rien n'avait changé. Elle se sentait plus légère. Au fil des jours, elle a retrouvé de l'énergie. Chaque matin, elle se réveillait plus forte que la veille. Ça ne lui donnait pas plus de motivation pour s'activer dans sa librairie. En fait, elle lisait avec passion. Comme dans son enfance où elle passait ses journées et ses nuits à lire, riant ou réfléchissant à côté de ses piles de livres. Elle y prenait tant de plaisir qu'elle n'entendait pas sa mère l'appeler quand le dîner était prêt ; elle oubliait sa faim et elle lisait à en avoir mal aux yeux. Si elle pouvait retrouver ce plaisir passé, peut-être pourrait-elle recommencer à vivre.

Avant d'entrer au lycée, elle lisait dès qu'elle le pouvait. Ses parents, pris par leur travail, ne lui faisaient aucune remarque. Après avoir lu tous les romans de la maison, elle avait écumé la bibliothèque. Elle aimait lire des romans, ils la transportaient dans un autre monde sans qu'elle fasse le moindre effort. Le retour à la réalité la décevait à chaque fois, elle se sentait exclue d'un doux rêve. Mais il lui suffisait d'ouvrir un autre livre pour chasser la déception.

Assise à son bureau, Yeong-ju lisait. Se rappeler son adolescence la faisait sourire. Elle a pressé légèrement ses paumes de main sur ses paupières fatiguées, a cligné plusieurs fois des yeux et repris sa lecture. Elle y mettait tout son cœur, comme si elle essayait de renouer avec une amie perdue de vue depuis sa jeunesse. Elle retrouvait leur complicité d'autrefois, lorsqu'elles ne se quittaient pas du matin au soir. Les livres l'acceptaient et la comprenaient telle qu'elle était. Et elle sentait ses forces s'affermir, comme une personne qui prend ses trois repas par jour. En relevant la tête, l'esprit plus clair, elle a enfin saisi la situation de sa librairie.

J'avoue que jusqu'ici, j'ai négligé ma librairie.

Elle s'est mise à garnir les étagères. Elle se renseignait ici et là sur les bons livres. Elle glissait une petite note donnant son appréciation entre les pages de ceux qu'elle avait lus. Pour les autres, elle parcourait les critiques dans les revues et sur Internet pour comprendre les goûts du public. Si un client l'interrogeait sur un livre qu'elle ne connaissait pas, elle faisait des recherches une fois qu'il était parti. Plutôt que de s'efforcer d'attirer plus de clients, elle s'est concentrée sur la librairie elle-même, pour qu'elle ressemble à une librairie. Peu à peu les riverains ont perdu leur regard méfiant. Les personnes sensibles percevaient les changements : la librairie devenait plus attrayante et donnait envie de franchir son seuil. Plus important encore, le visage de Yeong-ju avait changé. Celle qui embarrassait les visiteurs en versant des larmes avait disparu.

Il n'y avait pas que des habitants du quartier, certains venaient de loin. Trois ou quatre clients étaient plongés dans leur lecture.

— Comment ont-ils connu la librairie ? a demandé la maman de Min-cheol, enchantée par ce succès.

— Ils ont vu mon Instagram.

— Tu en as un, toi ?

— Je publie mes commentaires sur les livres et je les place aussi entre les pages, comme tu le vois ici.

— Ils viennent jusqu'ici à cause de tes commentaires ?

— Je publie beaucoup. Le matin, je dis bonjour, je présente le livre que je suis en train de lire, je ronchonne parfois et je dis au revoir à la fin de la journée.

— Je ne comprends toujours pas. Ils viennent jusqu'ici pour ça ? En tout cas, tant mieux pour toi.

Je croyais que tu ne faisais rien parce que tu restais tout le temps assise, mais non, tu étais très occupée !

Depuis qu'elle avait décidé de se consacrer à la librairie, elle avait beaucoup de travail. Elle devait s'activer du matin au soir et il lui était difficile de s'occuper à la fois du café et des livres. Elle a alors cherché un barista et, un jour, elle a affiché une offre d'emploi chez plusieurs commerçants du quartier. Dès le lendemain, Min-jun s'est présenté et le café qu'il a préparé a donné toute satisfaction à Yeong-ju. Elle a retiré toutes les annonces et lui a demandé de revenir le jour suivant. La librairie était ouverte depuis un an environ.

Une année supplémentaire s'est écoulée. Min-jun va pousser la porte dans cinq minutes. En attendant l'ouverture de la librairie à 13 heures, Yeong-ju lira un roman en buvant le café préparé par Min-jun.

Quel est le café du jour ?

Min-jun marchait vers la librairie. Il a regardé avec envie l'homme qui passait près de lui, rafraîchi par le souffle de son mini-ventilateur. Il faisait une chaleur torride et le soleil qui cognait sur sa tête engourdissait ses pensées. *Il ne faisait pas aussi chaud l'an dernier. Mais je me trompe peut-être...* En repensant à la météo de l'an passé, il s'est souvenu du jour où il avait vu l'annonce, alors qu'il parcourait cette même rue :

> Nous recrutons un barista.
> Huit heures par jour, cinq jours par semaine.
> Nous vous communiquerons la rémunération
> lors de l'entretien.
> Soyez le bienvenu si vous savez faire du bon café.

Il fallait absolument qu'il travaille. Préparer du café ou des burgers, faire de la manutention, livrer des colis, scanner des codes-barres, nettoyer des WC, peu importait du moment qu'il gagnait de l'argent. Dès le lendemain, il était passé à la librairie.

Il était 15 heures quand il avait ouvert la porte. Il pensait qu'il y aurait peu de monde. Il avait vu juste :

personne. Une femme qui devait être la propriétaire était assise à une table près de la machine à café. Elle écrivait sur une feuille de la taille de sa paume. En l'entendant entrer, elle a levé la tête et l'a salué des yeux. Le sourire sincère qui éclairait son visage semblait lui dire : « Faites comme chez vous et regardez à votre aise. Je ne vous dérangerai pas. »

Elle s'est replongée dans son travail et Min-jun a décidé de faire un tour parmi les rayonnages. L'endroit était plutôt grand pour une simple librairie de quartier. Des chaises disposées çà et là incitaient les clients à s'installer pour lire sans se soucier d'être observés. Les étagères qui occupaient tout le mur de droite continuaient sur un tiers du mur d'à côté. Entre ces étagères et la fenêtre, s'ouvrait la porte d'entrée. Sous la fenêtre, un meuble de rangement. Les livres n'avaient pas l'air d'être rangés dans un ordre particulier. Min-jun a pris le premier livre qu'il a vu devant lui. Une petite note de la taille d'une paume était insérée à l'intérieur, comme un marque-page :

Finalement, je pense que tout être humain est une île, une île solitaire. Mais je ne crois pas que ce soit une mauvaise chose. On est libre quand on est seul, on a des pensées profondes dans la solitude. J'aime les romans qui décrivent leurs personnages comme des îles. Et si un personnage, cette île solitaire, rencontre au cours de l'histoire un autre personnage, une autre île solitaire… ça aussi, j'aime. « Oh, tu étais là ? Oui, j'étais là. J'étais un peu seul, mais un peu moins maintenant grâce à toi. » Ce roman m'a donné ce plaisir.

Il a remis le bout de papier et regardé le titre. *L'Elégance du hérisson*. Il a imaginé un hérisson bardé d'épines en train de marcher avec élégance. Un hérisson ? Solitaire ? Doté de pensées profondes ? Peut-on dire qu'on est libre parce qu'on est seul et qu'on a des pensées plus profondes dans la solitude ? Min-jun n'avait jamais associé la solitude à la liberté ni à la profondeur de vues. Mais il n'était pas du genre à faire des efforts pour éviter d'être seul. Bien sûr, il était libre, mais avait-il des pensées profondes ? Il n'en était pas sûr.

Il a supposé que le commentaire qu'il venait de lire avait un rapport avec l'occupation de la femme assise à la table. *C'est donc elle qui écrit tout ça ?* Il croyait que dans une librairie, on se contentait de vendre des livres, mais non, pas seulement.

Après s'être promené dans la librairie, Min-jun a jeté un nouveau regard à la machine à café, puis il s'est adressé à la femme :

— S'il vous plaît…

— Oui. Vous avez besoin de quelque chose ?

Yeong-ju s'est arrêtée d'écrire ; elle s'est levée en le regardant.

— En fait, je viens au sujet de l'annonce pour un emploi. Celui de barista.

— Ah oui, l'annonce. Venez vous asseoir ici.

Son visage s'est éclairé comme si elle n'avait

attendu que lui. Elle a posé deux feuilles sur la table, puis elle s'est assise auprès de lui.

— Vous habitez dans le quartier ?

— Oui.

— Vous savez faire du café ?

— Oui, j'ai travaillé dans plusieurs cafés, à temps partiel.

— Vous savez faire marcher cette machine, là-bas ?

— Peut-être, a-t-il répondu après y avoir jeté un regard rapide.

— Alors pouvez-vous me préparer un café ?

— Maintenant ?

— Oui. Deux cafés, s'il vous plaît. On discutera en les buvant.

Ils se sont attablés face à face devant leur tasse. Min-jun regardait Yeong-ju boire son café. Le calme qu'il avait ressenti en préparant la boisson, sûr qu'il était de réussir un café savoureux, a soudain disparu devant le silence de la femme. Après avoir lentement dégusté deux gorgées, elle l'a dévisagé.

— Vous ne buvez pas ? Pourquoi ? Il est bon.

— Ah oui.

Ils ont discuté pendant une vingtaine de minutes. Yeong-ju parlait, Min-jun écoutait. Le café était très bon, elle souhaitait l'embaucher immédiatement. Lui n'était pas contre. Il a répondu d'un oui laconique. Il se consacrerait avant tout à sa fonction de barista pour qu'elle n'ait plus à s'en soucier. Pourrait-il prendre en charge le choix et l'achat du café en grains ? Il a répondu d'un oui laconique.

— Je connais un torréfacteur à qui j'achète toujours le café.

— Oui.

— Il suffit que chacun fasse bien son travail. Bien sûr, on peut se donner un coup de main quand l'un de nous a l'air débordé.

— Oui.

— Ce n'est pas forcément moi qui aurai besoin d'aide. Ça vaut aussi pour vous, je peux moi aussi venir à la rescousse si vous êtes dépassé.

— Ok.

Yeong-ju lui a montré le contrat. Elle lui a passé un stylo-bille pour qu'il le signe s'il était d'accord. Elle en désignait les points l'un après l'autre.

— Vous travaillerez cinq jours par semaine, entre 12 h 30 et 20 h 30. Repos dimanche et lundi. Ça vous va ?

— Oui.

— La librairie est ouverte six jours par semaine. Je ne m'arrête que le dimanche.

— Ah, d'accord.

— Si jamais vous faites des heures supplémentaires – ce qui n'arrivera pas –, elles seront bien sûr payées.

— Oui.

— C'est 12 000 wons de l'heure.

— 12 000 wons ?

— Je pense que c'est un tarif correct pour cinq jours par semaine.

Min-jun a parcouru la librairie des yeux : personne

n'y était entré après lui. Cette femme n'avait sûrement jamais embauché d'employé. Il la trouvait assez naïve : elle était assise là, tranquille, comme si elle s'acquittait d'une tâche aisée.

— En général, le salaire est moins élevé, a-t-il fini par dire, même si ça ne le regardait pas.

Yeong-ju a relevé la tête pour le regarder, puis ses yeux se sont fixés sur le contrat. Elle semblait avoir bien compris ses paroles.

— Je ne l'ignore pas. Ailleurs, c'est difficile. A cause des loyers élevés... Tout ira bien. Ne vous inquiétez pas.

Son regard s'est posé à nouveau sur lui. Distant mais chaleureux. Il lui a plu. Le genre de regard qui donne envie de connaître la personne et de prendre le temps de discuter avec elle. Yeong-ju, de son côté, a aimé son attitude naturelle : il n'essayait pas de l'impressionner. Et malgré tout, il était très poli.

— Pour bien travailler, il faut bien se reposer. Vous ne pouvez pas avoir une vie correcte si vous n'avez pas un salaire correct.

Min-jun a relu le contrat. Donc sa future patronne fixait son temps de travail à cinq jours par semaine, huit heures par jour, pour que son employé puisse se reposer. Et elle évaluait sa rémunération à 12 000 wons de l'heure pour lui garantir une certaine aisance financière. Etait-ce parce qu'elle n'avait aucune expérience ? Ou la librairie marchait-elle bien malgré les apparences ? Il a signé le contrat et elle aussi. Il s'est levé, les papiers à la main.

— Par contre, je fermerai probablement la librairie dans deux ans. Est-ce un problème pour vous ? a-t-elle dit au moment où il partait.

Travailler plus de deux ans ? Son record pour ce genre de job était de six mois. De son point de vue, il n'aurait rien à regretter, même si elle le licenciait le mois suivant.

— Aucun problème, a-t-il répondu.

Un an était passé. Durant cette année-là, ils étaient restés fidèles à leurs tâches respectives. Yeong-ju prenait plaisir à organiser des événements variés et à observer les réactions de ses clients ; Min-jun, taciturne comme d'habitude, sélectionnait les cafés, les achetait et préparait les boissons. Elle s'attendait toujours à savourer ce qu'il faisait. Elle éclatait de rire en le voyant assis, le regard vide, quand il était inoccupé. D'habitude, les patrons n'aiment pas voir leurs employés inactifs… En pensant cela, il lui souriait.

Min-jun est entré dans la librairie en essuyant la sueur qui perlait sur son visage. L'air frais de la clim lui a fait du bien.

— Bonjour, a-t-il dit à Yeong-ju plongée dans sa lecture.

— Ah, te voilà. Il fait très chaud aujourd'hui, non ?

— Oui, c'est vrai.

Il a soulevé la planche et s'est installé au bar, de l'autre côté de la caisse par rapport à Yeong-ju.

— Alors quel est le café du jour ?

Il s'est lavé les mains et a répondu en manière de plaisanterie :

— A toi de deviner.

Après avoir posé une tasse à côté du livre de Yeong-ju, il est retourné à sa place pour l'observer.

— Il ressemble à celui d'hier. Mais en plus fruité. Il est vraiment bon ! a-t-elle dit après un moment de réflexion, et elle a reposé sa tasse.

Min-jun a esquissé un sourire et acquiescé de la tête. Après leur échange habituel, chacun est retourné à ses occupations. Avant que la librairie ouvre, Yeong-ju lira son roman et Min-jun préparera le café dont il aura besoin pour la journée. Quand il aura fini, il trouvera sûrement quelque chose à faire, même si la libraire a déjà tout rangé la nuit précédente.

Des histoires de départ

Jusqu'à ce que la librairie ouvre, Yeong-ju lisait des romans. Elle aimait les romans parce qu'ils lui permettaient de s'abstraire de ses émotions pour s'imprégner de celles des autres. Quand un personnage était triste, malheureux, qu'il souffrait, elle partageait tous ses sentiments. Une fois le livre terminé, elle se sentait prête à comprendre n'importe qui.

Elle lisait pour trouver. Trouver quoi ? Elle ne le savait pas précisément, mais après avoir lu quelques dizaines de pages, elle finissait par saisir ce qu'elle cherchait. Ça lui arrivait assez souvent. Il lui arrivait aussi de savoir d'entrée de jeu ce qu'elle cherchait. Depuis un an, toutes ses lectures tournaient autour d'un même thème : le départ. Partir pour quelques jours ou pour toujours. Chacun a ses raisons pour changer de vie.

On ne te comprend pas. Pourquoi tu ne penses qu'à toi ? C'est ce que tout le monde lui disait. Ces phrases résonnaient sans cesse à ses oreilles, comme des hallucinations auditives. Parfois elles disparaissaient pour mieux l'assaillir plus tard. Et chaque fois que cela arrivait, elle s'effondrait. Pour résister, elle se plongeait dans un roman dont le personnage principal quittait tout.

Elle collectait toutes les histoires possibles de départ. Dans son corps, il y avait un endroit qui abritait tous ces gens qui étaient partis, avec toutes les informations les concernant : la raison de leur départ, leurs sentiments à ce moment-là, le courage dont ils avaient dû faire preuve, leur nouvelle vie, l'évolution de leurs émotions au fil du temps : leurs bonheurs, leurs malheurs, leurs joies et leurs peines. Elle venait les retrouver : elle s'allongeait près d'eux et les écoutait. Ils l'apaisaient.

Elle avait fait taire ses hallucinations en s'intéressant aux femmes qui étaient parties. Cela lui avait donné le courage de se dire : *je n'avais pas le choix*.

Ces jours-ci, elle lisait *Animal triste* de Monika Maron. C'était l'histoire d'une femme qui avait tout quitté : elle avait quitté son mari et sa fille parce qu'elle était tombée amoureuse d'un autre homme. Elle pensait que l'amour était le plus important dans la vie. Elle n'avait donc pas le choix et ne ressentait aucune culpabilité. Et lorsque cet homme la quittait, elle restait seule jusqu'à la fin de sa vie pour conserver le souvenir des moments partagés avec lui.

Yeong-ju trouvait qu'un bon roman était celui qui dépassait ses attentes. Par exemple, *Animal triste* racontait l'histoire d'une femme qui, par amour, quittait sa famille. Le récit se déroulait du point de vue de la femme. Yeong-ju réfléchissait à ce que nous fait faire l'amour. La femme du roman avait la vue qui baissait parce qu'elle portait les lunettes que son amant avait laissées. Porter ces lunettes était une manière de le retenir encore auprès d'elle.

Comment un être humain pouvait-il aimer à ce point ? Comment cette femme avait-elle pu vivre seule pendant si longtemps avec les souvenirs de son amour vieux de quarante ou cinquante ans ? Comment pouvait-elle penser que cet homme était l'unique amour de sa vie ? Yeong-ju l'ignorait. Mais elle aimait l'intensité de ce choix de vie et cette obstination à en faire le centre de son existence.

Elle a levé les yeux de son livre et réfléchi à ce que disait l'héroïne, que la seule chose à ne pas manquer dans la vie, c'était l'amour. *L'amour est-il vraiment ce qui laisse le plus de regrets dans la vie ? Seulement l'amour ? L'amour est-il vraiment si important ?* Yeong-ju pensait que l'amour était une bonne chose, mais elle n'avait jamais pensé que c'était la plus importante de la vie. On pouvait vivre sans aimer. Comme on pouvait vivre uniquement par amour. Et en ce qui la concernait, elle pouvait tout à fait vivre sans aimer.

Pendant qu'elle était plongée dans ses pensées, Min-jun essuyait les tasses à café. Lorsque le réveil a sonné à 13 heures, il a abandonné le torchon et s'est dirigé vers la porte d'entrée ; il a tourné le panneau du côté OUVERT. A ce bruit, Yeong-ju a réintégré la réalité. Elle avait envie de lui demander ce qu'il pensait de l'amour, mais elle s'est ravisée : elle connaissait déjà la réponse. Il répondrait avec réticence :

« Je ne sais pas trop. » Il ne disait pas facilement ce qu'il pensait.

Min-jun est revenu à sa place, a repris son torchon et essuyé les tasses qu'il avait lavées. En le regardant, Yeong-ju se disait qu'elle avait bien fait de ne pas lui poser la question. De toute façon, il n'y avait qu'une bonne réponse : celle qu'elle avait trouvée pour l'instant. Il fallait affronter l'existence et agir selon son cœur. Vient le moment où ce qu'on pensait être juste s'avère ne pas l'être, alors on trouve une autre manière d'être. Et ainsi, la bonne réponse évolue tout au long de notre vie.

— Bon travail, Min-jun, a-t-elle dit.

Quel livre me conseillez-vous ?

Avant d'ouvrir sa librairie, Yeong-ju n'avait jamais eu l'occasion de réfléchir à ses compétences en tant que libraire. Pour elle, il suffisait d'aimer les livres. Mais une fois en contact avec les clients, elle a pris conscience d'un grave défaut : elle n'arrivait pas à répondre aux questions les plus simples : « Quel livre me conseillez-vous ? » « Qu'y a-t-il d'intéressant à lire en ce moment ? » A un client proche de la cinquantaine, elle avait conseillé un livre qui n'avait rien à voir avec ce qu'il demandait :

— J'aime beaucoup *L'Attrape-cœurs* de Salinger. Vous l'avez lu ?

— Non, avait-il dit en secouant la tête.

— Je pense l'avoir lu plus de cinq fois. En fait, ce n'est pas qu'il soit si passionnant que ça... je veux dire, dans un sens général, le genre de livre qui fait rire ou qui tient en haleine. Ce n'est pas du tout ça. Mais comment dire... il existe une dimension du plaisir qui va au-delà de ce que l'on entend d'habitude par plaisir.... Dans ce roman... il ne se passe pas grand-chose d'important. On est dans la tête d'un ado pendant quelques jours. Malgré cela, je trouve sa lecture passionnante.

— A quoi pense-t-il, cet ado ? avait demandé gravement le client.

— A son lycée, à ses profs, à ses parents. C'est la façon dont il voit son univers, avait-elle répondu, un peu nerveuse.

— Et d'après vous, cela pourrait m'intéresser ?

Cette question, posée avec la même gravité, avait laissé Yeong-ju sans voix.

Effectivement, L'Attrape-cœurs *intéresserait-il cet homme ? Pourquoi en ai-je parlé sans vraiment réfléchir ?*

— Désolé, ma question était vraiment stupide. Chacun ses goûts.

Il avait remercié de sa suggestion une libraire désemparée et avait feuilleté quelques publications avant de s'arrêter sur un livre d'histoire, *Voyage en Eurasie. Bon, il aimait les livres d'histoire !* Se souvenant des derniers mots qu'il avait prononcés, Yeong-ju avait été consternée. Un client s'excusait de lui avoir demandé conseil alors que c'était elle qui aurait dû s'excuser de ne pas lui avoir proposé ce qui lui convenait. Elle s'était rendu compte que proposer ses livres favoris n'était pas la bonne méthode et elle avait décidé de devenir une vraie professionnelle. Mais comment ? Eh bien, elle s'était mise à noter ses idées quand elle était à sa table.

Regard objectif :

Adopter sur les livres un regard objectif et proposer

un « bon livre » plutôt qu'un livre que j'aime.

Questions :

Avant de donner un conseil de lecture, poser quelques questions : quels sont les livres que vous avez lus récemment et que vous avez aimés ? Quels livres vous ont touché(e) ? Quel genre de livres aimez-vous ? A quoi vous intéressez-vous en ce moment ? Avez-vous un auteur préféré ?

Malgré cette liste, il lui arrivait d'être confrontée à des demandes qui la mettaient dans l'embarras. Par exemple, que répondre à :

— Conseille-moi un livre qui dégèle mon cœur.

La maman de Min-cheol avait déclaré qu'elle n'avait pas assez d'énergie pour aller au centre culturel et elle avait commandé un Americano glacé. *Un livre qui dégèle le cœur*. Yeong-ju avait besoin de plus d'informations.

— Tu te sens étouffer ?

— Oui. Depuis quelques jours, j'ai comme un morceau d'*injeolmi*[1] en travers de la gorge.

— Il t'est arrivé quelque chose de particulier ?

Le visage de son amie s'est durci soudain et son regard a vacillé. Elle a aspiré en une gorgée la moitié de son Americano. Elle avait toujours l'air aussi abattue.

— C'est à cause de Min-cheol.

Un problème familial. Il arrivait souvent que des

1. Variété de *tteok*, pâtisserie coréenne à base de farine de riz gluant. (Toutes les notes sont des traductrices.)

clients lui racontent des histoires personnelles. Ils avaient probablement l'impression de se confier aux écrivains eux-mêmes. D'après ses lectures, les gens avaient tendance à tout dire aux écrivains qui, pensaient-ils, les comprendraient mieux que leurs amis les plus proches. S'imaginaient-ils qu'une libraire connaissait le cœur humain ?

— Que se passe-t-il avec Min-cheol ?

Son visage lui est revenu en mémoire. Elle l'avait vu peu de temps auparavant : un lycéen de haute taille, mince et beau. Tout comme sa mère, il avait un visage pâle et calme au sourire sincère.

— Il dit que sa vie n'a aucun intérêt.

— Aucun intérêt ?

— Eh oui !

— Pourquoi ?

— Aucune idée. Peut-être qu'il a dit ça en l'air. Mais je me sens mal depuis. Je n'ai plus envie de rien.

Selon sa mère, Min-cheol ne s'intéressait à rien : ni aux études, ni aux jeux vidéo, ni aux copains. Cela ne voulait pas dire qu'il ne faisait rien. Il révisait ses examens, jouait aux jeux vidéo quand il s'ennuyait et passait du temps avec ses amis. Mais son attitude fondamentale était l'indolence. Après les cours, il rentrait directement chez lui, s'allongeait sur son lit, regardait son téléphone, puis il s'endormait. Et c'était tout. Il était dans un état apathique. Il n'avait que dix-sept ans.

— As-tu un livre pour ce genre de situation ? a-t-elle demandé en aspirant une nouvelle gorgée de café.

Yeong-ju avait en tête plusieurs titres à recommander au jeune homme. Il n'était pas rare, dans les fictions, de rencontrer des personnages apathiques ou perdus dans leur propre monde. Mais quel livre recommander à la mère d'un tel adolescent ?

Elle avait beau réfléchir, rien ne lui venait à l'esprit. Aucun roman mettant en scène une mère et son fils, aucun essai sur l'éducation. Elle en avait des sueurs froides. Non parce qu'elle ne trouvait pas de réponse à cette demande précise, mais parce qu'elle avait l'impression que ses propres limites réduisaient l'espace de la librairie. Seuls étaient pris en compte ses goûts, ses centres d'intérêt et ses capacités de lecture. En quoi cela pouvait-il être utile aux autres ?

— Je n'ai aucun titre qui pourrait dégeler ton cœur, lui a-t-elle dit honnêtement.

— Ah bon ? Ça arrive.

— En fait, je pense à un livre, mais il parle des relations entre une mère et sa fille. *Amy et Isabelle*. Une mère vit avec sa fille. Bon, tu sais comment c'est… Elles s'aiment et se détestent en même temps. Ce n'est pas parce qu'on est parent et enfant qu'on se comprend. Après avoir lu ce roman, j'ai pensé qu'il arrive un moment où les enfants doivent absolument quitter leurs parents.

La maman de Min-cheol a semblé convaincue. Elle a insisté pour acheter le livre, alors que Yeong-ju voulait le lui prêter. En la regardant partir, Yeong-ju réfléchissait à l'influence de la lecture. Des mots écrits étaient-ils capables de soulager les souffrances d'un cœur ? Etaient-ils capables de réussir de si grandes choses ?

Une dizaine de jours plus tard, la maman de Min-cheol est passée à la librairie.

— Je n'ai pas beaucoup de temps. Je voulais te dire que j'ai apprécié le livre. J'ai beaucoup pleuré. Ça m'a fait penser à ma mère et moi. Nous nous sommes beaucoup disputées. Tout de même pas autant qu'Amy et Isabelle.

Elle a réfléchi un moment, puis elle a repris, les yeux rouges :

— J'ai surtout aimé la fin, quand la mère appelle sa fille sans arrêt. Là, j'ai vraiment beaucoup pleuré. Je me disais que Min-cheol me manquerait comme ça plus tard. Je le couve trop, il faudrait que je le laisse partir maintenant. Je te remercie vraiment. Je veux que tu me conseilles un autre livre la prochaine fois. Bon, j'y vais.

Elle avait bien aimé le livre que Yeong-ju lui avait conseillé avec hésitation, bien qu'il n'ait aucun rapport avec ce qu'elle avait demandé. Bien sûr, le roman ne lui avait pas dégelé le cœur, mais il lui avait permis de se souvenir de sa mère et de repenser ses relations avec son fils. Avec un tel résultat, pouvait-on dire que son conseil était valable ? Même si un livre ne répondait pas aux attentes du lecteur, celui-ci l'apprécierait-il s'il était de qualité ?

Un bon livre restait-il un bon livre, quelle que soit l'attente du lecteur ?

Oui, peut-être. Même si celui que Yeong-ju

recommandait ne correspondait pas aux goûts du client, ce dernier pourrait malgré tout l'apprécier. Bien sûr, si on conseillait un roman sur un lycéen asocial à un amateur de lectures historiques, ce dernier ne prendrait même pas la peine d'y jeter un coup d'œil. Mais si un jour il avait envie de lire une œuvre de fiction ou de comprendre le comportement de sa fille ou de son fils, peut-être le prendrait-il sur l'étagère ? Peut-être pourrait-il l'apprécier ? Tout est question de timing, toujours et partout.

Alors quels étaient les critères de qualité ? Pour sa part, Yeong-ju pensait qu'il fallait prendre du plaisir à la lecture. Mais elle devait dépasser cette opinion personnelle.

Elle a réfléchi à nouveau. Comment définir un bon livre ?

Un livre qui parle de la vie. Qui ne se contente pas de raconter une histoire, mais qui exprime des pensées profondes.

En se rappelant les yeux rouges de la maman de Min-cheol, elle a cherché d'autres réponses.

Un livre écrit par un auteur qui comprend la vie. Un livre écrit sur une mère et sa fille, sur une mère et son fils, sur lui-même, sur le monde et sur les humains par un auteur qui a une compréhension profonde des choses. Si cette compréhension profonde touche le cœur du lecteur, si elle aide le lecteur à comprendre la vie, ne s'agit-il pas d'un bon livre ?

Un temps pour se taire, un temps pour parler

Accueillir les clients, préparer le café, établir une liste de livres à commander… le temps file vite. Cependant, il arrive un moment où il n'y a plus rien à faire : aucun client, aucun besoin de café. Yeong-ju et Min-jun étaient seuls dans la librairie. C'était le moment dont la libraire voulait faire un temps de repos. Au lieu d'en profiter pour ranger des livres, elle a disposé des fruits sur une assiette, qu'elle a passée à son employé. Comme s'il n'attendait que ce signal, il lui a tendu une tasse de café fraîchement préparé.

Le silence s'est installé, mais il ne dérangeait pas Yeong-ju. Elle était heureuse de n'avoir pas à parler, même si elle était dans la même pièce qu'une autre personne. Bien sûr, entamer une conversation alors qu'on n'a rien à dire peut être considéré comme de la bienveillance. Sauf que cela conduit parfois à ne pas se prendre en compte soi-même : à force de parler de choses et d'autres, on ressent un grand vide et on a envie d'arrêter le plus vite possible.

Depuis qu'elle partageait l'espace avec Min-jun, elle avait appris la valeur du silence : il reflète la considération que l'on a envers soi et envers autrui.

Aucune obligation d'aligner des phrases en dévisageant son interlocuteur. En plus, le silence procure un calme naturel auquel elle s'est habituée.

Min-jun ne faisait pas grand-chose pendant ces moments qui pouvaient durer plus d'une demi-heure. Il ne sortait même pas son téléphone, sur lequel, d'ailleurs, Yeong-ju ne l'avait jamais appelé, alors que son numéro était indiqué dans son CV. Il lisait parfois, mais apparemment sans y prendre plaisir. Il travaillait sur ses grains de café, à la manière d'un chercheur. Elle se demandait pourquoi il y consacrait son temps libre, mais elle avait vite compris : comme le goût du café s'améliorait au fil des jours, il était évident qu'il prenait très au sérieux son rôle de barista.

A quel point Min-jun est-il taciturne ? Sur ce thème, elle connaît quelqu'un prêt à papoter avec elle toute une journée. Il s'agit de Jimi, la patronne d'une entreprise de torréfaction qui approvisionne la librairie Hyunam. C'est d'elle que Yeong-ju tient toutes ses connaissances sur le café. Elles se sont tout de suite bien entendues : Yeong-ju aime raconter des anecdotes et Jimi, les écouter. Leur différence d'âge – plus de dix ans – ne leur pose aucun problème.

Au début, Jimi venait à la librairie. Passé un certain temps, elles se sont vues chez Yeong-ju. Quand la libraire rentre chez elle, il lui arrive de trouver Jimi accroupie devant l'immeuble, qui se lève en s'époussetant les fesses. La visiteuse apporte toujours de quoi manger. Les liens se sont vite resserrés. Elles parlent de tout, sans aucune réticence. Cela peut donner une conversation sans queue ni tête, mais peu importe. Quand un sujet est épuisé, un autre vient sur le tapis. Et plutôt que de longs monologues qui se répondent, c'est entre elles un échange de courtes phrases, comme une partie de ping-pong.

Un jour, il leur est arrivé de parler du mutisme de Min-jun autour d'un verre de bière.

— Il n'ouvre pas la bouche. Au début, on aurait dit un robot : « bonjour », « bonsoir », c'est tout.

L'air concentré, tout en mâchant du calamar séché, Jimi a repris :

— Curieusement, il répond toujours. C'en est même surprenant.

— C'est bien vrai ! Il répond comme il faut. C'est pour ça que je me sens libre quand je parle avec lui. Je trouvais étrange de ressentir ça, mais en fait, c'est parce qu'il renvoie toujours la balle.

— Il n'est pas le seul de son espèce. Tous les hommes sont comme ça, a dit Jimi, la bouche toujours pleine de calamar. Une fois mariés, ils ne disent plus un mot. Et ça signifie qu'ils s'ennuient dans leur vie conjugale.

Yeong-ju s'est représenté un moment des maris essayant de surmonter l'ennui par le silence, puis elle a dit :

— Au début, je croyais qu'il restait muet parce qu'il ne m'aimait pas.

— Ma parole, tu es parano ! On t'a déjà détestée ?

— En fait… Je n'avais pas le temps de m'attarder

auprès des autres. C'était comme ça : j'allais droit devant moi, comme une folle, en faisant claquer mes talons. Et un jour, je me suis arrêtée pour regarder autour de moi. Personne ne faisait attention à moi. J'étais invisible. Personne ne me proposait de partager un gâteau, par exemple, ou autre chose. Est-ce que cela veut dire que tout le monde me haïssait ?

— Sûrement.

— Hélas oui ! a soupiré Yeong-ju avec emphase.

Soudain, Jimi a retiré le morceau de calamar de sa bouche, comme si elle avait une révélation à faire.

— Waouh, j'ai compris !

— Quoi donc ?

— Min-jun ne nous parle pas parce que nous avons un certain âge, nous sommes des *ajumma*[1], quoi. Tu ne crois pas ?

— Mais non, c'est faux. Il n'y a pas une grande différence entre lui et moi.

Yeong-ju, les mains près du visage de son amie, a replié ses deux pouces.

— Huit ans ? Alors, il a plus de trente ans.

— Il avait trente ans quand il est entré dans la librairie pour la première fois.

— Ah bon ? Huit ans, ce n'est pas beaucoup, en effet. Par ailleurs, je le trouve un peu changé, tu n'as pas remarqué ?

— Changé ?

— Il parle un peu plus qu'avant.

1. Le terme désigne une femme mariée avec des enfants ou une femme d'âge mûr. Il a pris une connotation péjorative au fil du temps.

— Tu trouves ?

— Il me pose des questions et je l'ai même vu rire avec mes employés.

— C'est vrai ?

— Il est mignon.

— Mignon ?

— Oui, je le trouve mignon quand il se concentre sur quelque chose et qu'il ne dit rien.

— Sur quelque chose ?

— Je trouve très mignons les jeunes gens qui se concentrent sur une chose précise. Je les chouchoute.

Au début, Min-jun se demandait pourquoi Yeong-ju lui proposait toujours cette assiette de fruits. Maintenant, il l'acceptait simplement. Il avait compris que les fruits, tout comme des biscuits ou du pain que l'on grignote quand on a faim, faisaient partie des choses que Yeong-ju jugeait indispensables au bien-être de son employé. Il n'aimait pas les fruits, mais plus il en mangeait, plus il y prenait goût, au point de se sentir en manque quand il n'en mangeait pas. Les jours où il ne travaillait pas, il en achetait. Une habitude s'était installée.

Quand Yeong-ju lui proposait des fruits, cela marquait le début de la pause. Parfois des clients arrivaient avant qu'il ait le temps d'en profiter, mais aujourd'hui, vingt minutes de calme étaient déjà passées. Dans ce cas-là, Yeong-ju dégustait ses fruits en lisant l'un des livres empilés à côté d'elle. Elle remettait derrière ses oreilles ses cheveux qui lui arrivaient aux épaules et s'appuyait de tout son corps contre le livre. Au bout d'un moment, elle a levé la tête et, les yeux dans le vague, s'est abandonnée à ses réflexions. De prime abord, on l'aurait dite absente, mais non. Elle a demandé à Min-jun :

— Min-jun, tu crois qu'on doit partir quand on trouve sa vie insipide ?

Aujourd'hui encore, elle posait la même question, le menton dans la paume de la main. Avant, il ne répondait pas, il pensait que cela faisait partie de son monologue. Maintenant il a bien compris que ce n'est pas le cas.

— Tu sais, certaines personnes abandonnent leur vie du jour au lendemain et vont la refaire ailleurs. Seront-elles heureuses là où elles seront ?

Cette fois encore, Yeong-ju a tourné la tête vers lui et lui a posé cette éternelle question. Aujourd'hui encore, il était difficile d'y répondre. Pourquoi pose-t-elle toujours ce genre de questions ? « Eh bien… » Telle a été sa réponse, dc pure forme, pour éviter d'être malpoli s'il se taisait.

A chaque question de Yeong-ju, la réponse de Min-jun oscillait entre « oui » et « eh bien… ». Que dire d'autre ? Comment pourrait-il savoir si leur nouvelle vie rendra heureux ceux qui partent ?

— Dans le roman que je lis, un homme rencontre une femme par hasard, sur un pont. Une femme un peu étrange d'allure. Cette rencontre est pour lui, qui vit en Suisse, l'occasion de prendre un train pour le Portugal. Pas pour un simple voyage, pour toujours.

Parce qu'il est curieux. Pourtant sa vie n'était pas désagréable, même si elle était monotone. Certaines personnes sont discrètement exceptionnelles. Seuls ceux qui les connaissent s'en rendent compte, alors que le reste du monde l'ignore. Cet homme était ce genre de personne. Il a tout quitté du jour au lendemain, comme s'il avait attendu ce moment toute sa vie. Que trouvera-t-il au Portugal ? Sera-t-il heureux là-bas ?

Yeong-ju, qui d'habitude a les pieds sur terre, vagabondait dès qu'elle se plongeait dans un roman. Min-jun trouvait cela amusant. Elle ressemblait à une personne qui rêve à moitié : elle voyait la réalité d'un œil et ses rêves d'un autre. Il n'y a pas longtemps, elle lui a posé une question sur le sens de la vie.

— Min-jun, tu crois que la vie a un sens ?

— Pardon ?

— Moi, je pense que non.

— …

— Parce qu'il n'y en a pas. C'est à chacun de nous de trouver le sens qu'il donne à sa vie. En plus, la vie d'une personne change en fonction du sens qu'elle lui donne.

— … D'accord.

— Mais je n'arrive pas à le trouver.

— Trouver quoi ?

— Le sens. Où puis-je le trouver ? Dans l'amour ? Dans l'amitié ? Dans les livres ? Dans la librairie ? Difficile de répondre.

— …

— Ce n'est pas parce qu'on a envie de le trouver qu'on le trouvera tout de suite. N'est-ce pas ?

Min-jun l'a regardée sans rien dire. Elle a continué de parler, comme si de rien n'était.

— Le sens de ma vie... pas facile de le trouver. C'est normal. Mais je veux vraiment le trouver... Hum... Si je n'y arrive pas... cela veut dire que ma vie n'a aucun sens, non ?

Qu'est-ce qu'elle raconte ?

— ... ... Eh bien...

Elle ne semblait pas attendre de réponse, mais poser ces questions simplement pour mettre un peu d'ordre dans les pensées qui tourbillonnaient dans sa tête. Ce devait être la raison pour laquelle elle ne lui faisait pas de reproches, même s'il ne répondait que par des « eh bien... ». Elle se perdait dans ses pensées comme dans un océan de nuages d'où elle tirait de l'énergie avant de reprendre pied dans la vie réelle. C'était sa façon de se ressourcer. Min-jun l'avait compris peu à peu.

A ses côtés, lui aussi se perdait parfois dans ses pensées. Il lui arrivait de rêver. Un vrai rêve, pas une rêverie à propos d'espoirs ou d'objectifs futurs. Un rêve comme celui qui avait ému l'homme qui était parti pour le Portugal. Il ne savait pas si l'homme serait heureux ou malheureux là où il arriverait. Mais il était clair que sa vie serait totalement différente de celle qu'il avait menée jusque-là. Est-ce que cela ne suffisait pas ? Que demain ne ressemble en rien à aujourd'hui ? Pour tous ceux qui rêvaient de lendemains différents plusieurs fois par jour, c'était le modèle même d'un rêve devenu réalité. Telles étaient ses pensées.

Rencontres avec les auteurs

C'est en vogue en ce moment, dans chaque quartier s'ouvrent de petites librairies indépendantes. Et elles ont de plus en plus tendance à devenir des « espaces culturels » et à proposer des événements variés comme des rencontres, des concerts, etc. Mais tous les libraires ne suivent pas cette mode. S'agit-il d'une façon d'attirer les clients ? En tout cas, c'est une bonne méthode car se contenter de vendre des livres ne permet quasiment jamais de gagner sa vie.

Au début, Yeong-ju pensait uniquement vendre des livres. Petit à petit, elle s'est rendu compte que cette activité ne générait pas à elle seule assez de bénéfices. C'est vrai, elle n'avait qu'un seul employé, mais elle devait se pencher davantage sur la question des recettes car elle avait tout de même une responsabilité d'employeur à assumer. Elle a donc pris la décision d'ouvrir aussi le vendredi soir.

Rencontres avec les auteurs, concerts, expositions : elle pouvait proposer différents événements. La librairie en était le cadre et Yeong-ju et Min-jun pouvaient continuer de travailler comme d'habitude. Il y avait aussi des activités de promotion : coller une affiche sur un panneau devant la librairie, publier sur les réseaux sociaux un lien vers le formulaire d'inscription à la soirée, et ainsi de suite. Au début, Yeong-ju craignait que cela dérange les clients qui venaient pour lire, mais il s'est passé tout le contraire.

Nombreux étaient ceux qui, venus pour acheter un livre ou pour en feuilleter, prenaient plaisir aux lectures données par les auteurs ou aux concerts. Tous ceux qui achetaient un livre ou une boisson étaient dispensés de réservation à condition de payer la modique somme de 5 000 wons comme frais de participation. Les rencontres avec les auteurs avaient lieu le deuxième mercredi de chaque mois, et le club de lecture, le quatrième mercredi. Pendant les six premiers mois, Yeong-ju a animé le club de lecture, mais assez vite, elle s'est déchargée de cette fonction. Elle a proposé à deux ou trois personnes assidues de devenir médiatrices à tour de rôle : elles devaient choisir les livres et diriger les débats.

Mais c'est elle qui animait les rencontres. C'était un défi qu'elle avait relevé, car elle voulait poser aux écrivains toutes les questions qui lui passaient par la tête. Elle voulait aussi en faire le signe distinctif de sa librairie : des rencontres animées par la libraire elle-même. Elles étaient enregistrées et leur contenu retranscrit sur le blog et les réseaux sociaux. Les auteurs appréciaient les rencontres, et encore plus les articles qui suivaient, très bien rédigés et structurés.

Pour l'instant, les soirées avaient lieu les mercredis

et vendredis, mais elle hésitait à continuer. Lorsque la charge de travail est adaptée à l'employé, il continue d'y trouver de l'intérêt. Raison pour laquelle Yeong-ju était très attentive à ne pas submerger Min-jun : il ne travaillait qu'une demi-heure supplémentaire lors des clubs de lecture et des rencontres.

Quant à elle, ces rencontres la plongeaient toujours dans l'angoisse. *Pourquoi ai-je eu envie de me lancer là-dedans alors que je suis timide et que je n'aime pas parler en public ?* se disait-elle. Mais dans le feu de l'action, elle n'avait plus aucun regret. Elle adorait parler avec l'auteur de ce qui l'avait intéressée dans son roman. Voilà pourquoi elle ne pouvait pas abandonner.

Quand elle était enfant, elle croyait que les écrivains n'allaient pas aux toilettes, qu'ils ne se souciaient pas de faire trois repas par jour et qu'ils vivaient en solitaires misanthropes.

Mais ceux qu'elle avait rencontrés lors de ces soirées s'étaient révélés beaucoup plus ordinaires et amicaux qu'elle ne l'avait imaginé. Ils se demandaient chaque jour s'ils avaient du talent. Ils ne buvaient pas, menaient une vie plus réglée que des employés de bureau, faisaient du jogging tous les jours parce qu'ils pensaient que pour continuer à écrire, ils devaient être en bonne santé. Un écrivain qui restait rivé à sa table sept heures par jour et n'avait pas d'autre gagne-pain lui avait confié, après la rencontre : « Je voulais juste essayer. Au lieu de me demander si j'en étais capable ou non, je voulais essayer d'écrire. J'avais envie de vivre comme ça au moins une fois dans ma vie. »

Certains étaient encore plus timides qu'elle et n'osaient même pas croiser son regard. L'un d'eux avait dit qu'il s'était mis à l'écriture parce qu'il n'était vraiment pas doué à l'oral. Il avait fait rire le public quand il avait expliqué qu'il parlait lentement parce qu'il n'était pas intelligent. Yeong-ju avait ressenti un étrange soulagement en découvrant la lenteur avec laquelle les écrivains s'exprimaient au lieu d'enchaîner les arguments avec aisance. Elle s'était dit qu'elle devrait essayer de vivre comme eux, lentement et avec prudence, même si elle les trouvait naïfs et maladroits lorsqu'ils s'exprimaient.

La rencontre du lendemain aurait pour thème « 52 histoires qui nous rapprochent des livres ». Elle s'apprêtait à recevoir Lee Ah-reum, l'autrice de *Je lis tous les jours*. Après avoir lu la moitié de son livre, elle avait eu envie de la rencontrer. Une fois sa lecture terminée, elle avait préparé un mémo contenant plus de vingt questions. Elle n'avait eu aucun mal à établir cette liste, preuve qu'elle avait beaucoup de sujets à aborder avec l'autrice.

Q & R avec l'autrice

(Mise à jour du blog : 22 h 30. Heure de publication du résumé sur Instagram : 22 h 41)

Yeong-ju : C'est agréable de prendre conscience qu'on ne lit pas nécessairement pour rechercher le succès (rires). Je suis bien d'accord avec vous là-dessus.

Ah-reum : Et je pense que vous avez tout à fait raison (rires). On dit couramment que la lecture éclaire notre vision des choses et qu'elle nous permet de mieux comprendre le monde. Cette compréhension nous rend plus forts et certains associent cette force à la réussite. C'est vrai qu'on devient plus fort, mais on souffre davantage.

Un livre peut révéler une douleur qui nous est totalement étrangère, car notre expérience est limitée. Nous découvrons quelque chose qui nous était jusque-là caché, qui faisait partie d'un autre monde. Ce n'est pas le chemin le plus facile vers le bonheur. Voilà pourquoi, à mon avis, on s'éloigne au contraire du succès quand on lit. Lire ne nous place pas devant ou au-dessus des autres, mais nous aide à les accompagner.

Y-j : Accompagner…

A-r : Et alors, nous rencontrons le succès, mais sous une autre forme.

Y-j : Laquelle ?

A-r : On devient plus humain. Au fil de la lecture, on développe son empathie. Dans un monde tourné vers une course éternelle à la réussite, la lecture permet de faire une pause pour regarder autour de soi. Je crois que plus le nombre de lecteurs augmente, plus le monde devient meilleur.

Y-j : Il y en a qui disent qu'ils n'ont pas le temps de lire. Vous-même, lisez-vous beaucoup ?

A-r : Pas vraiment. Un livre tous les deux ou trois jours.

Y-j : C'est beaucoup ! (rires).

A-r : Ah bon ? (rires). Tout le monde est très occupé actuellement, alors on lit de façon très discontinue, quand on a une miette de temps libre : un peu le matin, un peu à l'heure du déjeuner, un peu le soir, un peu avant de s'endormir. Même mis bout à bout, cela ne représente pas tant de temps que ça.

Y-j : Vous avez dit que vous lisiez plusieurs livres en même temps.

A-r : Je suis un peu dispersée... Même si un livre m'intéresse, je me lasse vite si je ne lis que lui. Alors, j'en prends un autre. On pourrait penser que tout cela se mélange dans ma tête, mais pas du tout.

Y-j : Et il ne vous arrive pas d'oublier ce que vous avez lu ?

A-r : Hum... Je ne cherche pas à mémoriser quand je lis. Bien sûr, il vaut mieux se souvenir de ce qu'on a déjà lu avant d'attaquer la suite. Si j'ai vraiment un trou de mémoire... En fait, ça ne m'est jamais arrivé. Je me souviens généralement suffisamment, et si ce n'est pas le cas, je reprends la partie que j'ai déjà lue et marquée au crayon.

Y-j : Dans votre dernier livre, vous dites que vous n'accordez pas d'importance à la mémoire... C'est possible ? (rires).

A-r : (rires). Oui, ce n'est pas impossible. Comment dire ? J'ai souvent l'impression que le livre reste gravé dans le corps et non dans la mémoire. Ou alors, dans une mémoire au-delà de la mémoire, je veux dire la mémoire inconsciente. Je pense que, même si je ne m'en souviens pas, une certaine phrase ou une certaine histoire peuvent m'aider lorsque je suis confrontée à un choix. Presque tous les choix que je fais reposent sur ce que j'ai lu. Je ne me souviens pas de tous les livres, mais ils ont une influence sur moi. Alors, est-il vraiment nécessaire de se focaliser sur la mémoire ?

Y-j : Ce que vous dites me rassure. Moi, je ne me souviens plus de ce que j'ai lu il y a un mois.

A-r : De même pour moi. Je suppose que c'est pareil pour tout le monde.

Y-j : Il paraît qu'on ne lit plus beaucoup. Qu'en pensez-vous ?

A-r : Pour écrire ce livre, je suis allée pour la première fois sur Instagram. J'ai été très étonnée. J'ai découvert qu'il y avait beaucoup de lecteurs et qu'ils lisaient à un rythme très soutenu. Je me suis dit que la communauté de lecteurs ne disparaîtrait jamais. Même si ce sont des personnes à part, qui constituent une infime minorité. J'ai lu il y a peu de temps que la moitié des Coréens adultes ne lisaient même pas un livre par an. A mon avis, ce n'est pas un problème individuel. Nous sommes trop occupés et nous n'avons ni le temps ni la disponibilité psychologique. C'est ainsi que fonctionne la société.

Y-j : Vous voulez dire que pour que nous puissions lire, il faudrait que la société s'améliore ?

A-r : Eh bien… je ne veux pas attendre que la société s'améliore. Elle s'améliorera quand le nombre de lecteurs augmentera et qu'ils développeront leur empathie à l'égard de leurs semblables.

Y-j : Que faut-il faire alors ?

A-r : Je n'ai pas de solution miracle (rires). En fait, les gens ont toujours envie de lire. A mon avis, beaucoup de gens pensent qu'ils devraient lire. Que doivent faire ceux qui ont envie de lire mais qui n'y arrivent pas ?

Y-j : ...

A-r : La réponse est connue. Seuls les débuts sont difficiles, ensuite, l'habitude s'installe et cela va tout seul (rires). Alors, comment commencer ? Bon, le moment est venu de dire que mon livre a été écrit spécialement pour ces personnes-là (rires).

Y-j : Dans ce livre, vous parlez de minuteur... Lorsque vous avez du mal à lire, vous utilisez un minuteur.

A-r : Si vous n'arrivez pas à vous concentrer sur ce que vous lisez, réfléchissez à ce qui vous intéresse en ce moment ; vous n'aurez aucun mal à trouver, c'est instinctif. De nos jours, beaucoup de gens ont envie de changer de travail. Et il existe une quantité de livres écrits par des personnes qui ont changé de métier. Alors, lisez simplement ces livres.

Avez-vous envie d'émigrer ? Lisez des livres sur l'émigration. Pensez-vous avoir perdu l'estime de vous-même ? Avez-vous perdu contact avec votre meilleur ami ? Etes-vous déprimé ? Lisez un livre sur le sujet qui vous préoccupe. Pour ma part, quand je reprends un livre que j'avais abandonné un moment auparavant, j'ai du mal à fixer mon attention. Je me disperse et j'abandonne. Pour m'y remettre, j'utilise le minuteur de mon smartphone que je règle sur vingt minutes et je lis. Quoi qu'il arrive, je lis jusqu'à ce que la sonnerie retentisse. C'est ce qu'il faut faire. Les contraintes aident à se concentrer. Et quand les vingt minutes se sont écoulées ? Eh bien, continuez de lire ou faites tout autre chose. A vous de voir. Si on lit trois fois vingt minutes, une heure est déjà passée ! Lisons donc trois fois vingt minutes par jour, et nous aurons réussi à lire une heure par jour.

Des chèvres et du café

Quand Min-jun a commencé à travailler à la librairie, le café en grains était livré deux fois par semaine. Il était emballé sous vide pour lui conserver tout son arôme. Mais ces derniers temps, Min-jun passe chez Goatbean tous les deux jours en allant au travail, en partie pour prendre le café qu'il a commandé, en partie pour discuter avec Jimi des différents crus qu'il se propose d'essayer.

Goatbean est une entreprise de torréfaction à laquelle s'est adressée Yeong-ju dès l'ouverture de sa librairie. Elle cherchait un torréfacteur qui lui fournirait un café de qualité et un service efficace ; heureusement pour elle, il existait un tel endroit dans son quartier. Jimi, la gérante de ce magasin, faisait même preuve d'une grande conscience professionnelle : elle passait à la librairie une fois par semaine pour s'assurer que Yeong-ju préparait correctement le café. Occasionnellement, elle s'acquittait elle-même de cette tâche pour les clients de la librairie ; elle disait que, quelle que soit la qualité du café, le goût changeait selon les compétences du barista.

Tout naturellement, elle a accouru à la librairie dès qu'elle a su qu'un barista avait été recruté. Se faisant passer pour une cliente, elle a goûté plusieurs fois le café préparé par Min-jun. Elle communiquait ce qu'elle pensait de sa dégustation à Yeong-ju avant de regagner sa boutique.

— Il est bien meilleur que le tien, me voici rassurée.

— Sérieux ?

— Oui, je suis sérieuse.

Finalement, Jimi a révélé son identité au bout de quatre jours.

— Min-jun, vous ne savez pas qui je suis, n'est-ce pas ?

Le jeune homme a fixé cette cliente avec qui il ne s'était jamais entretenu auparavant.

— Je suis la personne qui a torréfié le café que vous avez entre les mains.

— Vous êtes la torréfactrice de Goatbean ?

— Oui, c'est ça. Min-jun, que faites-vous demain à 11 heures ?

Sans attendre la réponse du jeune homme qui réfléchissait à ce que cette invitation signifiait, elle a ajouté :

— Venez dans mon magasin. En tant que barista, vous devez savoir d'où vient le café que vous utilisez, comment il est produit et torréfié.

Dès le lendemain, Min-jun a pris le chemin de Goatbean, manquant pour la première fois son cours de yoga, lui qui n'y était jamais arrivé en retard. Lorsqu'il a ouvert la porte, il a découvert une petite salle pareille à celle d'un café. Et au-delà d'une porte qui s'ouvrait au fond de cet espace, les machines à torréfier s'alignaient.

Il a trouvé que ces machines ressemblaient aux taille-crayons que l'on utilise en tournant une manivelle, mais en beaucoup plus grand. Et puis elles torréfiaient des grains de café. Pendant que trois torréfacteurs s'affairaient, chacun devant sa machine, Jimi, assise à une table, était occupée à trier.

— Je suis en train d'écarter les grains défectueux.

Elle n'a pas laissé à Min-jun le temps de s'asseoir ; tout en continuant son travail, elle lui a expliqué :

— Cette étape s'appelle le triage manuel. Regarde : si l'on compare ces grains avec les autres, on voit qu'ils sont plus sombres. C'est parce qu'ils proviennent d'un fruit pourri. Celui-là est marron parce qu'il est pourri. Sens-le. Il a une odeur aigre, non ? Il faut trier tous les grains avant de les torréfier.

Min-jun s'est mis lui aussi à trier, comme Jimi. Elle, sans s'arrêter une minute, observait les gestes du jeune homme.

— Sais-tu ce que signifie *goat* ?

— Eh bien… chèvre.

— Tu comprends maintenant pourquoi le magasin s'appelle Goatbean ?

— Euh… les chèvres ont donc quelque chose à voir avec le café ?

— Bravo, tu comprends vite. J'adore ! Ah, fini !

Jimi s'est levé brusquement et a conduit Min-jun vers le torréfacteur de gauche. Il triait manuellement les grains qui venaient d'être torréfiés. Jimi lui a expliqué que le café avait meilleur goût si on le triait manuellement une seconde fois.

— C'est le café que tu vas prendre aujourd'hui. Il ne reste plus qu'à le moudre, a-t-elle dit.

Tous trois se sont dirigés vers le moulin à café.

— Selon le degré de mouture, la poudre est plus ou moins fine, et la méthode d'extraction diffère selon la finesse de la mouture. Le café que tu fais est délicieux, a continué Jimi en regardant Min-jun qui l'écoutait sans rien dire, mais un peu amer. J'ai pensé que c'était dû à une extraction excessive et j'ai choisi de moudre les grains un peu plus grossièrement. Depuis il n'a plus ce goût amer. Tu as remarqué ce changement ?

— Je croyais que le goût avait changé parce que j'avais modifié le temps d'extraction, mais ce n'était pas ça, a répondu Min-jun, l'air de penser à autre chose.

— Tiens, toi aussi, tu as essayé quelque chose de ton côté !

Pendant que les grains étaient moulus, Jimi a donné toutes sortes d'informations à Min-jun sur le café. Une légende prétendait que c'étaient des chèvres qui avaient permis la découverte du café. Un berger aurait découvert l'existence d'un caféier en voyant ses chèvres gambader comme des folles après avoir mangé les petites baies rondes et rouges.

— C'est pour ça que j'ai décidé d'appeler mon magasin Goatbean. Je n'ai pas eu envie de chercher un autre nom.

Jimi a expliqué que personne ne montrait moins de résistance qu'elle à la caféine. Malgré cela, elle aimait tellement le café qu'elle en buvait trois ou quatre tasses par jour. *Elle doit avoir du mal à dormir si elle en boit autant*, a pensé Min-jun. Jimi a poursuivi comme si elle avait lu dans ses pensées :

— Je n'en bois jamais après 17 heures. Et si malgré tout je n'arrive pas à dormir, il me suffit de boire une bière. Pour en revenir à ce qui nous occupe, le caféier est un arbre à feuilles persistantes et les grains de café sont les graines de ses fruits. Il existe deux grandes familles de cafés : l'Arabica et le Robusta. Goatbean s'intéresse principalement à l'Arabica. Parce que c'est le meilleur. Et sais-tu ce qui détermine l'arôme du café ?

— Non.

— C'est l'altitude. Les plants cultivés dans les plaines sont doux, ceux qui sont cultivés dans les hauteurs ont une bonne acidité et un parfum fruité ou floral complexe. Comme Yeong-ju aime particulièrement les cafés fruités, je lui en fournis toujours qui ont cette saveur.

Au début, Min-jun passait chez Goatbean une fois par semaine, puis il a rapproché ses visites et en est venu à modifier ses horaires de yoga. Il apprenait à décoder l'ambiance du magasin. Si l'atmosphère était tendue, cela signifiait que Jimi était très en colère. La plupart du temps, à cause de son mari. Un jour, il s'est demandé si son mari n'avait pas des affinités avec la licorne. Personne ne l'avait jamais vu dans le magasin. Un être qui ne vivait que dans l'imagination de Jimi et qui était le réceptacle de toutes ses insultes.

Une photo vue par hasard a dissipé ses doutes. On y voyait Jimi âgée d'une trentaine d'années et un homme qui devait être son mari, souriant tous les deux. Jimi lui a dit qu'elle avait été prise l'année de leur mariage, qu'elle était souvent tentée de la déchirer, mais ne le faisait pas, de peur de le regretter. Et elle s'est remise à insulter son mari.

Cela pouvait durer dix minutes : son mari n'avait pas rangé la maison ou avait laissé pourrir tous les aliments dans le réfrigérateur. Ou vingt minutes : il avait bu toute la nuit avec ses amis alors qu'il lui avait dit qu'il allait à un enterrement, ou il avait flirté avec une jeune femme dans un café. Un jour où elle était persuadée qu'il la voyait juste comme une machine à gagner de l'argent, elle avait retenu Min-jun pendant une demi-heure ; il avait failli arriver en retard à la librairie pour la première fois.

Aujourd'hui, cela a duré dix minutes.

— Je me suis tiré une balle dans le pied. Parce que je suis tombée amoureuse de ce monsieur.

Elle appelait toujours son mari « ce monsieur ».

— Il n'est jamais pressé, quoi qu'il arrive. Il me fait penser à un auto-stoppeur faisant le tour de la planète. Contrairement à ce monsieur, les membres de ma famille sont stressés comme des puces chaque fois qu'il arrive quelque chose. Ça ne leur réussit pas toujours, d'ailleurs. Mais ce monsieur est la personne la plus cool que j'aie jamais rencontrée. Qu'il soit engueulé par son patron ou par ses clients, il garde toujours son sang-froid.

Ils s'étaient rencontrés alors qu'ils travaillaient tous les deux dans le même pub.

— J'ai été épatée par son flegme et j'ai fait les premiers pas. Après une liaison de plusieurs années, c'est encore moi qui l'ai supplié de m'épouser. Sais-tu que j'avais toujours voulu vivre seule ? Depuis mon enfance, je voyais bien que les femmes mariées étaient très malheureuses et je n'avais pas du tout envie de mener la même vie. Ma mère, mes tantes, toutes avaient la vie dure.

Mais moi, je suis tombée raide dingue de cet homme et j'ai insisté pour qu'il m'épouse, c'est même moi qui ai acheté l'appartement. Et tu vois le résultat ! Hier par exemple, quand je suis rentrée à la maison, je ne te dis pas le bordel... la vaisselle sale dans l'évier, les vêtements traînant partout. Et ce n'est pas tout : j'étais presque morte de faim et il n'y avait rien à manger. Il m'a dit qu'il avait mangé les deux derniers *ramyeon* et tous les plats d'accompagnement que j'avais achetés pour le week-end.

Je ne dis rien sur le fait que ce monsieur ne travaille pas. Mais il pourrait avoir une pensée pour la personne avec laquelle il vit, non ? Je ne suis pas censée avoir faim ? S'il avait fini tous les *ramyeon,* il aurait pu en acheter d'autres ou, au moins, il aurait pu me dire d'en acheter sur le chemin du retour. Il s'est mis à bouder et s'est enfermé dans sa chambre quand je me suis disputée avec lui. Il ne m'a pas dit un mot ce matin.

Après cette tirade débitée d'un trait, Jimi a bu un verre d'eau, puis elle s'est excusée auprès de Min-jun :

— Désolée, comme toujours. Mais si je ne te raconte pas tout ça, je vais exploser. Tu n'as pas envie d'entendre tous ces trucs, n'est-ce pas ?

Bizarrement, ça ne le dérangeait pas. Mais il aurait préféré la retrouver dans un pub ou ailleurs après le travail pour écouter tout ce qu'elle avait à dire sur son mari, aussi longtemps qu'elle le désirait. Il pensait qu'à force d'écouter l'histoire de quelqu'un d'autre pendant des heures, il aurait peut-être envie de raconter la sienne. C'est là qu'il a pris conscience qu'il vivait seul depuis assez longtemps.

— Non, ça ne me pèse pas, tu peux continuer.

— Ça me met encore plus mal à l'aise quand tu me dis ça. A partir de maintenant, je t'en parlerai juste un petit peu.

— …

— Bon. Aujourd'hui, c'est un mélange colombien, comme je te l'ai expliqué la dernière fois. Quarante pour cent de Colombie, trente pour cent de Brésil, vingt pour cent d'Ethiopie, dix pour cent de Guatemala. Le Colombie donne l'équilibre. Alors, le Brésil ?

— …

— Allez, lance-toi !

— Euh… le goût sucré.

— Bien. Et l'Ethiopie ?

— Je ne sais pas trop… Le goût acide ?

— Et le dernier, le Guatemala ?

— Ah… le goût amer…

— Tout juste !

En quittant Goatbean, Min-jun a senti que le temps changeait. La touffeur accablante s'évanouissait ; l'automne approchait, apportant la fraîcheur, même si le soleil était encore chaud. Pendant tout l'été, il avait circulé en autobus entre Goatbean et la librairie à cause de la chaleur. Il avait l'impression que bientôt, il pourrait se déplacer à pied.

Faire du sport, travailler, regarder des films, se reposer. Il sentait que ce cycle simple fonctionnait maintenant plutôt bien. *Cela me suffit. Je pourrais vivre comme ça*, a-t-il pensé.

Des boutons sans boutonnière !

Min-jun avait été soulagé d'être admis à l'université de son choix. Même s'il détestait entendre ses parents lui demander de faire plus d'efforts pour fermer correctement le premier bouton, en lisant sa lettre d'admission, il s'était dit : « J'ai bien fermé le premier bouton. » Les adultes lui disaient que s'il fréquentait une bonne université, tout irait bien. Ils lui disaient qu'il n'existait pas de muraille qui ne puisse être abattue par le diplôme d'un établissement prestigieux. Mais Min-jun et ses amis savaient que cela ne suffisait pas à garantir un avenir stable. Une fois à l'université, il avait continué de courir sans arrêt, comme au lycée.

Venu seul d'une ville de province à la capitale, il avait élaboré un plan d'études sur quatre ans, avant même la cérémonie d'entrée à la fac. Notes, stages, certificats, bénévolat, anglais. Ses amis en avaient fait autant. Le niveau de vie de leurs parents ne les dispensait pas de donner le meilleur d'eux-mêmes. Min-jun avait organisé son emploi du temps pour chacun des semestres. Il s'y était tenu rigoureusement et toute sa famille avait travaillé sans relâche pendant quatre ans pour financer ses frais de scolarité, son loyer et sa subsistance.

Il partageait son temps entre différents petits jobs et les études. Il n'était pas facile de jongler entre ces deux univers, mais il pensait que ce n'était qu'un passage obligé. Il suffisait de tenir bon pour surmonter cette période difficile : *vivre à la dure est une bonne chose*, pensait-il. La fatigue que lui causait le manque de sommeil lui faisait apprécier ses rares grasses matinées. Il restait positif parce que des bonnes notes venaient récompenser ses efforts. Il conservait sa confiance en lui. Il était sûr de réussir sa vie. Seulement, il n'arrivait pas à décrocher un emploi.

— C'est normal qu'on ne trouve pas de travail ? Qu'est-ce qui nous manque ? a demandé Seong-cheol, un étudiant du même département, après avoir bu un verre de *soju* cul sec dans un bar en face de l'université.

Ils s'étaient connus le jour de l'orientation et ils avaient passé ensemble toutes leurs années d'études.

— Ce n'est pas qu'il nous manque quelque chose, a répondu Min-jun, le visage rougi par l'alcool, après avoir bu son verre cul sec comme son ami.

— Qu'est-ce que c'est, alors ?

Seong-cheol lui posait pour la énième fois cette question, que d'ailleurs il se posait à lui-même plusieurs fois par jour.

— C'est que le trou est petit. Non, ce n'est pas ça. C'est qu'il n'y a aucun trou, a répondu Min-jun en versant du *soju* à son ami.

— Quel trou ? Tu parles du marché de l'emploi ?

Seong-cheol, à son tour, a versé du *soju* à son ami.

— Non, je parle des trous pour les boutons.

Tous deux ont vidé leur verre cul sec.

— Quand j'étais au lycée, ma mère me disait que si on fermait bien le premier bouton, on fermerait les autres sans problème et qu'entrer dans une bonne université, c'était bien fermer le premier bouton. J'ai donc été soulagé d'avoir été admis dans notre université, car je pensais que je serais capable de bien fermer le deuxième et le troisième bouton si je continuais comme ça. Tu penses que c'était une illusion ? Moi, je ne crois pas. Comme tu le sais, je suis intelligent. Tu es d'accord avec le fait que je suis plus intelligent que toi, n'est-ce pas ? Si je suis aussi intelligent que ça et que je travaille dur, cette société ne va-t-elle pas finir par m'accepter au lieu de me rejeter ?

La tête de Min-jun est tombée sous l'effet de l'alcool. Il l'a relevée et a poursuivi :

— Depuis que je suis à la fac, je fais de mon mieux avec ces boutons. Ça, tu le sais. Je parie que toi aussi. J'ai bien cousu mes boutons à intervalles réguliers. A bien y réfléchir, ton aide a également été précieuse, Seong-cheol. Merci.

Min-jun a tapoté l'épaule de son ami, qui a souri.

— Moi aussi, je tiens à te remercier. Mais tu sais que mes boutons sont bien plus beaux que les tiens.

A ces mots, Min-jun a esquissé un sourire et regardé son ami de ses yeux rougis par l'alcool.

— Au fait, Seong-cheol…

— Hein ?

— Ces jours-ci, il m'est venu à l'esprit qu'il y a une chose à laquelle je n'ai pas pensé en me donnant à fond pour ces boutons.

— Quoi donc ?

— Eh bien, c'est qu'il n'y a pas de boutonnière en face des boutons. Imagine un peu. Sur une chemise, on a cousu des boutons de très bonne qualité, mais il n'y a aucune boutonnière en face. Pourquoi ? Personne n'a percé de trou. Regarde bien ma chemise. Seul le premier bouton est fermé. C'est moche.

En l'écoutant, Seong-cheol a jeté instinctivement un coup d'œil à sa propre chemise. Les boutons étaient bien cousus, mais, sauf le premier, aucun n'était fermé. Il a sursauté et s'est mis à les fermer les uns après les autres, malgré son état d'ébriété. *Peut-être que je n'arrive pas à trouver du travail parce que je ne ferme pas bien ma chemise*, s'est-il dit. Min-jun a continué de parler. Il a regardé d'un air pensif le verre de *soju* que tenait son ami, comme si c'était la première fois qu'il voyait ce genre de chose.

— Tu ne trouves pas ça drôle ? S'il n'y avait pas de boutons à la chemise, on pourrait la porter comme elle est. Mais regarde bien. Seul le premier bouton est fermé, les autres sont inutilisables. La chemise est défectueuse. C'est triste et drôle à la fois de penser que tout ce que j'ai vécu jusqu'à maintenant m'a mené juste là.

— C'est déjà pas mal d'être triste et drôle en même temps, non ? a répliqué Seong-cheol en s'acharnant à tirer sur son col de chemise qui le serrait trop.

— Déjà pas mal, tu dis ?

— Oui, au moins, tu n'es pas que triste.

Min-jun a contemplé Seong-cheol d'un regard vide et lui a dit, en appuyant son doigt sur le front de son ami :

— C'est bien, ça ! Est-ce que c'est bon là-dedans ? Ce n'est pas mauvais là-dedans ?

— Tu es cinglé !

— C'est ce qu'on appelle la positivité ? Dirait-on la même chose à propos de ma vie ? Vraiment !

Min-jun a soudain hurlé ces paroles incompréhensibles. Seong-cheol a cherché à le faire taire, en vain. Min-jun a crié encore :

— Au moins, on est tragiquement drôle !

Tous deux ont éclaté de rire en disant que leur vie était drôle et triste à la fois. Toujours hilare, Min-jun a commandé une autre bouteille de *soju* et Seong-cheol, une omelette roulée et un *budae jjigae*[1]. En contemplant la nouvelle bouteille de *soju* posée sur la table, les deux amis se sont plongés dans les mêmes pensées.

J'espère que quelqu'un va venir pour faire des boutonnières sur mes vêtements. Il prouvera ainsi que je ne suis pas défectueux. Si c'est possible, il en fera sur la chemise de mon ami assis en face de moi. Si c'est possible aussi, il en créera sur les chemises de tous mes amis. Voilà, je souhaite que ce monde soit

1. Ragoût de saucisses épicé inventé après la guerre de Corée (1950-1953), près des bases militaires américaines.

plein de boutonnières, de boutonnières énormes pour que de gros boutons puissent y passer.

Quelques mois plus tard, les deux amis ont arrêté de s'appeler. Cela fait maintenant deux ans. Seong-cheol a peut-être trouvé du travail et n'ose pas contacter son ami, gêné d'avoir été embauché... Si c'est le cas, Min-jun comprendrait très bien. Et s'il n'ose pas l'appeler, gêné de n'avoir pas encore trouvé de travail, il comprendrait aussi, car il est dans la même situation.

Min-jun avait coupé le contact avec la plupart de ses amis de fac. Il ne répondait ni au téléphone ni aux SMS. Il n'échangeait qu'un simple salut avec ceux qu'il rencontrait par hasard dans les groupes d'étudiants à la recherche d'un emploi. A l'époque, il appartenait à deux groupes de préparation aux entretiens d'embauche. Il avait franchi plusieurs étapes, dossier, test d'aptitude et test de personnalité, mais il échouait toujours à l'entretien. Il se regardait dans le miroir plusieurs fois par jour. *Qu'est-ce qu'elle a, ma tête ?* Il n'était ni beau ni laid. Il avait une tête tout à fait ordinaire, une tête que l'on pouvait croiser sur n'importe quel lieu de travail. La même tête que ceux qui lui faisaient passer les entretiens. Etait-ce la raison ? On ne le choisissait pas parce qu'il avait une tête trop ordinaire ?

Il avait participé aux simulations d'entretiens comme s'il s'agissait de véritables entretiens. Il avait répondu aux questions qu'on lui posait avec une certaine assurance, tout en restant respectueux. Il avait essayé de ne pas se montrer trop entreprenant, mais cependant capable de proposer des idées innovantes. Ni arrogant ni timide, mais plein de confiance en soi, comme si la raison pour laquelle il n'avait pas encore trouvé de travail deux ans après son diplôme était que les entreprises ne reconnaissaient pas sa valeur et non qu'il était défectueux.

Encore un refus.

Quand il a reçu par SMS le résultat de son dernier entretien, un laconique *non retenu*, Min-jun a relu le texto avant de le supprimer. Immobile, il a tenté de comprendre ce qu'il ressentait. De la déception ? De la colère ? De la honte ? Envie de mourir ? Non, il se sentait soulagé. C'était sa dernière tentative. Il en était arrivé au point où il n'avait plus envie de faire des efforts pour trouver du travail. Quand une entreprise le rappelait pour passer un test d'aptitude, il y allait ; quand elle l'appelait pour un entretien, il y allait. Il se comportait comme d'habitude. Il était nerveux, comme d'habitude. Mais pas plus que d'habitude. Là, il a eu l'impression que c'était fini. Ça suffisait. Il s'est senti vraiment soulagé.

Assis dans sa chambre, le dos appuyé contre le mur, il a appelé sa mère :

— Maman, je vais bien. Ne t'inquiète pas pour moi. Je peux très bien m'en sortir avec des cours particuliers. Je fais une petite pause et je vais m'y remettre.

— Tu es sûr que tu vas bien ?

Min-jun s'est mis au diapason de la voix exagérément joyeuse de sa mère, et même un ton au-dessus. Il avait menti. Il n'avait plus aucune envie de reprendre ses cours particuliers ni de trouver du travail. Il ne voulait plus être catalogué comme demandeur d'emploi. Il ne voulait plus préparer le moindre entretien. Il ne voulait plus avoir la sensation d'arpenter un chemin interminable ou d'essayer de faire tomber une muraille à la seule force de ses bras.

Non, il avait envie de se reposer. Il n'en avait jamais eu la possibilité depuis le collège. Il était bon élève et devait le rester, au prix d'efforts permanents. Il n'avait rien contre, mais s'il avait su où cela le mènerait, il aurait préféré se la couler douce. Non, il ne regrettait pas ce qu'il avait vécu, mais s'il continuait à vivre comme maintenant, il le regretterait certainement. Il a consulté le solde de son compte. L'argent qui restait lui permettrait de tenir plusieurs mois. Il a pris sa décision. *Je vais vivre là-dessus jusqu'à ce qu'il ne reste rien. Après...*

Il n'y a pas d'après.

Vers la fin de l'hiver, il était devenu chômeur. Pour ne pas perturber son nouveau rythme de vie, il avait décidé de n'allumer son téléphone qu'une fois par jour, avant de se coucher, si toutefois il s'en souvenait. Et il n'avait pas oublié d'appeler son opérateur pour prendre le forfait le moins cher. De toute façon, il n'avait personne à appeler.

Il était curieux de voir comment il réagirait en échappant aux obligations qu'il avait eues jusque-là, et il voulait vivre en accord avec lui-même. Il avait hâte d'être libéré des réveils matinaux, du regard des autres, des soupirs de ses parents, de la compétition sans fin et de la peur de l'avenir.

Il se réveillait tard et traînait jusqu'à ce qu'il ait faim. Il mangeait et traînait encore. Pendant la journée, il n'entendait rien d'autre que les pas des gens qui déambulaient dans la rue, leurs conversations et le bruit des voitures. Quand les sons diminuaient d'intensité, des pensées tantôt déprimantes, tantôt optimistes, lui venaient en tête. Il parlait souvent tout seul, à voix basse.

— Tout ce que j'ai fait jusqu'à présent, disait-il soudain en haussant la voix, avant de terminer sa phrase en pensée, *c'était pour trouver du travail.*

Il se souvenait de son vingt sur vingt en dictée en CP. Sa note était écrite en gros au crayon rouge. La maîtresse l'avait félicité en lui tapotant l'épaule : « Min-jun, tu as très bien travaillé. » Ces éloges l'avaient un peu gêné, mais il était fier de lui. Il était rentré chez lui en courant pour montrer sa note à ses parents. Ils l'avaient soulevé de terre avant de lui demander ce qu'il voulait manger.

Alors, c'est là que tout a commencé ? s'est-il demandé en sortant deux œufs du réfrigérateur. Tout ce qu'il avait appris en primaire, au collège, au lycée. Tout ce qu'il avait étudié à la fac. Tous les résultats qu'il avait obtenus. Il n'en avait plus du tout besoin, puisqu'il avait renoncé à trouver du travail.

Non, ce n'est pas tout à fait vrai. Par exemple, je maîtrise bien l'anglais. Ce sera pratique quand j'irai à l'étranger. Mais je suis idiot ou quoi ? Je ne vais pas partir pour l'étranger ces jours-ci. Tout de même... je peux au moins renseigner les touristes qui demandent leur chemin. Oh, et puis, je ne sais plus. Disons que j'ai fait le bon choix en apprenant l'anglais. Et mes autres choix ? Les astuces pour réussir les examens ? La maîtrise de PowerPoint ? Avoir un cul qui supporte de rester sur une chaise pendant des heures ? Mes autotests de résistance à la fatigue ? Qu'est-ce que je fais de tout ça ?

Il réfléchissait à ce qu'il était devenu, qui était justement le résultat de *tout ça*. Même s'il était refusé partout, il ne se détestait pas. Il ne se trouvait ni minable, ni incompétent. Un jour, quelqu'un lui avait dit que cela ne suffisait pas de s'efforcer de faire, qu'il fallait bien faire. Mais qui était juge de ce *bien* ?

Il s'est mis à penser aux boutons aux belles formes, aux jolies couleurs et à l'exceptionnelle qualité qu'il avait créés en y mettant tout son cœur, en y consacrant ses nuits. Il n'avait aucun doute, ces boutons étaient *bien* faits. Il était frustré car il ne les avait créés que pour obtenir un travail. Pourtant, il était sûr qu'il n'avait pas perdu son temps à les fabriquer. Il devait y avoir des bons souvenirs de cette époque-là enfouis quelque part, non ? *Est-ce que je n'ai rien fait de bien ?*

Quoique chômeur, il menait une vie régulière. Il n'était pas un gros dormeur et l'excès de sommeil le fatiguait. Il se réveillait naturellement à 8 heures, faisait le ménage et prenait son petit-déjeuner. Il se préparait des repas équilibrés, car il avait décidé de ne pas se soucier de l'argent tant qu'il en avait sur son compte. Petit-déjeuner : pain et œufs sur le plat ou œufs brouillés ; déjeuner : riz avec des légumes ; dîner : un repas copieux selon son envie du moment.

Il sortait de chez lui à 9 h 30 et marchait pendant vingt minutes pour aller au studio de yoga. Il avait commencé cette activité pour gagner en souplesse et elle lui convenait vraiment bien. Il avait d'abord ressenti des douleurs dans tout le corps mais maintenant, après une séance, il se sentait frais et dispos. Il appréciait surtout le temps de relaxation à la fin. C'était étonnant comme le simple fait de s'allonger un instant suffisait à soulager les tensions du corps et de l'esprit. Il lui arrivait même de s'endormir, pour son plus grand bien. Quand le professeur rappelait les participants à la réalité d'une voix douce : « Maintenant, asseyez-vous, s'il vous plaît », il frissonnait de tout son corps et se sentait même un peu étourdi. Sur le chemin du retour, il se sentait encore détendu et il se réjouissait de ce qu'il avait vécu.

Tout moment heureux est suivi d'un moment malheureux. C'est la pensée qui lui est venue en mangeant une bouchée de riz enveloppée dans une feuille de salade.

Ai-je envie de vivre comme ça ?

Autant la bouchée était délicieuse, autant la pensée ne l'était pas. Pour venir à bout de ce sentiment désagréable, il s'est composé une autre bouchée. A force de mâcher, le malheur s'est enfui et Min-jun a retrouvé son état originel : ni heureux ni malheureux.

Après le déjeuner, il regardait surtout des films, entre lesquels il intercalait des séries que recommandaient les spectateurs, comme *Behind the White Tower.* Lorsque Jang Joon-hyuk, le personnage principal de la série, est mort, Min-jun a éclaté en sanglots. Il a été surpris en découvrant *Stranger. Les séries coréennes ont vraiment fait des progrès*, s'est-il dit. Il choisissait soigneusement ses films en s'appuyant sur des sites Internet spécialisés dans le cinéma. Il allait voir en salle des films d'art et d'essai deux à trois fois par mois, ce qui aurait beaucoup réjoui Seong-cheol s'il l'avait su.

Seong-cheol était un cinéphile passionné qui regardait des films jusqu'à une heure avancée de la nuit. Il reprochait à son ami de ne regarder que des films d'action.

— Ne va pas voir les films que les autres recommandent parce qu'ils les aiment, va voir les films que toi, tu aimes, lui disait-il toujours.

Quand Min-jun lui a avoué avoir vu un film qui avait attiré dix millions de spectateurs, son ami lui a passé un savon :

— Tu es incorrigible. Un bon film peut attirer dix millions de spectateurs. Mais un film qui attire dix millions de spectateurs n'est pas forcément bon. Tu n'es pas au courant ? La raison pour laquelle un film attire dix millions de spectateurs, c'est qu'il en a déjà attiré trois millions.

Min-jun restait muet mais ça ne l'a pas empêché de poursuivre :

— Ça veut seulement dire que des millions de spectateurs sont esclaves de la publicité. Quand il y a plus de trois millions de spectateurs, la société de production utilise ce chiffre pour faire la promotion : « Ce film a dépassé les trois millions de spectateurs. » Les gens se disent que puisque ce film a une telle audience, il faut absolument qu'ils aillent le voir. Et le chiffre passe à quatre millions. La société de production en remet un coup pour la promotion, et c'est ainsi que le nombre de spectateurs passe à cinq, six, sept millions…

— Ça suffit, l'a coupé Min-jun.

— Tu vois bien qu'il n'y a aucune logique là-dedans, non ?

— Ne fais pas ton intello. Tu es en train de me dire que si un film a trois millions de spectateurs, il en aura automatiquement dix. Si on suit ton raisonnement, l'objectif d'un réalisateur, c'est donc d'avoir trois millions de spectateurs, c'est ça ? Parce que cela lui garantit les dix millions ?

— Mais non, tu es complètement con. Tu ne comprends vraiment rien à rien. Ecoute-moi bien : même si un film attire dix millions de spectateurs, cela ne signifie pas que ces dix millions sont satisfaits. Donc, plutôt que d'aller voir le même film que tout le monde, mieux vaut aller voir celui qu'on aime. C'est seulement ce que je veux dire.

— Mais comment savoir si un film va me plaire avant de l'avoir vu ? a demandé Min-jun sans regarder son ami parce qu'il prenait des notes.

— En s'informant sur le réalisateur, en regardant la bande-annonce ! Réfléchis un peu. Tu penses vraiment que plus de dix millions de Coréens trouvent génial un film qui oppose un gangster à un procureur ? Tu penses que tout le monde aime les clichés ? Tu crois que tout le monde est fan de Marvel ? Non, ils vont voir ces films pour faire comme les autres.

Min-jun ne discernait pas pourquoi son ami se mettait dans un tel état quand ils parlaient de films, mais il savait qu'il était le seul à pouvoir le calmer. Arrêtant d'écrire, il a levé les yeux vers son ami.

— Seong-cheol, je comprends maintenant de quoi tu parles.

— Ah oui ?

— Je comprends tout ce que tu dis. C'est moi qui me trompais. Merci de m'avoir donné les bonnes informations. Vraiment je te remercie.

Comme le disait Seong-cheol, il ne regardait pas les films d'action parce qu'il les aimait, il les regardait parce qu'il suivait le goût des autres. Malgré tout, il ne regrettait jamais de les avoir vus. Ils étaient distrayants, voilà tout.

Maintenant, comme il dispose de plus de temps, Min-jun peut réfléchir davantage à ses propres goûts. Il aurait envie de dire à son ami que pour connaître ses goûts, il lui a fallu consulter son cœur, et que pour comprendre des films exigeants, il a eu besoin d'y consacrer du temps. Comment aurait-il pu aller voir ce genre de films alors qu'il était tout le temps pris ? Comment faisait Seong-cheol pour avoir du temps ?

Min-jun avait l'intention de poser toutes ces questions à son ami s'il le revoyait un jour.

Lorsqu'il regardait un film, il y réfléchissait ensuite pendant une journée entière. Comme il n'avait jamais consacré un temps pareil à ce genre de pensées qui n'avaient pas de but pratique, il avait l'impression de mener une vie luxueuse. Le luxe de pouvoir perdre son temps. Peu à peu, il en venait à connaître ses goûts. Et il découvrait qu'on finit par se connaître soi-même à force de se concentrer sur un seul sujet.

Les clients réguliers

Min-jun essuyait la table en suivant des yeux un client d'âge mûr. Celui-ci prenait la librairie pour une bibliothèque ; depuis quelques semaines, il arrivait tous les jours à 13 h 30. Yeong-ju avait remarqué qu'au début, il passait toutes les étagères en revue avant de choisir un livre. Une fois qu'il l'avait trouvé, il venait le lire tous les jours après son déjeuner.

— C'est le patron de la nouvelle agence immobilière, celle qui a ouvert ses portes à cinq minutes d'ici il y a deux mois, a dit Yeong-ju.

Le client dévorait son pavé, *Moral Tribes: Emotion, Reason, and the Gap Between Us and Them*, comme s'il était dans une bibliothèque. Il en avait dépassé la moitié et se plaisait à diminuer les pages restantes, à raison de vingt à trente minutes chaque jour. Après avoir reposé le livre sur l'étagère, il partait apaisé, manifestement impressionné par sa performance intellectuelle. Il y a quelques jours, Yeong-ju et Min-jun se sont demandé comment ils pourraient mettre fin au comportement de ce client (comment ils pourraient lui faire comprendre la différence entre une librairie et une bibliothèque).

— Attendons qu'il ait fini son livre, a suggéré Yeong-ju, assise en face de Min-jun.

Elle écrivait sur un bloc-notes de la taille de sa paume, et il recopiait ses phrases dans un cahier.

— Ce client-là… a-t-elle expliqué.

Min-jun s'est arrêté net. Il l'a regardée avant de commenter :

— Il est curieux que le lecteur d'un tel ouvrage n'ait pas plus de conscience morale et n'imagine pas gêner ses semblables en agissant de la sorte.

— Avoir un regard sur soi, quoi qu'on lise, semble bien difficile, a-t-elle répondu sans lever la tête.

— Alors, ça ne sert à rien de lire, a-t-il conclu en se remettant à écrire.

— Euh…

Yeong-ju a regardé un moment par la fenêtre avant de se tourner vers Min-jun.

— Difficile, mais pas impossible. Un seul livre peut changer son lecteur et lui permettre de se voir tel qu'il est. Mais je crois que n'importe quel lecteur finira par se regarder honnêtement à force d'être remué par les livres.

— Ah bon ?

— Je fais partie de la seconde catégorie. C'est pour ça que je lis beaucoup : comme ça, j'espère devenir une bonne personne.

Min-jun a hoché la tête en signe d'assentiment.

— Mais tu sais pourquoi il a ouvert son agence par ici ? Le marché immobilier du quartier s'est amélioré ?

— Non, pas encore. Mais il pense qu'il va s'améliorer dans les années à venir. Tu sais peut-être que les quartiers situés à une petite demi-heure d'ici souffrent de gentrification. Où vont aller tous ceux qui ne pourront pas y rester ? Je suppose que ce monsieur pense que ce sera dans ce quartier-ci. Il est persuadé que dans quelques années à peine, les rues d'ici connaîtront un boom immobilier.

Min-jun regardait l'homme lire tranquillement après son déjeuner ; il se disait que peut-être un jour viendrait où celui-ci remercierait le ciel alors que lui devrait quitter le quartier. Le loyer qu'il pouvait tout juste se permettre actuellement n'aurait-il pas doublé d'ici là ? Dès que le souhait de l'un devient pour lui une réalité heureuse, la vie d'un autre devient misérable.

Min-jun travaillait depuis plus d'un an à la librairie ; il parlait avec la plupart des habitués. Les clients l'abordaient presque toujours les premiers, mais parfois c'était lui qui entamait la conversation. La maman de Min-cheol et certains habitants du quartier venaient tous les jours ; d'autres passaient au moins une fois par semaine. Parmi ceux-ci, les plus sympathiques étaient les membres du club de lecture. Certains donnaient spontanément leur avis sur le café. Même s'il ne les avait vus qu'une fois, Min-jun ne pouvait pas les oublier. Il avait échangé à plusieurs reprises quelques mots avec un employé de bureau qui venait deux à trois fois par semaine et se plongeait dans la lecture jusqu'à la fermeture. Parfois il arrivait en courant alors que Min-jun se préparait à fermer. Tout essoufflé, il s'asseyait à une table et lisait quelques pages. Apparemment lui et Yeong-ju étaient devenus assez proches, au point d'échanger des histoires drôles. L'autre jour, il s'était présenté.

Il s'appelait Choi U-shik. En entendant son nom, Yeong-ju, si calme d'habitude, avait battu des mains et l'avait félicité en lui disant qu'il avait un excellent prénom. Min-jun savait pourquoi. Le jeune homme portait les mêmes nom et prénom que son acteur favori.

U-shik se comportait toujours de la même manière. Quand il achetait un livre, il s'asseyait à une table et se plongeait dans la lecture sans commander de café. Quand il n'achetait pas de livre, il commandait un café mais en buvait juste une gorgée. Une fois, il n'était pas passé à la librairie pendant plus d'une semaine. Yeong-ju et Min-jun ne s'étaient pas aperçus qu'il n'était pas là. Quand il était revenu, il avait expliqué à Yeong-ju avec un visage particulièrement joyeux les raisons de son absence.

— Le tour-opérateur pour lequel je travaille a lancé un nouveau produit. J'ai fait le tour des agences de voyages pour le présenter. Je voulais venir ici à tout prix pour lire un peu, mais je n'ai vraiment pas eu le temps. Chaque fois que je passais devant la librairie, elle était fermée... J'étais vraiment triste, comme quand je passais devant la salle de jeux dans mon enfance et que je n'y entrais pas, de peur de me faire gronder par ma mère.

Min-jun pensait qu'il devait être sensible. Peut-être parce qu'il lisait beaucoup de romans. Ou alors, il aimait les romans parce qu'il était sensible.

L'autre jour, U-shik s'est approché de Min-jun qui nettoyait la table.

— Bonjour, je me présente, j'espère que ce n'est pas trop tard… Je m'appelle Choi U-shik.

— Enchanté. Moi, c'est Kim Min-jun.

— Je suis vraiment confus, s'est excusé U-shik.

— Mais pourquoi ?

— A cause du café… que je ne finis jamais. Je n'en bois pas beaucoup car cela me donne des palpitations. Mais j'ai vraiment envie d'en avoir le goût sur la langue.

— Ce n'est pas grave. Ne soyez pas gêné.

— Ah bon ? Je m'inquiète pour rien, alors, a-t-il dit avec un large sourire. Honnêtement, je ne connais pas grand-chose au café, mais je le trouve excellent ici.

— C'est gentil de me le dire.

Tous les clients réguliers attirent l'attention, mais il y en avait une que Yeong-ju et Min-jun avaient particulièrement remarquée au cours des deux derniers mois, celle qui était assise là-bas. Elle était d'abord venue sporadiquement, puis de plus en plus souvent à mesure que la chaleur augmentait, et maintenant que la canicule était installée, elle venait tous les jours ou presque. Elle restait cinq ou six heures et elle était différente des autres clients qui lisaient ou utilisaient leur ordinateur portable. Elle ne faisait rien : elle ne lisait pas, elle n'avait pas d'ordinateur. Elle restait simplement assise pendant des heures.

Yeong-ju et Min-jun n'y accordaient pas plus d'importance que ça quand elle ne venait qu'une fois par semaine et restait assise sans rien faire pendant une heure ou deux. Quand elle a demandé combien de temps elle pourrait rester si elle commandait un café, Yeong-ju a juste pensé avoir affaire à une originale.

— Il n'y a aucune limite de durée.

— Ah, quand même... Je me sens mal à l'aise. Si je reste toute la journée et que je ne commande qu'un café, ce n'est pas rentable pour la librairie, n'est-ce pas ?

— C'est vrai... mais nous n'avons pas encore fait face à une telle situation.

— Dans ce cas, réfléchissez. Je peux être la première...

La femme restait de plus en plus longtemps. Elle pouvait même rester pendant six heures. Comme la librairie n'avait fixé aucune règle, elle s'en était fixé une elle-même : elle commandait un café toutes les trois heures. Un jour, trois heures après son arrivée, elle a commandé à nouveau un café en précisant à Min-jun :

— Je commande une nouvelle tasse car ça fait trois heures que je suis là. Je pense que comme ça, je suis réglo.

Au début, elle déposait un carnet et son téléphone sur la table. Parfois elle écrivait, mais la plupart du temps, elle restait assise, immobile, les yeux fermés. Puis sa tête tombait sur sa poitrine et elle s'assoupissait. Plus tard, Yeong-ju et Min-jun se sont rendu compte qu'elle méditait. Elle avait l'air de s'endormir puis elle s'endormait vraiment en méditant.

Quand une brise fraîche s'est mise à souffler, elle a troqué son tee-shirt ample à manches courtes et son large short contre un pantalon de coupe large et une chemise ample. Bien que vêtue de manière peu recherchée, elle avait une certaine élégance, dans un style confortable et décontracté. Depuis qu'elle portait un pantalon, elle se mettait dans un coin reculé au lieu de sa place habituelle. Puis elle a commencé à réaliser des éponges au crochet. Là encore, avant de commencer, elle a demandé à Yeong-ju :

— Ça vous dérangerait si je faisais du crochet ici ? Je ne ferai pas de bruit. Vous pensez que ça dérangerait quelqu'un ?

Règle numéro 1 de la librairie : ne pas gêner les clients en les regardant avec insistance. Mais, dans ce cas précis, il était difficile de respecter la règle. A cause des éponges. Yeong-ju était fascinée quand, des doigts de cette femme assise pendant des heures, elle voyait naître des éponges. Elle les faisait de la taille d'une paume, une par jour et parfois une en seulement deux à trois heures.

Elle s'appelait Jeong-seo. Elle arrêtait de temps en temps son ouvrage et restait assise, un long moment, les yeux fermés. Elle disait ensuite qu'elle avait médité. Ses éponges étaient de formes très variées.

Celle qui plaisait particulièrement à Yeong-ju ressemblait à un pain de mie avec sa croûte brune et sa mie couleur crème. Des couleurs judicieusement choisies. L'illusion était parfaite : de loin, on était persuadé qu'une tranche de pain de mie tout frais était posée sur la table. Elle œuvrait en silence, mais n'oubliait jamais de commander un café toutes les trois heures.

Jeong-seo maniait son crochet depuis plus d'un mois et Yeong-ju se demandait combien elle avait d'éponges à son actif. Mais elle se gardait bien de poser la question. Et Jeong-seo continuait de manier son crochet. Il y a quelques jours, elle est entrée dans la librairie, un grand sac en papier à la main.

— Puis-je faire don de mes éponges à la librairie ? a-t-elle demandé.

L'événement « Eponges »

Yeong-ju, Min-jun et Jeong-seo ont tenu une brève réunion devant les éponges étalées sur la table. Ils ont décidé de ne pas en tirer profit, pour respecter l'attitude généreuse de la créatrice qui les avait données sans aucune contrepartie. Dans ces conditions, pourquoi y réfléchir plus longuement, la solution était toute trouvée : il fallait organiser un événement « Eponges » à la librairie.

Instagram, mardi à 18 h 30
Un événement aura lieu vendredi prochain à la librairie Hyunam. Nous offrirons une éponge au crochet à tous ceux qui viendront ! Cœur, fleur, poisson, pain de mie… les formes en sont très variées. Mais, quantité limitée oblige, nous avons adopté le principe « premier arrivé, premier servi ». Je vous informerai régulièrement de la quantité restante.
Rendez-vous vendredi avec les éponges à la librairie Hyunam.
#librairieHyunam #petitelibrairie #librairieindependante #evenementlibrairie #epongesindispensables #evenementeponges #quiarealiseceseponges #vendredi

Instagram, vendredi à 13 h 04
Si vous venez aujourd'hui, nous vous offrirons une éponge. Il y en a 70 :)
#LibrairieHyunam #petitelibrairie #librairieindependante #evenementlibrairie #70eponges #pasobligedacheterlivres

Instagram, vendredi à 17 h 02
Je ne pensais pas que les éponges auraient un tel succès. Il n'en reste que 33 :)
#librairieHyunam #petitelibrairie #librairieindependante #evenementlibrairie #epongepourvendredisoir

Cet événement a rencontré un succès imprévu. Yeong-ju était fascinée par la femme au crochet, et les clients par les éponges elles-mêmes. Ils les trouvaient « adorables ». Aujourd'hui, la libraire a été assaillie de questions sur les éponges beaucoup plus que sur les livres. La plupart des gens ont avoué qu'ils achetaient des éponges, mais qu'ils n'avaient jamais pensé à en confectionner eux-mêmes. Ils lui ont demandé des explications et elle leur a transmis celles que Jeong-seo lui avait fournies.

La leçon que Yeong-ju a tirée de cet événement, c'est que les clients sont sensibles aux idées amusantes et originales qui les touchent. Beaucoup ont acheté des livres après avoir ressenti du plaisir à tenir entre leurs mains ce mignon petit objet. Et si elle organisait ce type d'événement plus souvent… Ils n'auraient probablement pas toujours autant de succès. Mais l'important était qu'elle se concentre sur l'identité qu'elle souhaitait donner à sa librairie et qu'elle y glisse de temps en temps de petites nuances inhabituelles.

En fin d'après-midi, l'événement battait son plein et quatre à cinq personnes attablées lisaient tranquillement. Yeong-ju, enfin dégagée de ses obligations, s'est dirigée vers la fenêtre : elle avait vu Min-cheol assis là-bas. Il regardait au-dehors, le menton sur sa paume droite ; il ressemblait à un oisillon en cage. *Qui a mis cet enfant en cage ? Sait-il que la porte de cette cage s'ouvre aussi de l'intérieur ?* La libraire avait l'impression qu'elle allait accomplir quelque chose qui exigeait la plus grande délicatesse : aider cet enfant à ouvrir lui-même la porte de sa cage et le mettre en mouvement.

Elle a vu *L'Attrape-cœurs* qu'elle lui avait passé la semaine précédente, abandonné sur la table, alors que le lycéen se redressait à son arrivée. Elle a pensé que, cette fois encore, sa recommandation avait manqué son but. Elle a décidé de ne plus conseiller à quiconque ce roman à la première personne d'un lycéen inadapté à la société.

— Ce livre ne t'a pas plu ? Tu ne l'as pas lu ? lui a-t-elle demandé en s'asseyant face à lui.

— Oh, non. Ce n'est pas ça. Je sais que c'est un bon livre, a-t-il répondu en enfant docile.

— Il est trop difficile à lire ?

Yeong-ju a pris le livre.

— Tante – c'est ainsi que Min-cheol l'appelait –, savez-vous quand le premier dialogue apparaît ?

— Dis-le-moi…

Un peu déconcertée, elle a ouvert le roman.

— A la septième page.

Il énonçait un fait, comme s'il avait dit « il pleut » en voyant la pluie tomber, mais Yeong-ju y discernait une pointe de ressentiment.

— Désolé, a-t-il ajouté, comme s'il avait pénétré dans ses pensées. Je n'ai jamais lu un livre pareil. D'une façon générale, j'ai beaucoup de mal à lire, même les manuels scolaires.

La semaine précédente, Min-cheol était venu à la librairie. Selon les termes d'un accord passé entre la mère et le fils, s'il venait à la librairie une fois par semaine et lisait le livre recommandé par la libraire, sa mère ne lui ferait pas de reproches, même s'il séchait les cours du soir ou restait sans rien faire à la maison. Yeong-ju en avait été informée, mais elle avait d'abord refusé le rôle qu'on lui offrait, le trouvant trop lourd. Il n'y avait aucun enfant dans son entourage et elle hésitait à s'impliquer dans l'éducation d'un adolescent qu'elle ne connaissait même pas. Devant son refus, la mère de Min-cheol lui avait pris les mains.

— Je comprends que ce soit trop pour toi, lui avait-elle dit.

Elle lui avait lâché les mains, avant d'aspirer une gorgée de son Americano glacé.

— Tu recommandes bien des livres à tes clients… C'est exactement ce que je te demande. Considère-le comme un lycéen ordinaire qui passe à la librairie une fois par semaine. Faisons l'essai pendant un mois. Quatre fois. Conseille-lui un bon roman à chaque fois. En fait, il n'écoute jamais ce que nous lui disons. Les parents d'aujourd'hui sont vraiment incompétents, incapables de s'occuper de leurs propres enfants.

Le lendemain, Yeong-ju avait changé d'avis et décidé de rencontrer Min-cheol. Un lycéen qui passait à la librairie une fois par semaine… Si un tel lycéen existait, elle en serait ravie et elle le dorloterait.

Yeong-ju a feuilleté le livre machinalement. Elle réfléchissait à d'autres titres qui conviendraient à cet adolescent.

— Vous pensez qu'il faut absolument que je lise ça ?

— Pardon ?

— Si oui, je vais essayer encore une fois. J'ai peut-être du mal parce que je manque d'entraînement.

En l'entendant s'exprimer clairement, elle s'est dit qu'il ne vivait pas seulement comme un oisillon captif.

— Effectivement, c'est possible. Mais tu peux y arriver ?

— Arriver à quoi ? a-t-il demandé en écarquillant les yeux.

— A faire des efforts pour lire.

— Pourquoi pas ? Euh… Faire trop d'efforts, ça ne me plaira pas.

— Tu n'arriveras à rien si tu ne fais pas d'efforts. Et pourquoi restes-tu apathique si tu en es conscient ?

C'était comme si elle comprenait tout.

— Savoir intellectuellement et agir, ce sont deux choses bien différentes, a-t-il répliqué, mine de rien.

Elle l'avait aimé dès leur première rencontre. Elle reconnaissait en lui l'enfant qu'elle avait été. Comme elle, il étouffait sans savoir pourquoi. Pour sortir de cet état, la petite Yeong-ju s'était adonnée aux études à corps perdu, alors que Min-cheol s'était arrêté net. Il était peut-être plus intelligent qu'elle et il essayait peut-être de prendre le contrôle de sa vie. Ce qu'elle faisait seulement maintenant.

Dès qu'elle avait du temps libre, elle en profitait pour aller vers lui. Il regardait généralement par la fenêtre d'un air maussade et tournait la tête vers elle quand elle s'approchait. Il répondait lentement et scrupuleusement à chacune de ses questions. Il n'en éludait aucune. Il faisait preuve d'intelligence et même d'enjouement. Après avoir parlé avec lui, elle a décidé d'agir autrement.

— Ecoute, il nous faut un plan, lui a-t-elle dit en se penchant par-dessus la table.

— Comment ça ? a-t-il demandé en se reculant, déstabilisé par cette trop grande proximité.

— Tu n'as pas besoin de lire des romans. Tu vas venir une fois par semaine et tu discuteras avec moi. C'est tout. Ta maman m'a payé d'avance les livres que tu es censé acheter. Je lui rendrai l'argent dans un mois. Cela reste un secret entre nous pendant tout ce mois. D'accord ?

— Alors je ne suis pas obligé de lire ? a-t-il demandé, tout joyeux.

Instagram, vendredi à 20 h 30
Chers clients ! Avez-vous testé votre éponge ce soir ? Il en reste encore quatre et on va les garder pour la librairie. Merci à tous ceux qui sont venus aujourd'hui.
#librairieHyunam #petitelibrairie #librairieindependante #evenementlibrairie #merciatous #bonnenuit

Contrairement aux autres jours, Min-jun traînait. C'était presque l'heure de partir mais il avait toujours le torchon à la main. Il a jeté un coup d'œil à Yeong-ju et s'est remis à essuyer des verres qu'il avait déjà essuyés. Idem pour la machine à café. Il voyait que Yeong-ju restait plus tard que d'habitude et il se demandait si ce ne serait pas mieux de se partager le travail, les jours très chargés, pour qu'elle puisse rentrer plus tôt chez elle. Min-jun était maintenant capable de remplir toutes les tâches de la librairie. Cependant, il ne voulait pas avoir l'air de quémander des heures supplémentaires, car Yeong-ju risquait de croire qu'il souhaitait gagner davantage, alors qu'elle le payait très convenablement. Finalement, après avoir longtemps hésité, Min-jun a pris son sac. Il n'est pas parti tout de suite, mais il a fini par demander :

— Tu as encore beaucoup de travail ?

— Ah... je pense qu'il va falloir que je reste encore un peu.

Elle a levé les yeux de son ordinateur pour le regarder.

— Pourquoi ?

— Je peux te donner un coup de main, si tu en as besoin. En fait, je n'ai pas envie de rentrer chez moi ce soir. Je ne dis pas ça pour faire des heures supplémentaires.

— Tiens ! Moi non plus ! Je reste parce que je n'ai pas envie de rentrer.

— Ah oui ?

— Non. Ce n'est pas vrai, a-t-elle dit en souriant, c'était pour te taquiner. Il n'y a pas grand-chose à faire. Jimi va venir chez moi tout à l'heure et il faut que je sois rentrée avant, dans une heure au plus tard.

Min-jun ne pouvait pas insister davantage. Il l'a regardée un moment, puis il a incliné la tête.

— Bon, je te laisse.

— D'accord. A demain, Min-jun.

Instagram, vendredi à 21 h 47

On dit que l'automne est la saison des hommes et le printemps, celle des femmes. A cause des hormones. Nous sommes en automne ces jours-ci. Comment allez-vous, les hommes ? L'automne est aussi la saison des fringales. C'est peut-être pour ça que j'ai vraiment faim quand je sors du travail. Mais on ne peut pas passer son temps à manger, alors je lis des romans sur la nourriture, au lieu de regarder des émissions culinaires. En ce moment, je lis *Chocolat amer* de Laura Esquivel. Je vous recommande vivement d'aller voir le film qui en a été adapté avant de le lire :)

#librairieHyunam #petitelibrairie #librairieindependante #romangastronomique #LauraEsquivel #chocolatamer #findutravail #ademain

En arrivant devant son immeuble, elle pensait encore à Min-jun et au fait qu'il avait changé. Jimi était déjà là, accroupie sur le seuil. Dans sa main droite, un pack de six canettes de bière, et dans sa main gauche, un sac en papier plein de fromages variés. Quand elle a entendu son nom, elle s'est levée en gémissant, comme si le pack et le sac pesaient aussi lourd que des haltères. Yeong-ju s'est emparée du sac.

— Pourquoi as-tu acheté tout ça ? C'est vraiment trop.

— Non, car je vais tout manger.

— Et c'est vrai que tu peux dormir chez moi cette nuit ?

— Bien sûr. Ce monsieur aussi rentrera au petit matin. Je n'en sais pas plus.

Une fois entrées, les deux femmes se sont allongées par terre, de chaque côté de l'assiette remplie de fromages. Elles se redressaient pour boire leur bière, puis elles se rallongeaient. L'éclairage auquel Yeong-ju avait prêté la plus grande attention lors de son emménagement les baignait dans une douce atmosphère.

— Il n'y a que des lampes chez toi, a critiqué Jimi.

— Et aussi beaucoup de livres, a répliqué Yeong-ju.

— Les livres ne sont bons que pour toi, a critiqué à nouveau Jimi.

— La propriétaire de l'appartement n'est pas mal non plus, a encore répliqué Yeong-ju.

— Là aussi, tu n'es bien que pour toi.

A ces mots, Yeong-ju s'est assise subitement.

— En fait, tu as raison, a-t-elle répondu en buvant une gorgée de bière.

— J'ai raison sur quoi ?

— Je ne sais pas. Mais je pense souvent à ça en ce moment. Je ne suis de bonne compagnie que pour moi, pas pour les autres. Et parfois, je ne suis même pas de bonne compagnie pour moi. Mais c'est quand même supportable.

— Tu es un vrai problème.

Jimi s'est redressée en s'appuyant sur ses mains. Elle a poursuivi :

— Tout le monde est comme ça, non ? Tu penses que je suis de bonne compagnie pour les autres ? Je ne crois pas. Comme je ne supporte plus mon mari, il ne me supporte plus non plus. Nous ne sommes pas de bonne compagnie l'un pour l'autre. Nous faisons la paire !

— J'espère qu'il existe quelque part en ce monde une personne qui sait s'aimer et ne fait pas de mal aux autres, a dit Yeong-ju en déballant un morceau de fromage.

— Où as-tu vu ça ? Dans ton bouquin ? Cette personne n'aurait pas des ailes, par hasard ? a suggéré Jimi.

Puis elle s'est allongée pour regarder le plafond avant de se lancer dans une longue tirade :

— Tu disais ça, l'autre jour : même si les héros de roman sont tous légèrement décalés, ils sont en fait des gens ordinaires. Puisque nous sommes tous plus ou moins décalés, nous sommes plus ou moins censés échanger nos blessures quand nous nous rencontrons. Et toi aussi, tu es une personne ordinaire. Nous sommes tous pareils. Nous blessons les autres, et parfois nous faisons des choses bien.

— C'est vrai.

Yeong-ju s'est à son tour allongée sur le dos.

— D'ailleurs...

— Quoi ?

— Tu te souviens du client qui vient toujours après le déjeuner pour lire ?

— Oui, bien sûr. Pourquoi ?

— Je ne l'ai pas vu pendant un moment, mais il est revenu il y a quelques jours et il a continué de lire son livre.

— Génial.

— Du coup, je lui en ai touché un mot hier quand il partait.

— Que lui as-tu dit ?

— Je lui ai dit qu'il risquait d'abîmer le livre s'il le lisait en entier au lieu de le feuilleter et que je serais alors obligée de le retourner à l'éditeur.

— Et alors ?

— Il est devenu tout rouge et il est parti sans demander son reste. Il courait presque.

— Encore quelqu'un qui blesse les autres.

— Mais il est revenu aujourd'hui !

— Il t'a encore blessée ?

— Non. Il a pris une dizaine de livres au hasard, y compris ceux qu'il avait déjà lus. Il les a tous achetés.

Il ne m'a pas regardée en face.

— Il a dû comprendre qu'il t'avait blessée.

Yeong-ju a eu un rire discret.

— Tiens, j'ai une éponge pour toi.

— Une éponge ?

— Elle a été réalisée à la main. En forme de pain de mie. C'est vraiment trop mignon. Elle est à toi.

— Qui te l'a donnée ?

— Une habituée. On a fait un événement « Eponges » aujourd'hui. Il en restait quelques-unes pour Min-jun et pour moi

— Est-ce que Min-jun cuisine ?

— Aucune idée.

— Je pense que oui, car il a l'air d'un intello.

Qu'est-ce que l'intelligence a à voir avec la nourriture ?

— Et quel est le rapport ?

— C'est intuitif : il me semble capable de se faire la cuisine.

Après avoir dîné, Min-jun a fait la vaisselle, puis il a choisi un film. En même temps, il a allumé son téléphone pour vérifier ses messages. Des textos sans intérêt. Alors qu'il allait l'éteindre, il a reçu un appel : sa mère, qu'il avait évitée volontairement. Il a mis le film en pause et s'est composé une expression avant de répondre.

— Oui, maman.

— Pourquoi est-ce si difficile de te joindre ? Pourquoi ton téléphone est-il toujours éteint ?

Léger soupir de Min-jun à ces questions sans détour.

— Je t'ai déjà dit que ce n'est pas facile de répondre quand je suis au travail. Et j'oublie de rallumer mon téléphone, une fois à la maison.

— Tu as dîné ?

— J'ai mangé.

— Et la santé ?

— Ça va.

— Le travail ?

— Quoi, le travail ?

— Ton père aimerait savoir si tu comptes garder encore longtemps cet emploi précaire.

Min-jun s'est levé de sa chaise pour venir s'asseoir contre le mur. Irrité, il a répondu abruptement :

— Ce n'est pas moi qui décide.

— Qui décide, alors ?

— Le pays ? La société ? L'entreprise ? a-t-il répondu en haussant le ton.

— Arrête de me parler comme ça. Reviens à la maison si tu n'as pas un travail sérieux ! Rentre à la maison et repose-toi un peu. Pourquoi es-tu si têtu ? Il faut bien se reposer pour reprendre des forces et se remettre à courir !

La tête appuyée contre le mur, Min-jun est resté muet.

— Pourquoi tu ne me dis plus rien ?

— Maman.

— Oui, quoi ?

— Faut-il vraiment que je coure ? a-t-il marmonné.

— Comment ?

— Je me sens bien comme je suis.

— Non, tu n'es pas bien ! Tu sais que je ne dors plus à cause de toi… Quand je pense à toi, tout seul là-bas… Tu ne sais pas à quel point je regrette de ne pas t'avoir encouragé à te concentrer sur tes études. Là encore, tu me disais que tu allais bien. Et j'ai vraiment cru que tu allais bien.

Il a écouté sa mère qu'il sentait au bord des larmes et il en était désolé. Il allait lui dire que lui aussi, il regrettait de ne pas s'être concentré sur ses études, mais qu'il regrettait encore plus d'avoir suivi une seule voie, sans regarder ailleurs et sans avoir conscience de ce que son choix – auquel il avait cru – impliquait. Mais il a gardé ça pour lui.

— Ne t'inquiète pas pour moi. Prends soin de toi.

— Je ne sais pas, mon fils. J'ai confiance en toi, mais je ne me sens pas bien.

— Je sais.

— Tu as de l'argent ?

— Oui, j'en ai.

— N'hésite pas à m'appeler si tu en as besoin. Ne sois pas gêné.

— T'inquiète.

— D'accord. Et puis, laisse ton téléphone allumé, d'accord ?

— Oui.

Min-jun est resté longtemps assis dans la même position.

Quelqu'un de bien, mais très occasionnellement

Depuis qu'elle avait parlé avec Jimi des personnes qui blessent les autres, Yeong-ju avait perdu toute énergie. Elle faisait péniblement quelques étirements et elle se sentait mieux. Mais ça ne durait pas. Elle sortait marcher devant la librairie en se tapotant les joues ou elle se mettait à fredonner une chanson pour s'extraire de ses souvenirs, sans résultat. Rien n'était efficace.

Yeong-ju a fermé les yeux avec force en se rappelant les paroles que sa mère lui avait assenées. Sa mère avait toujours été du côté de son gendre et non de sa fille. Dès le début. Elle venait tous les matins préparer le petit-déjeuner de son gendre, pas celui de sa fille. Lui, il mangeait sans un mot et assistait en spectateur à la scène que faisait la mère à sa fille. Puis, quand ils se retrouvaient tous les deux, il demandait à sa femme si elle allait bien. Et elle, au lieu de se mettre en colère contre lui, elle hochait la tête. C'était tout.

— Sais-tu combien de personnes tu blesses ? avait hurlé sa mère en la secouant par les épaules.

Yeong-ju n'avait plus revu sa mère depuis le jour

où elle lui avait appris qu'elle allait engager une procédure de divorce et où sa mère avait été à deux doigts de la frapper.

Quel mal ai-je fait à maman ?

Chaque fois qu'elle se souvenait des paroles de sa mère, elle avait envie de lui poser cette question : *Quel mal t'ai-je fait, maman ?* Malgré tous ses efforts, elle n'arrivait pas à extirper cette épine de son cœur. Il était tout endolori, comme lacéré. Quand elle pensait à sa mère, il lui semblait que personne n'était de son côté. Il fallait absolument qu'elle chasse ces idées noires, même si c'était difficile.

Heureusement, Jeong-seo était là aujourd'hui. Après s'être assurée qu'il n'y avait aucune urgence, Yeong-ju s'est assise en face d'elle et l'a regardée tricoter. Depuis qu'elle a fait don de ses éponges, Jeong-seo vient presque tous les jours à la librairie. Elle est restée inactive pendant quelque temps, puis elle a commencé à tricoter il y a deux, trois jours.

— Tu tricotes une écharpe ?

— Oui. Je n'aime pas quand c'est trop long. Je vais faire une écharpe qu'on enroule seulement deux fois.

— La forme… a dit Yeong-ju en palpant l'écharpe d'un gris ni trop clair ni trop foncé.

— Elle est basique. Il faut commencer par une forme basique et puis faire des choses plus compliquées.

Yeong-ju a hoché la tête et caressé l'écharpe.

— La couleur est jolie. Le gris va avec tout.

— La couleur aussi est basique, a répondu Jeong-seo en faisant cliqueter ses aiguilles sans la regarder. Je commence par des basiques. Le gris peut se porter avec n'importe quelle tenue.

Yeong-ju a hoché la tête à nouveau. Elle a posé délicatement son menton dans sa paume pour observer les mains de la femme qui accomplissaient un processus aussi régulier qu'un battement de cœur : passer l'aiguille dans la maille, y enrouler le fil, former une boucle sur l'aiguille et retirer celle-ci. Elle a décidé de rester à regarder jusqu'à ce qu'on vienne la trouver. Elle aimerait être là quand l'écharpe serait terminée car, en partageant ce moment, elle échapperait, pensait-elle, à son terrible sentiment de solitude.

Blog, jeudi à 22 h 23

Parfois, le sentiment de mon inutilité me désespère. Cela m'arrive surtout quand je blesse les personnes qui me manifestent gentillesse et intérêt, et qui m'aiment bien. Je me sens paralysée et je me demande s'il y a plus inutile qu'une personne qui répand le malheur autour d'elle. N'en finirai-je jamais de blesser autrui, suis-je à ce point méchante et mesquine ?

Et puis j'en arrive à la conclusion que je ne suis qu'une personne ordinaire. Malgré tous mes efforts, rien ne change : je ne suis qu'une personne ordinaire. Comme n'importe quel être humain, je finis toujours par blesser les autres et les attrister. Nous n'avons pas le choix : nous échangeons nos rires et nos souffrances.

Alors, quand je lis une nouvelle comme *L'Escorte de la lumière*, je me sens soulagée. Si je témoigne un peu de bienveillance à quelqu'un, l'autre comprendra-t-il que cela veut dire : « Je suis de ton côté » ? Nous sommes ordinaires parce que faibles et imparfaits, mais ne pourrions-nous pas nous grandir un court instant en faisant le bien ?

Dans cette nouvelle, une adolescente nommée Gwon Eun a pour seule amie une boule où la neige tombe pendant une minute et demie quand on enclenche le mécanisme. Le vent se lève. Gwon Eun qui vit seule et affamée, sans père ni mère, ne peut pas dormir car elle a peur de ses rêves. Elle regarde alors sa boule où la neige tombe. Dès que la mélodie s'arrête, elle se blottit sous la couette. Elle espère dormir et ne pas rêver. Elle tremble de peur, et voici son souhait : *Que le mécanisme s'arrête, que je perde le souffle.*

Le narrateur de l'histoire et délégué de classe, « Moi », apparaît dans la vie de cette fille. Moi, qui n'a que treize ans, est effrayé par la solitude et la pauvreté de Gwon Eun, parce qu'elles lui semblent inconcevables. D'un autre côté, il se sent coupable de la laisser seule. Alors il vole un appareil photo à ses parents et le donne à Gwon Eun pour qu'elle puisse le vendre et s'acheter de la nourriture. Au lieu de cela, l'appareil photo devient la lumière de celle qui attendait la mort.

« Monsieur le délégué, sais-tu quelle est la plus belle action qu'une personne puisse accomplir ? » Devant ce message, j'ai secoué la tête. « Quelqu'un a dit : c'est sauver une vie. Ce que tout le monde ne peut pas faire. Eh bien, monsieur le délégué... quoi qu'il m'arrive, souviens-toi que ton appareil photo m'a déjà sauvé la vie une fois. Eun. »

Moi est une personne ordinaire. Tout comme nous qui nous

regardons dans le miroir et qui nous demandons : « Alors, tu es heureuse, maintenant ? » sans pouvoir répondre. Le temps a passé et, quand Moi revoit Gwon Eun, il l'a oubliée et ne la reconnaît pas. Il a oublié qu'il y avait une fille très pauvre dans sa classe, qu'il était allé la voir et lui avait donné un appareil photo. Mais son action n'a pas été effacée pour autant de la vie de l'adolescente, qui a retrouvé la force de vivre grâce à lui. Moi a été une bouée de sauvetage et une personne importante. En terminant ce récit, je me disais qu'il ne faut pas que je m'attarde sur l'idée que je suis imparfaite. Je peux toujours accomplir de bonnes actions, dire de belles choses. Même si je me déçois, je peux être une bonne personne. Ces pensées me font du bien. J'ai hâte d'être à demain.

Tous les livres se valent-ils ?

Yeong-ju avait du mal à supporter le souvenir des disputes avec une mère qu'elle n'avait pas vue depuis des années. Il lui fallait dépenser des tonnes d'énergie pour calmer les remous que cela suscitait en elle. Elle se déplaçait au ralenti dans sa librairie, comme si elle était malade, et ne prêtait pas attention à l'air découragé de Min-jun. Plongée dans ses propres problèmes, la personne la plus altruiste devient indifférente aux autres.

Mais sa librairie l'a forcée à se ressaisir. Tout ce qu'elle avait mis de côté comme non urgent était devenu plus qu'urgent. Elle est arrivée à 10 heures pour vérifier les commandes, s'occuper de la comptabilité, sélectionner les livres à expédier, rédiger les présentations des nouveaux ouvrages et jeter un coup d'œil à ceux dont on parlerait au club de lecture hebdomadaire. Là, la pression est montée car elle ne les avait pas encore lus.

Sa journée d'aujourd'hui a été tellement chargée qu'elle a oublié son désarroi. Elle a fait preuve d'efficacité et de rapidité dans l'exécution de tout ce qu'elle avait à faire. Si ses anciens collègues la voyaient, ils diraient que ça n'a rien d'étonnant, qu'on ne change pas de nature. Mais aucun d'eux n'est resté en contact avec elle.

Pendant que la libraire se démenait, Jeong-seo tricotait une écharpe bleue. Assis en face d'elle, Min-cheol la regardait travailler. Il attendait Yeong-ju. *S'il n'a rien à faire, il n'a qu'à regarder YouTube. Pourquoi me regarde-t-il, moi ?* pensait Jeong-seo qui, malgré l'air maussade du garçon, le trouvait touchant.

— Ça te plaît ? lui a-t-elle demandé, devant son regard fasciné.

— Ça ?

— Je veux dire, pourquoi es-tu là ?

— Je dois venir ici une fois par semaine pour discuter avec la tante de la librairie. Comme ça, ma mère n'en a plus après moi, a-t-il expliqué calmement.

— La tante de la librairie est probablement Yeong-ju. Et je ne veux pas savoir pourquoi ta mère en a après toi. Bon. Dis-moi si tu veux essayer.

— Le tricot ?

— Oui. Tu veux essayer ?

Jeong-seo a reposé son ouvrage pour lui laisser le temps de la réflexion.

— Non, je vais juste regarder.

— D'accord. Il n'y a pas de problème.

Les coudes bien à plat sur la table, Min-cheol a regardé l'écharpe bleue s'agiter au rythme des aiguilles de Jeong-seo. A chaque mouvement de l'écharpe, il avait l'impression qu'elle rampait vers lui. Les mains s'activaient avec régularité et il les suivait des yeux. Il était étonné de se sentir apaisé par le simple fait de regarder cette femme tricoter. Un jour, il avait regardé avec attention sur YouTube une émission culinaire à propos d'une personne qui trouvait sa nourriture dans la nature et ne la transformait en mets appétissants qu'après l'avoir laissée maturer pendant un mois. La vidéo durait vingt minutes et décrivait les étapes complexes du processus. Il l'avait trouvée tellement incroyable et amusante qu'il l'avait regardée plusieurs fois. Là, il avait le même sentiment. Il avait envie de voir et revoir tricoter.

Ne t'inquiète pas, tout va bien se passer, avait-il l'impression d'entendre un hypnotiseur lui dire.

Il s'est un peu assoupi. Puis il est sorti soudain de sa somnolence pour déclarer, comme s'il avait eu une révélation :

— C'est la première fois que je vois ça.

— Quoi donc ?

— Tricoter…

— C'est rare en ce moment.

Il a continué à regarder l'écharpe en silence, avant de reprendre :

— Tante…

— Tu m'appelles aussi tante ?

— Comment puis-je vous appeler autrement ?

Jeong-seo s'est arrêtée pour réfléchir.

— Nous n'avons aucun lien de parenté. C'est bizarre que tu m'appelles tante. D'un autre côté, je n'ai pas envie que tu m'appelles grande sœur. Et madame serait encore pire. C'est le problème du coréen... Aucun mot par lequel tu pourrais m'appeler ne me convient.

— ...

— Bon... de toute manière, tu appelles Yeong-ju tante. Quelle importance ? Eh bien... appelle-moi tante aussi.

— D'accord.

— Mais qu'est-ce que tu voulais me dire ?

— Est-ce que je pourrai vous regarder tricoter la prochaine fois ?

Il la fixait d'un air très sérieux, comme s'il lui demandait une importante faveur. Il était tellement touchant que Jeong-seo a hoché la tête en signe d'assentiment.

— Mais il va falloir te battre pour rester à cette place.

— Pourquoi ?

— Parce que c'est la place de Yeong-ju.

Tandis que la libraire se consacrait aux tâches qu'elle avait jusque-là reportées, Min-jun déambulait entre les rayons sans se faire remarquer. Entre deux commandes de café, il se retroussait les manches et venait aider Yeong-ju. Une fois son travail terminé, il époussetait tous les recoins de la librairie, essuyait et essuyait encore la machine à expresso et les verres, remettait les tables en ordre, alignait les livres. Un vrai obsédé. Yeong-ju le voyait bien, mais elle n'y prêtait pas attention.

Comme le plus important avait été fait, Yeong-ju a apporté des assiettes de fruits à Min-jun, Jeong-seo et Min-cheol, puis elle s'est assise à son bureau. En croquant sa pomme, elle déciderait du nombre d'exemplaires de *Glimpses of World History* de Jawaharlal Nehru dont elle aurait besoin. Elle ne retournait presque jamais les livres, car elle réfléchissait toujours avant de lancer une commande. Quand elle n'avait aucun élément statistique sur des ventes précédentes, elle devait se contenter de bâtir des hypothèses en se demandant combien de temps durerait l'engouement pour tel ou tel livre.

Aujourd'hui, à l'ouverture de la librairie, elle avait reçu un appel : un client voulait savoir si elle avait *Glimpses of World History*. Il avait laissé son nom et ses coordonnées en assurant qu'il viendrait en sortant du travail. Aussitôt, Yeong-ju s'était précipitée pour placer le livre sur l'étagère des ouvrages réservés. C'était la première demande depuis deux ans qu'il patientait sur ses rayonnages.

Dès qu'un livre se vendait, elle se demandait si elle devait le commander à nouveau. Dans le cas précis de *Glimpses of World History*, elle n'avait aucune hésitation : elle en commanderait plusieurs après la venue du client. En plus, elle venait d'avoir un nouvel appel pour ce titre. Elle s'est mise à marmonner : « Un livre qui ne s'est pas vendu pendant deux ans, et voilà deux exemplaires qui partent en une seule journée. » En faisant une recherche sur Internet, elle a appris qu'une émission de télévision l'avait cité.

Cela arrive parfois : il suffit qu'une célébrité parle d'un livre à la télévision, qu'une star l'ait à la main et que sa photo soit diffusée sur les réseaux sociaux, que le héros d'une série télévisée le lise… Alors tout le monde veut l'acheter. Il peut même devenir un best-seller.

La *découvrabilité* est importante en ce qui concerne les livres. *Si un téléspectateur découvre un livre et finit par le lire, c'est une bonne chose, quel que soit le livre*, pensait Yeong-ju.

Cependant, cela générait des moments bien embarrassants pour elle. Elle ne pouvait pas vendre un livre uniquement pour ces raisons. Trois critères – indispensables pour qu'elle aime venir travailler – guidaient ses achats : 1. Que le livre soit de qualité. 2. Qu'elle ait envie de le vendre. 3. Qu'il corresponde à l'image de la librairie.

En général, elle ne se posait pas trop de questions et faisait facilement ses choix. Mais quand un livre était très médiatisé ou que c'était un best-seller, c'était plus difficile. Et là, elle se demandait s'il fallait ajouter un quatrième critère : que le livre se vende bien. Parfois, il n'y avait aucune concordance entre les livres que Yeong-ju voulait vendre et ceux qui se vendaient bien. Le critère n° 4 était très puissant : il lui était arrivé de proposer des titres car elle se sentait incapable de résister au fort courant en leur faveur. Surtout à ses débuts.

Après avoir répondu plusieurs fois par la négative à la même demande, elle avait fini par mettre en vente un livre plébiscité. Et il se vendait très bien, sans surprise. Mais le problème venait d'elle. Chaque fois qu'elle le voyait, elle se sentait mal, comme lorsqu'on se force à manger un plat qu'on n'aime pas. Elle en était venue à le détester. Elle avait donc décidé de rester ferme à l'avenir. Elle ne serait pas influencée par ce qui était recommandé à la télévision. Par contre, elle mettrait en vente des livres estimables mais inattendus, afin que ses clients puissent les *découvrir* dans sa librairie.

Désormais, si elle proposait un livre qu'elle n'aimait pas mais qui se vendait bien, elle ne le mettait pas en évidence. Elle pensait que chaque livre avait une place qui lui convenait et que c'était à elle de la trouver.

Maintenant les problèmes commençaient. Combien d'exemplaires de *Glimpses of World History* commander ? Deux dans un premier temps. Elle allait les ranger à la même place qu'avant. Elle se disait que ce serait une bonne idée d'organiser un événement autour des livres d'histoire. *Glimpses of World History* adoptait le point de vue du tiers-monde et non de l'Europe. Il était donc probable que ses clients réagiraient positivement à un événement qui leur permettrait d'envisager l'histoire mondiale sous cet angle. Elle allait placer les livres sur la troisième étagère du rayonnage, au deuxième rang. C'est là qu'elle plaçait les lectures exigeantes lors des événements.

Harmonie ou dissonance

Après la conversation téléphonique qu'il avait eue avec sa mère, Min-jun était complètement abattu. Chez lui, il restait vautré sur son lit ; même ses postures de yoga en étaient perturbées. Il reprenait tout juste ses esprits pour préparer le café à la librairie. Il se sentait coupable à l'idée de décevoir ses parents. Il pensait que sa mère lui reprochait de ne pas vivre correctement et il en était angoissé. *Mais non. Maman n'est pas comme ça.*

Il se demandait comment il pouvait se comporter de façon aussi insouciante et par ailleurs être si vite bouleversé par un simple coup de téléphone. Jusque-là, il avait vécu sans trop se poser de questions. Il gagnait suffisamment pour couvrir ses besoins. Avant il se sentait seul, mais depuis qu'il travaillait à la librairie, il ne souffrait plus de solitude ; il pouvait parler à quelqu'un à tout moment. Yeong-ju lui avait fait part de son rêve d'enfant – vivre entourée de livres – et il l'avait bien compris. Dès qu'il était entré dans la librairie, lui aussi s'y était senti bien. Il avait une bonne patronne ; parfois, elle lui semblait plutôt une gentille voisine et cela lui faisait oublier qu'il était au travail.

Dès qu'il arrivait, il avait beaucoup à faire et il s'acquittait consciencieusement de ses tâches, qui lui demandaient de l'imagination. Comme le disait Jimi, on peut mélanger le café d'une infinité de façons. Même si les plants de café sont cultivés au même endroit, de la même manière, le goût des grains peut changer au sein d'une même variété parce que cela relève du travail conjoint de l'homme et de la nature.

Lire des livres et préparer du café ont beaucoup de similitudes. Dans les deux cas, il est facile de commencer et plus on s'y adonne, plus on en ressent le besoin, plus il est difficile de s'en passer. Et plus cela demande un goût aiguisé : ce sont des différences très subtiles qui font les qualités d'un livre et d'un café, et ces différences sont liées à la connaissance qu'on en a. Au final, lecteurs et baristas aiment l'acte même de lire et de préparer le café. Min-jun appréciait son travail, mais...

Il n'était pas allé chez Goatbean depuis dix jours, alors il recevait le café comme avant. Il avait dû trouver des excuses à sa défection. Le torréfacteur qui avait livré sa commande avait discuté avec lui et en le quittant, il avait lancé sur le ton de la plaisanterie :

— Comme tu ne viens plus, c'est nous qui devons écouter la patronne raconter les histoires de son mari. Apparemment, il s'est encore mal conduit.

Min-jun s'était contenté de sourire.

— La patronne a fait un mélange avec ton café préféré. Viens le goûter.

— Oui, avait répondu Min-jun après un moment de silence.

Il se sentait mieux à l'idée que tous ses efforts avaient été vains. Il avait dépensé toute son énergie. Il pouvait s'abandonner au soulagement. Aurait-il atteint son but s'il avait persévéré, s'il avait fait une dernière tentative au moment où il était à quatre-vingt-dix-neuf pour cent, au lieu de tout laisser tomber ? Mais il se disait aussitôt que le petit un pour cent qui lui manquait dépendait de la chance et non d'un quelconque effort. S'il n'avait pas de chance, il resterait toujours à quatre-vingt-dix-neuf pour cent et n'atteindrait jamais son objectif.

Les films lui avaient appris une chose toute simple. Leurs protagonistes se trouvaient toujours placés devant des choix cruciaux, c'était le moteur de l'action. Mais ils finissaient par se décider. N'était-ce pas pareil dans notre vie ? Est-ce que ce n'était pas nos choix et seulement eux qui guidaient notre vie ? Arrivé à ce stade, il s'était rendu compte qu'il n'avait pas abandonné, mais fait son propre choix : sortir des sentiers battus.

Il se faisait ces réflexions en regardant *Seymour : An Introduction*. Seymour Bernstein n'avait pas renoncé à jouer du piano : il avait simplement choisi une autre voie que celle de concertiste. Lorsque cet interprète hors pair avait décidé d'enseigner son instrument plutôt que d'en jouer en concert, personne de son entourage ne l'avait compris. Cela ne l'avait pas perturbé. Aujourd'hui âgé de plus de quatre-vingts ans, il affirmait n'avoir jamais regretté sa décision.

En voyant ce documentaire, Min-jun pouvait se promettre que comme Seymour, il ne regretterait pas son choix. Mais ce dont il devait faire preuve maintenant, c'était de courage. Le courage d'aller de l'avant dans la direction qu'il avait prise, sans se soucier de décevoir les autres.

A partir du jour où il avait dit à Yeong-ju qu'il ne voulait pas rentrer chez lui, il n'en avait vraiment plus eu envie. Il se sentait encore plus mal quand il était seul. Aujourd'hui encore, il traînait dans la librairie une fois sa journée finie. Yeong-ju avait les yeux fixés sur son ordinateur et son expression des mauvais jours ; elle ne semblait pas remarquer qu'il était encore là.

Min-jun déambulait entre les tables ; il roulait des épaules et s'étirait le dos. De temps en temps, il regardait Yeong-ju. Il a tambouriné sur le comptoir du café puis, sans raison, il a ouvert la porte, laissant le vent froid d'automne s'engouffrer dans la librairie. Au bruit qu'a fait la porte en se refermant, la libraire a fini par remarquer son employé. Elle a vérifié l'heure avant de lui demander :

— Min-jun, pourquoi ne pars-tu pas ?

— Je ne suis plus au travail. Je fais un tour dans la librairie près de chez moi. C'est tout, a-t-il répondu en s'approchant d'elle lentement.

Yeong-ju a eu un bref éclat de rire. Elle a ôté ses mains du clavier. *Les « Je ne sais pas » de Min-jun diminuent nettement ces jours-ci*, a-t-elle pensé.

— Oui, mais ta librairie de quartier est fermée à cette heure-ci. Tu n'as pas le droit d'entrer comme ça dans un magasin fermé.

Min-jun a pianoté sur le dossier de la chaise à côté de lui, puis il s'est décidé ; il l'a saisie et s'est approché de la libraire.

— Je ne te dérange pas ? a-t-il demandé, encore debout.

— Ce soir aussi, tu n'as pas envie de rentrer ? a-t-elle répliqué en pianotant à son tour sur le dossier de la chaise. Ça arrive souvent en ce moment.

Il s'est assis à côté d'elle et a regardé l'écran de biais.

— Tu as beaucoup de travail ?

— Je fais une liste des questions que je poserai à l'auteur lors de la rencontre qui aura lieu la semaine prochaine. Et je n'en suis pas satisfaite.

— Qu'est-ce qui ne va pas ?

Il a regardé ouvertement la liste.

— Je pense qu'il faut que j'oublie mon ego et que j'invite des écrivains seulement en fonction de ce qu'ils ont écrit.

— Que veux-tu dire par là ? a-t-il demandé en se tournant vers elle.

— J'ai proposé cette rencontre à l'éditeur sans même avoir lu le livre. Après avoir eu l'accord de l'auteur, j'ai commencé à le lire et je me suis rendu compte que je n'y connaissais rien à ces histoires de style. Comment pourrais-je poser des questions alors que je ne connais rien au sujet ? Je me suis creusé les méninges et j'ai trouvé douze questions.

Il s'est penché sur la question 12, puis sur le livre posé à côté de l'ordinateur. Son titre, *Comment bien écrire,* était imprimé dans une police simple.

— Pourquoi as-tu invité l'auteur d'un livre que tu n'as même pas lu ? lui a-t-il fait remarquer en le feuilletant.

— Hum... parce qu'il me plaît ?

— Oui, mais encore ? Il est beau ?

Il a posé le livre, sorti son téléphone de la poche de son pantalon pour le consulter.

— Je ne sais pas... comment dire... il ne cherche pas à être aimable dans ses propos.

Min-jun a entré le nom de Hyun Seung-woo dans la barre de recherche.

— Tu dis que tu l'aimes parce qu'il est honnête ? a-t-il demandé en regardant le visage de l'auteur sur Internet.

Yeong-ju a hoché légèrement la tête, puis elle a tapé 13 sur son ordinateur.

Chacun s'est replongé dans ses pensées. Yeong-ju a regardé le 13 en ronchonnant et Min-jun a parcouru la librairie des yeux en se demandant s'il était normal qu'il se sente coupable. Enfin, Yeong-ju, après plusieurs tentatives avortées, a tapé sa nouvelle question.

Q. 13 : Dans quelle mesure êtes-vous honnête dans votre vie ?

Qu'est-ce que je raconte ? Elle a appuyé longtemps sur la touche « retour arrière » pour effacer la question. Elle a écrit :

Q. 13 : Avez-vous déjà trouvé des fautes dans

mes textes ?

Mais comment aurait-il lu mes textes ? Elle a supprimé aussi cette question. Cramoisie, elle a sorti deux bouteilles d'eau gazeuse du frigo et en a tendu une à Min-jun. Celui-ci, bouteille à la main, a regardé au loin par la fenêtre.

— Tu as des problèmes ? lui a-t-elle demandé.

Il a ouvert sa bouteille avant de répondre :

— Je voulais te parler de quelque chose, mais ce n'est pas facile.

— Mais tu n'es pas mutique d'habitude ?

Elle a bu une gorgée.

— Jimi et toi êtes les seules à me dire ça !

— Ah bon, c'est vrai ? s'est-elle exclamée d'une voix plus forte.

Il l'a regardée, surpris.

— J'en ai parlé avec Jimi. D'après elle, tu ne dis pas grand-chose quand tu es avec des *ajumma* comme nous. Je ne l'ai pas crue. Mais si c'était vrai ?

Elle a pris un air taquin, avant de boire une autre gorgée.

— Qu'est-ce que ça veut dire ? a-t-il demandé, mal à l'aise. D'ailleurs, tu n'es pas une *ajumma*. Il n'y a pas une grande différence d'âge entre nous.

— Sérieux ?

— Bien sûr.

— Je veux bien le croire. Pour moi, surtout.

Il a esquissé un sourire ; il semblait plus à l'aise après cette plaisanterie. Il a bu longuement puis il l'a regardée.

— Mais je peux te poser une question ? C'est une question personnelle.

— Dis toujours.

— Où sont tes parents ?

— Mes parents ? Ils sont à Séoul.

— Ah bon ?

Cette réponse lui a fait ouvrir de grands yeux.

— Bizarre, non ? *Ils ne viennent jamais à la librairie de leur fille et n'appellent pas non plus. Elle ne semble pas les voir les jours où elle ne travaille pas.* Tu devais penser que mes parents habitaient à l'étranger ou dans une région reculée, mais ils sont tout bonnement à Séoul. Tu trouves ça étrange ?

Il a secoué légèrement la tête, de peur d'avoir une réaction inappropriée.

— Mes parents n'ont pas envie de me voir. Surtout ma mère.

En fait, c'était comme s'il lui en avait demandé la raison.

— Parce que je leur ai subitement causé de gros soucis, alors que j'avais toujours été une fille obéissante. Si j'avais prévu leur réaction, j'aurais cessé plus tôt d'être une fille parfaite. J'aurais dû mieux habituer ma mère. Tout ça, c'est de ma faute. Mais pourquoi veux-tu que je te parle de mes parents ?

Son visage s'était fermé, comme toujours quand elle pensait à sa mère.

Il a un peu hésité avant de se lancer :

— Ma mère m'a appelé il y a quelques jours. Je ne l'avais pas eue au téléphone depuis longtemps, parce que je le laisse souvent éteint.

— Et pourquoi le laisses-tu éteint ?

— Peut-être parce que je n'aime pas l'idée d'être relié aux autres.

— Hum… je vois. De quoi avez-vous parlé ?

— Oh, de pas grand-chose. Elle s'inquiète pour moi et je lui ai dit de ne pas s'inquiéter. Elle m'a conseillé de trouver un travail plus stable et je lui ai dit que j'y penserais.

— Hum… je vois.

Il a jeté un bref coup d'œil à Yeong-ju et s'est empressé d'ajouter :

— C'est ma mère qui le dit, ça ne veut pas dire que mon travail ici ne me convient pas.

— Je comprends.

— Elle ne sait même pas ce que je fais.

— Tu n'as pas besoin d'expliquer.

Remarquant son sourire paisible, il a poursuivi :

— J'ai appris quelque chose sur moi ces derniers jours.

— Quoi donc ?

— Je vis comme si j'étais un adulte, mais ce n'est pas le cas. Un seul mot de ma mère suffit à me déstabiliser. J'ai l'impression d'avoir trébuché sur un obstacle invisible. Je peux me relever, mais au fond, je ne sais pas s'il vaut mieux que je me relève ou pas. C'est le problème. Que se passera-t-il si je déçois mes parents et que je n'arrive pas à être ce qu'ils attendent de moi ? Je n'arrête pas de penser à ça. J'ai l'impression de les trahir.

— Tu as l'impression que ta vie présente n'est pas celle que tes parents voulaient pour toi ? a-t-elle demandé, comme si elle l'avait compris à demi-mot.

— C'est ça… Du coup, je me déçois moi-même. Je crois que je suis trop immature pour vivre de façon indépendante.

— Tu voulais ne dépendre de personne ?

— C'était un vague rêve d'enfant. Je ne sais pas pourquoi, mais je n'ai jamais voulu avoir un travail précis. Etre médecin ou avocat, très peu pour moi. Je n'ai jamais voulu réussir ni être célèbre. Je voulais mener une vie tranquille, c'est tout. Je voulais qu'on reconnaisse ma valeur en tant que telle. D'où mon vague rêve d'exister de façon autonome.

— C'est vraiment beau, un rêve pareil.

— Pas du tout, je pense qu'à l'époque, je ne savais pas rêver.

Yeong-ju a pianoté sur la bouteille ; il s'est appuyé contre le dossier de sa chaise.

— Moi, je rêvais d'ouvrir une librairie.

— Alors, tu as réalisé ton rêve.

— Ce n'est pas faux, pourtant ce n'est pas l'impression que j'ai. Et je ne sais pas pourquoi.

— Mais pourquoi ?

Elle a inspiré brièvement, a regardé par la fenêtre et fini par dire :

— Je suis heureuse. Ça, je ne le nie pas. Seulement… j'ai l'impression que les rêves ne font pas tout. Ce n'est pas que les rêves ne soient pas importants, ou qu'il y ait quelque chose de plus important qu'eux…

Mais j'ai l'impression que la vie est assez compliquée et qu'il ne suffit pas de réaliser son rêve pour être heureux. C'est à peu près ça.

Min-jun fixait le bout de ses chaussures. *La vie est assez compliquée. C'est difficile d'être heureux.* Il réfléchissait aux paroles de Yeong-ju. La vie était compliquée en elle-même. Peut-être souffrait-il tellement ces derniers temps parce qu'il essayait de la rendre plus simple.

Alors qu'ils se parlaient par intermittence, elle a mis un point final à sa quinzième question tandis que Min-jun, toujours assis près d'elle, poursuivait :

— Tu as vu le documentaire *Seymour : An Introduction* ? Je ne crois pas que tu le connaisses, car il est vraiment confidentiel.

Yeong-ju fixait le chiffre 16 inscrit sur l'écran, elle en a détaché les yeux pour répondre.

— *Seymour : An Introduction* ?... Oh, Seymour Bernstein ?

— Oui, c'est lui.

— Je connais le livre : *Play Life More Beautifully : Conversations with Seymour*. Ces entretiens ont eu lieu après le tournage du documentaire dont tu parles. Et non, je ne l'ai pas vu. Je voulais le voir, mais... Pourquoi cette question ?

— Le grand-père...

— Tu veux dire papy Seymour ?

— Oui, papy Seymour dit ça dans le film.

Tête baissée, Min-jun a eu une légère hésitation. Il a finalement relevé la tête et regardé Yeong-ju.

— Pour que l'harmonie soit belle en musique, elle doit être précédée d'une dissonance. Ainsi, en musique, harmonie et dissonance doivent coexister. Et la vie est comme la musique. La vie est belle parce que la dissonance précède l'harmonie.

— C'est beau.

Il a baissé la tête à nouveau.

— Mais aujourd'hui, une pensée m'est venue à l'esprit.

— Quelle pensée ?

— Comment savoir si notre vie est dans l'harmonie ou la dissonance ? Comment puis-je savoir si ma vie est harmonieuse ou dissonante ?

— Oui... tu as raison. Parfois, on n'est même pas conscient de ce que l'on traverse. Il faut une vision rétrospective pour le savoir.

— C'est vrai. Je comprends parfaitement ce que papy Seymour essaie de dire, mais je suis curieux. Dans quel état suis-je maintenant ?

— D'après toi ?

Toujours tête basse, il a répondu d'un air confus :

— Moi, elle me semble harmonieuse, mais je pense que les autres y voient une dissonance.

Yeong-ju l'observait. Elle a souri.

— Moi, je la trouve harmonieuse, ta vie...

— J'espère ne pas me tromper, a-t-il dit en souriant avec amertume.

— J'en suis sûre. Je peux te le garantir.

Il a ri doucement à ces mots.

Tous les deux se sont tournés vers la fenêtre. La

librairie répandait sa lumière chaude dans la ruelle. Des passants longeaient lentement la vitrine, d'autres marchaient rapidement et se contentaient d'un bref regard, conscients de sa présence.

— Et puis… a dit Yeong-ju en brisant le silence, en ce qui concerne ta relation avec tes parents… c'est mieux d'y penser comme ça. Est-ce qu'il ne vaut pas mieux vivre sa vie comme on le souhaite plutôt que de chercher à ne pas décevoir les autres ? Je regrette de voir que je déçois les personnes que j'aime. Mais on ne peut pas se conformer toute sa vie aux désirs de ses parents. Moi aussi, j'ai eu beaucoup de regrets pendant longtemps. *Je n'aurais pas dû agir ainsi… J'aurais dû les écouter…* Mais si c'était à refaire, je ferais la même chose. Je ne peux pas vivre autrement, a déclaré Yeong-ju en regardant toujours dehors. Alors accepte. Ne te blâme pas. Ne sois pas triste. Aie confiance. Cela fait des années que je me remonte le moral en me répétant ça.

— Alors, je devrais essayer, a dit Min-jun avec un grand sourire.

— Bien sûr, a-t-elle renchéri. Nous avons aussi besoin d'être bienveillants envers nous-mêmes.

Il lui a dit qu'il ne la dérangerait pas plus longtemps et s'est levé. En se dirigeant vers la porte, il lui a conseillé avec un peu d'hésitation de ne pas rentrer trop tard. Yeong-ju a dessiné un grand cercle avec ses bras pour le remercier.

Sur le chemin du retour, il réfléchissait à ses paroles : penser à soi avec bienveillance. Derrière lui, la lumière semblait protéger la librairie Hyunam. Un jour, Yeong-ju lui avait énoncé les cinq bonnes raisons d'avoir une librairie dans le quartier. Il avait l'impression d'être en face d'une sixième bonne raison : le bonheur que donnait la librairie vue de l'extérieur.

Votre style vous ressemble-t-il ?

Yeong-ju est arrivée à la librairie une demi-heure plus tôt que d'habitude car il lui manquait la moitié des questions. Petite phrase ou long article, écrire était pour elle un véritable pensum. Dans sa vie d'avant, elle n'avait que des rapports professionnels à rédiger, mais maintenant elle devait publier de courts textes plusieurs fois par jour et, tous les deux ou trois jours, un article conséquent pour présenter un livre ou en faire la critique. A chaque fois, elle rencontrait les mêmes difficultés.

Pendant qu'elle tapait sur son clavier, elle avait la tête dans du coton et sa vue se troublait. Parfois elle ne savait absolument pas quoi écrire, malgré le désir qu'elle en avait ; souvent, elle avait une idée, mais elle peinait à la formuler.

En fixant le chiffre 18, elle s'est demandé ce qui se passait cette fois-ci. *Est-ce parce que je ne connais pas cet auteur ni ses livres, ou est-ce parce que mes idées ne sont pas encore claires ?* Elle s'est mise au clavier. Avec beaucoup de difficulté, elle a conclu sa question par un point d'interrogation. Elle l'a relue. *Quelle réponse l'auteur donnera-t-il ? Cette question est-elle appropriée ?*

Question 18 : Qu'avez-vous en tête lorsque vous lisez ou que vous écrivez ? Des phrases ?

C'était le directeur d'une maison d'édition indépendante qui lui avait fait découvrir Hyun Seung-woo, l'auteur de l'ouvrage en question. En lui envoyant un lien, il lui avait précisé que l'affaire prenait de l'ampleur dans le secteur, ces derniers temps. La controverse avait pris naissance dans un blog comptant dix mille abonnés, un chiffre important pour une publication consacrée à l'écriture, sans rien qui touche à la vie quotidienne.

Le premier article, « Système phonologique du coréen – 1re partie », datait de quatre ans plus tôt. Le blog comportait quatre rubriques : « La grammaire coréenne de A à Z », « Les phrases incorrectes », « Les phrases correctes », « Je corrige ma phrase ». L'incident avait débuté dans « Les phrases incorrectes ».

Dans cette rubrique, l'auteur expliquait en quoi des phrases extraites de journaux ou de livres étaient incorrectes. Parmi elles, une dizaine provenait d'un livre traduit. Et il commentait chacune d'elles de façon détaillée et objective.

Quand le directeur de la maison d'édition avait vu cet article, il avait répliqué sur le site de son entreprise. Plus précisément, il avait provoqué le blogueur, qualifiant son texte d'« acte grossier né de l'ignorance » et ajoutant qu'il s'agissait d'une ignorance de l'univers éditorial et que la grammaire de la langue coréenne n'avait rien à voir là-dedans.

Réponse du blogueur : « Il est regrettable que le secteur de l'édition soit dans une situation hasardeuse, mais cela ne justifie pas le fait que les lecteurs se trouvent devant des phrases incorrectes. » Réplique de l'éditeur : « Citez-moi donc un livre qui ne comporte aucune faute. »

Le blogueur avait ajouté un nouveau post dans la même rubrique. Il y recensait plus d'une vingtaine de phrases contenant des « petites erreurs habituelles », des « grosses fautes d'accord entre le sujet et le verbe », et enfin des « fautes de grammaire minimes, mais rendant les phrases quasiment incompréhensibles ». Il précisait avoir trouvé ces exemples dans cinq pages prises au hasard.

Il ne s'était pas arrêté là : il avait publié ses commentaires sur des citations extraites d'un autre livre, épuisé cette fois. Il s'agissait de six passages auxquels il reprochait les « petites erreurs habituelles ». Et il avait ajouté : « Je suis, c'est vrai, un blogueur passionné par l'écriture, mais je m'interroge souvent sur ce qu'est une phrase parfaite. Cela ne m'empêche pas d'être heurté par un livre bourré d'erreurs. Vous m'avez demandé de vous citer un livre qui ne comporterait aucune faute. Désolé, mais je ne vous répondrai pas. Votre question est biaisée. Les éditeurs ne sont pas dispensés d'être perfectionnistes sous prétexte qu'aucun livre n'est exempt d'erreurs. » Leur débat en ligne, sur Twitter et sur Instagram, était devenu un sujet brûlant pour le public et les professionnels de l'édition. L'opinion commune penchait fortement en faveur du blogueur ; les commentaires négatifs pleuvaient par dizaines sur le post de l'éditeur. Plus il publiait, plus il recevait de critiques acerbes et plus il s'énervait. Il avait menacé son adversaire de retirer ses posts et il était allé, dans le feu de l'action, jusqu'à prononcer les mots de « diffamation » et de « plainte ».

Tout à l'opposé, le blogueur avait répondu calmement qu'il assumerait ses fautes, s'il en avait commis. La controverse s'aggravait. Mais un jour, l'éditeur avait hissé le drapeau blanc et écrit : « Je regrette de m'être emporté et d'avoir agi sans réfléchir. A l'avenir, je m'efforcerai de publier de meilleurs livres. » Ceux qui suivaient le débat avaient été assez déçus par cette fin soudaine, mais ils avaient applaudi les duellistes et attribué une nette victoire au blogueur.

Si l'histoire s'était arrêtée là, sa fin n'aurait pas été très remarquable. Mais l'éditeur n'était manifestement pas quelqu'un d'ordinaire. Après avoir assumé publiquement sa défaite, il avait semblé à nouveau prêt à s'humilier. Mais au final, c'était un excellent homme d'affaires : sur le blog qui était leur champ de bataille, il avait demandé poliment au blogueur de relire le livre incriminé. Quatre mois plus tard, il en sortait une nouvelle édition dont le premier tirage, aussitôt épuisé, avait été suivi d'un deuxième puis d'un troisième, réalisés en un mois.

« La controverse lui a fait une bonne publicité ! » avaient commenté les gens de l'édition.

« Intellectuellement, je trouvais que le blogueur avait raison, mais affectivement, j'étais du côté de l'éditeur », avait dit le directeur qui avait envoyé le lien à Yeong-ju. Il lui avait également fait parvenir la couverture de la nouvelle édition.

Dès lors, la libraire s'était mise à chercher sur Internet des informations sur Hyun Seung-woo. Les mises à jour tardaient et il n'y avait rien de précis. Contrairement à ce que l'on aurait pu penser, il était « un employé ordinaire ». Ce qui plaisait, c'était le fait qu'il était « diplômé d'une école d'ingénieurs » et que les connaissances dont il faisait preuve sur son blog, il les avait acquises en autodidacte. Seung-woo publiait une chronique deux fois par mois depuis six mois, sous le titre « Histoires de phrases sur lesquelles nous ne savons pas grand-chose » et Yeong-ju la lisait à chaque parution.

Seung-woo exprimait des pensées caustiques, mais il ne polémiquait pas. Yeong-ju appréciait la causticité chez les écrivains. C'était la raison pour laquelle elle préférait les essayistes étrangers qui gardaient un ton acide du début à la fin, alors que les Coréens concluaient toujours en empruntant une voie médiane.

Les étrangers étaient capables d'appeler imbéciles les imbéciles, alors que pour les Coréens, ce n'était pas si facile. Leur éducation les incitait à prêter attention au regard d'autrui. Et Yeong-ju n'était pas différente.

Cela expliquait peut-être son attirance pour les styles reflétant une sensibilité étrangère à la sienne.

En tant que lectrice, son cœur s'ouvrait toujours aux êtres qu'elle rencontrait par le biais de l'écriture. S'ils vivaient au milieu de livres, elle était prête à tout leur passer : leurs contradictions, leurs défauts, leur passion, leur folie, leur violence.

Yeong-ju appréciait donc le style de Seung-woo, ni emphatique ni arrogant. Plutôt minimaliste, alors qu'il semblait être une personne émotive. A notre époque, se mettre en avant pour faire son autopromotion est plutôt bien accepté, mais Seung-woo ne révélait rien de lui-même, ce qui le rendait mystérieux. Il ne montrait que ses textes.

Non, il ne lui semblait pas préoccupé par la victoire ou la défaite. Mais c'était seulement la façon dont elle se l'imaginait. Quand Yeong-ju organisait des rencontres avec les auteurs, elle adoptait un point de vue de lectrice. Elle suivait son désir de parler avec tel ou tel auteur et de l'écouter raconter son histoire. Il était donc tout à fait naturel qu'elle ait eu envie de l'inviter lorsqu'elle avait appris la sortie de son livre. Elle avait aussitôt demandé à son éditeur si Seung-woo serait d'accord pour participer à une rencontre. Quelques heures plus tard, elle avait obtenu le feu vert.

Ce serait pour l'auteur la première fois qu'il parlerait de son livre en public.

En regardant Min-jun entrer dans la librairie, elle a tapé 19. Puis, ses poignets posés sur l'ordinateur, elle a agité les doigts au-dessus du clavier comme si elle jouait du piano. Et voici quelle était sa demande :

Question 19 : Votre style vous ressemble-t-il ?

C’était vraiment *la* question qu’elle voulait poser à l’auteur.

Une belle voix sous un style maladroit

L'homme qui venait d'entrer avait un visage qui semblait familier à Min-jun. Mais qui était-ce ? Il avait les cheveux ondulés et l'air fatigué. Depuis le seuil, il a embrassé rapidement la librairie du regard, puis s'est avancé jusqu'au bar, il a posé son sac à dos sur une chaise et s'est assis sur celle d'à côté. Puis il s'est mis à examiner les lieux longuement.

Il faisait face à Min-jun, occupé à préparer le café. En le voyant de près, celui-ci l'a reconnu : sa patronne l'admirait, c'était l'invité de ce soir.

— Un Americano bien chaud, s'il vous plaît, a demandé Seung-woo en lui tendant sa carte.

Min-jun a fait un geste de refus.

— Vous êtes bien monsieur Hyun Seung-woo, n'est-ce pas ?

— Pardon ? Oui… c'est exact, a-t-il répondu, gêné d'être reconnu.

— Nous offrons les boissons à nos invités. Un instant, s'il vous plaît.

— Merci.

Mal à l'aise, Seung-woo a baissé la tête. Il ressemblait vraiment à la photo, assis là, attendant son café.

Généralement, les écrivains qui participaient aux rencontres étaient soit excités soit angoissés. Lui, il montrait la même impassibilité que sur sa photo. Min-jun se demandait s'il avait pris la pose pour son portrait. Mais non, c'était son expression naturelle. Il était surtout frappé par l'extrême fatigue qui marquait son visage et il savait d'expérience ce qui la provoquait. Il avait lui aussi cette tête-là quand il ne dormait pas suffisamment, poussé à bout par les études et les jobs précaires. Bref, l'auteur manquait de sommeil.

— Voici votre café.

Seung-woo a pris sa tasse ; il a suivi le regard de Min-jun qui s'était fixé sur Yeong-ju : portant deux chaises, elle se dirigeait vers le centre de la librairie.

— C'est elle la libraire ? a-t-il demandé, les yeux rivés sur elle.

— Oui, c'est elle. Avez-vous besoin d'autre chose ?

— Non, je vous remercie.

En allant prendre les chaises des mains de Yeong-ju, qui était passée de l'autre côté de la salle, Min-jun lui a glissé quelques mots. Elle s'est tournée vers Seung-woo avant de venir à lui, le visage rayonnant. Leurs regards se sont croisés. Quand elle a été proche de lui, il s'est incliné pour la saluer.

— Bonjour, je me présente : Hyun…

— Vous êtes bien monsieur Hyun Seung-woo ? lui a-t-elle demandé, les yeux pétillants.

Il a hoché la tête, ne sachant que dire de plus.

— Bonjour. Je suis Lee Yeong-ju, la propriétaire de cette librairie. Je suis vraiment heureuse de vous recevoir. Merci d'avoir accepté cette rencontre.

Il a serré la tasse de café qui lui communiquait sa chaleur.

— C'est moi qui vous remercie de votre invitation.

— Merci de vos paroles, monsieur l'auteur.

Le trouvant un peu tendu, probablement à cause de la rencontre à venir, elle a expliqué :

— Cela commence en principe à 19 h 30, mais on laissera passer une dizaine de minutes avant le vrai début. Nous allons parler ensemble pendant une heure, puis le public va vous poser des questions pendant une petite demi-heure. Vous pouvez rester où vous êtes en attendant.

— D'accord.

Il ne la quittait pas du regard. Il se demandait si c'était convenable, mais elle aussi le fixait, ce qui le dissuadait de détourner les yeux. Yeong-ju était loin d'imaginer que son attitude contribuait à embarrasser son invité.

— Bon, il faut que je vous laisse, j'ai du travail. Je vous reverrai plus tard.

Après son départ, il s'est détourné pour se mettre à la fenêtre. Son éditeur s'approchait de la librairie. Il est allé l'accueillir après avoir jeté un dernier regard à Yeong-ju.

— Bonsoir à tous, merci de votre présence. Nous allons commencer notre rencontre. Monsieur Hyun, voudriez-vous vous présenter ?

— Bonsoir, je suis Hyun Seung-woo, l'auteur de

Comment bien écrire ?.

Ils étaient plus de cinquante à le saluer de leurs applaudissements. Certains ne s'étaient même pas inscrits. Il avait fallu sortir toutes les chaises de la librairie et même le canapé à deux places. A un mètre environ du public et face à lui, la chaise de la libraire-médiatrice et celle de l'invité, placées légèrement de biais l'une par rapport à l'autre. Ils n'auraient pas besoin de se tordre le cou pour se parler.

Seung-woo, d'abord nerveux, s'est calmé peu à peu. Il ne répondait pas immédiatement aux questions, mais prenait le temps de réfléchir et de choisir ses mots. Il ne parlait pas vite, sans pour autant être ennuyeux. Yeong-ju l'écoutait avec intérêt. L'écrivain qu'elle avait devant elle ressemblait beaucoup à celui qu'elle avait imaginé en lisant son livre.

Son attitude correspondait à son style d'écriture. Une attitude posée, une expression neutre, un léger sourire. Le sourire qui s'attardait sur ses lèvres exprimait une personnalité bienveillante, mais qui ne s'en laissait pas imposer. Et c'était peut-être ce qui mettait Yeong-ju à l'aise. Elle ne ressentait aucune tension. Elle se disait que même des questions épineuses ne le désarçonneraient pas et qu'il y répondrait calmement.

Plus de la moitié des participants étaient des visiteurs fidèles de son blog. L'un d'eux, qui lui avait demandé de relire un texte, en avait reçu la version corrigée et commentée. Il décrivait cette expérience comme une illumination. Tout le monde a éclaté de rire.

Lorsque Yeong-ju a déclaré avoir suivi toute l'affaire, nouvel éclat de rire. Comme Seung-woo semblait en confiance, elle a poursuivi :

— Puis-je vous demander comment vous avez vécu cette controverse ? Certains aimeraient bien le savoir.

Seung-woo a hoché la tête.

— J'ai feint l'indifférence, mais j'avoue avoir été pris au dépourvu. J'ai même pensé arrêter mon blog. A l'idée que ce que j'avais écrit pourrait causer des ennuis à quelqu'un, je me sentais mal.

— Justement, il n'y a quasiment plus eu de nouveaux posts dans la rubrique « Les phrases incorrectes » depuis cette affaire.

— C'est exact.

— C'est parce que vous vous sentez mal ?

— Non, pas forcément. Je n'ai pas beaucoup de temps en ce moment, parce que j'écris un livre.

— Par ailleurs, vous avez tout de suite donné votre accord quand l'éditeur vous a demandé de relire la traduction fautive.

— Non, a-t-il rétorqué en inclinant légèrement la tête sur le côté, comme s'il se rappelait la situation. C'est que je ne suis pas expert en correction.

— Ah non ? a demandé Yeong-ju en souriant.

— Oh, a-t-il répliqué immédiatement, je veux juste dire que je ne suis pas un correcteur professionnel. Je n'ai jamais pensé corriger un livre entier. C'est pour ça que j'ai vraiment réfléchi et que je n'ai donné mon accord que pour cette fois. En même temps, je me sentais désolé pour l'éditeur.

— Parce que vous aviez critiqué vivement ce livre ?

— Non, ça non. Je n'étais pas désolé, car la publication n'était vraiment pas très soignée.

En fait, il était moins cassant que sur son blog. C'était peut-être dû à son comportement ou à l'atmosphère qui l'entourait, on avait l'impression que tout ce qu'il disait était vrai.

— J'étais désolé parce qu'il me semblait que ma réponse le poussait dans ses retranchements. C'est mon défaut, a-t-il commenté en regardant Yeong-ju dans les yeux. J'ai un défaut incorrigible : j'ai tendance à tout rationaliser. Et lorsqu'on fait appel à mes émotions, je réagis encore plus rationnellement. C'est très pénible. J'en suis bien conscient et je fais toujours très attention, mais là, je n'ai pas réussi.

Yeong-ju le trouvait intéressant. Il voulait faire preuve d'honnêteté. Peut-être était-ce grâce à cette honnêteté qu'elle ne le trouvait pas ennuyeux malgré son sérieux. Elle a vérifié l'heure avant de continuer ses questions.

— Qu'avez-vous en tête quand vous lisez ou que vous écrivez ? Des phrases ?

— Non, pas du tout, contrairement à ce que l'on pourrait penser.

— Alors, qu'est-ce que c'est ?

— La voix. La voix de l'auteur. Lorsqu'on lit le texte d'un auteur qui a une belle voix, on sent sa force, même s'il est mal écrit. Mais le style est important, car il sert de révélateur à la beauté de la voix.

— Pouvez-vous nous expliquer comment ça se passe ?

— Imaginons un auteur à la voix déplaisante. On ne perçoit pas immédiatement qu'elle est déplaisante car on ne l'entend pas clairement : un style maladroit brouille notre perception. On dit souvent qu'il ne faut pas surcharger les phrases de fioritures inutiles. Ces fioritures masquent la laideur d'une voix insupportable, et au final, elles la rendent supportable.

— Si je comprends bien, ces éléments inutiles peuvent aussi dissimuler une belle voix.

— Oui, il peut arriver qu'un style maladroit cache une belle voix. Dans ce cas, il suffit de retoucher, de retravailler les phrases pour que la belle voix soit audible.

— D'accord. Je pense avoir compris, .

Après un échange de regards, elle a repris la parole.

— Cette fois-ci, a-t-elle commencé, les yeux dans ses yeux, je vais vous poser une question à laquelle je tiens. Pensez-vous que votre style vous ressemble ?

Ses yeux pétillaient comme lorsqu'elle l'avait vu tout à l'heure. Seung-woo s'est concentré sur la question, bien qu'il ait été intrigué par ce regard.

— C'est la question la plus difficile de la rencontre !

— Ah bon ?

— Sincèrement, je doute de la pertinence de la question elle-même. Qui peut savoir si le style reflète l'auteur ? Lui-même ne le sait pas.

Yeong-ju s'est aperçue que sa démarche habituelle – relier un écrivain à ce qu'il écrivait – pouvait mettre certains auteurs dans l'embarras. Alors que pour elle, ce n'était qu'un jeu.

Soudain elle a réalisé que sa question pouvait paraître intrusive, voire malpolie. *Pourrait-il l'interpréter comme une provocation, comme « vous ne ressemblez guère à ce que vous écrivez, en êtes-vous conscient ? »*. En fait, ce n'était pas du tout son intention. Elle ne voulait surtout pas le mettre dans l'embarras.

— Hum… eh bien, il me semble qu'on peut le savoir.

Interloqué, Seung-woo l'a dévisagée.

— Et comment ?

— Quand je lis un roman de Nikos Kazantzakis, je peux l'imaginer, lui. Par exemple, je le vois assis, regardant par la fenêtre d'un train, l'air grave.

— Pourquoi ?

— Parce qu'il aimait voyager et que c'était un écrivain qui prenait la vie très au sérieux.

— …

— Je pense qu'il n'était pas du genre à dire du mal des absents.

— Comment pouvez-vous penser ça ?

— Mais c'est son texte qui me le dit.

C'est son texte qui me le dit… Seung-woo l'observait tranquillement, il a cligné plusieurs fois des yeux avant de dire :

— Bon… Après vous avoir bien écoutée, voici ce que je vais vous répondre. Ce ne sera pas grand-chose, parce que je ne veux pas mentir. J'essaie de me tenir au plus près de ma vérité.

— Pouvez-vous préciser ?

— Quand j'écris, il m'arrive parfois de mentir inconsciemment. Une supposition : je dis que je n'ai pas vu un seul film depuis un an. Un jour, j'en viendrai à penser tout naturellement : Tiens, je n'ai pas vu un seul film l'an dernier, je ne dois donc pas aimer les films. Plus tard, le fait que je n'ai pas vu un seul film en un an disparaît de ma conscience et il ne reste plus que le commentaire : « Je n'aime pas les films. » Et c'est ainsi qu'au détour d'une page, j'écris : « Je n'aime pas les films. » Cela ne me semble pas faux. Mais je me suis abusé moi-même. La vérité, la voici : j'aime les films, mais je n'en ai pas vu pendant un an parce que j'étais trop pris par mon travail. Si on réfléchit lentement et à fond, on atteint la vérité. Sinon, on en vient à mentir, alors que ce n'était pas l'intention première.

— La vérité, dans ce cas, c'est…

— Je n'ai pas vu de film depuis un an ou bien je n'ai pas pu voir de film.

La discussion sur le livre se déroulait harmonieusement. L'alchimie fonctionnait entre Yeong-ju et Seung-woo, et le public réagissait bien. Pendant la séquence des questions à l'auteur, les participants ont davantage occupé le devant de la scène. L'un a demandé si les ondulations de ses cheveux étaient naturelles ; un autre, si Seung-woo aimait ce qu'il avait écrit ; un autre encore avait remarqué une erreur dans la 25e phrase de la page 56. Seung-woo a particulièrement apprécié cette question. Il a discuté longuement de style avec son auditoire. Ils en ont conclu que chacun possédait une manière d'écrire qui lui était propre.

Tout le monde était parti, y compris l'auteur et son éditeur. Aujourd'hui encore, Yeong-ju et Min-jun faisaient le ménage. Alors qu'ils avaient presque fini, Yeong-ju a sorti deux bouteilles de bière du réfrigérateur. Ils se sont assis côte à côte dans la librairie déserte. Après avoir bu une gorgée de bière bien rafraîchissante, Min-jun a demandé :

— Comment te sens-tu quand tu rencontres un auteur que tu aimes ?

— Je suis heureuse, bien sûr.

— Il faut que j'aie un auteur préféré, comme toi.

— Oui, ce serait bien !

En buvant sa bière, elle a passé en revue les différents moments de la rencontre : avait-elle fait des erreurs ? Elle avait l'impression que cette fois-ci, elle en retranscrirait l'enregistrement avec beaucoup de plaisir. Publier le compte rendu de la rencontre sur le blog et les réseaux sociaux avant la fin de la semaine, commencer à préparer la prochaine rencontre… Exceptionnellement, ces tâches répétitives ne lui semblaient pas pénibles aujourd'hui. Exceptionnellement.

— Par contre, l'auteur, lui, il avait l'air exténué.

Elle a éclaté de rire à ces mots. Puis elle s'est rappelé

l'air fatigué, à la limite de l'épuisement, de Hyun Seung-woo. Son air sérieux et honnête. Il s'efforçait de bien saisir l'intention de chaque question pour y répondre avec sincérité. Il ressemblait beaucoup à la personne qu'elle avait imaginée à travers son livre.

Le repos du dimanche soir

La librairie était fermée le dimanche. Plusieurs personnes lui avaient conseillé d'adopter plutôt le lundi comme jour de fermeture. Et des libraires lui avaient même dit que les week-ends étaient particulièrement profitables. Elle en venait parfois à hésiter en pensant aux bénéfices qu'elle pourrait en retirer, mais cela n'allait pas plus loin. Par contre, elle espérait que viendrait un jour où sa librairie serait stable financièrement et où elle ne travaillerait que cinq jours par semaine. Cette perspective l'enthousiasmait.

Une fois la librairie stable financièrement... Mais qu'est-ce que ça signifiait exactement ? Pouvoir payer un salaire convenable à son employé et gagner correctement sa vie ? Ou alors, comme dans n'importe quelle entreprise, voir son compte bancaire augmenter ?

La vérité, c'est que la librairie Hyunam ne sera jamais stable financièrement dans la durée ! Voilà ce que pensait Yeong-ju ces derniers temps. *Mais alors que faire si je n'atteins pas l'équilibre ? Fermer la librairie ? Quelle autre solution ?* Les soucis s'enchaînaient, mais elle arrivait à profiter de la douceur du dimanche. Elle se sentait totalement libre du lever au coucher du soleil.

Bien qu'elle soit finalement assez extravertie sous ses dehors réservés, le contact avec les clients n'était pas toujours facile. Il lui arrivait d'avoir envie de s'isoler un moment quand elle travaillait, et après avoir passé la journée entière en relation avec des gens, elle ne s'endormait pas facilement. Elle avait besoin de s'asseoir seule au calme, au moins pendant une heure. C'est pourquoi le dimanche lui était si précieux. Le dimanche, ce jour unique, elle voulait échapper à la tension générée par toutes les rencontres.

Elle a ouvert les yeux à 9 heures. Elle a fait sa toilette et en buvant son café, elle a réfléchi à son emploi du temps de la journée. Elle savait pourtant qu'elle ne ferait rien de spécial : quand elle aurait faim, elle mangerait ce qu'il y avait dans le frigo, peu importait quoi. Après avoir pris son petit-déjeuner, elle téléchargerait des émissions de divertissement et les regarderait en riant pendant des heures.

Prendre son petit-déjeuner, regarder des émissions… tout se passait à son bureau. Elle ne quittait jamais le séjour avant d'aller se coucher. Son appartement était simple. Dans sa chambre, un lit et un placard. Dans l'autre chambre, une bibliothèque occupait tout un pan de mur. Dans la cuisine, un petit réfrigérateur pour une personne. Dans le séjour, un grand bureau, un fauteuil, une table d'appoint et une étagère étroite et basse. C'était tout. Depuis que Jimi lui avait conseillé d'y ajouter un canapé deux places, elle y réfléchissait, mais elle trouvait que la pièce lui convenait ainsi.

Etait-il nécessaire d'occuper tout l'espace disponible ? Une sensation de vide n'était pas désagréable non plus. Par contre, il y avait abondance de luminaires. Trois dans le séjour : un près de la véranda, un à côté du bureau et le dernier près de la porte de sa chambre. Quand ils étaient tous allumés, ils créaient une atmosphère très chaleureuse. Elle adorait.

Sur son bureau trônait un ordinateur portable, le même qu'à la librairie. Chez elle, elle vivait assise à son bureau. Aujourd'hui, après avoir terminé son petit-déjeuner, elle est restée à son bureau et a surfé sur Internet à la recherche d'émissions de téléréalité. Elle a écarté celles qui se déroulaient sur plusieurs années au profit de celles qui ne duraient que deux ou trois mois. Lorsque son programme préféré se terminait, elle avait l'impression que son esprit avait été remis à neuf.

Tout à l'heure, elle n'a pas trouvé de programme adéquat, alors elle en a repassé un qui lui avait plu. Elle aimait toutes les émissions réalisées par Na Young-seok, parce qu'il filmait des personnes agréables, partageant des conversations agréables, dans des endroits agréables. Ces histoires gentilles et sans complication l'apaisaient. Elle appréciait particulièrement *Youth over Flowers*, et elle avait une prédilection pour les épisodes qui se déroulaient en Afrique et en Australie. Elle ne connaissait aucun des participants, mais leur jeunesse et leurs sourires éclatants lui faisaient du bien.

Ces épisodes lui ont permis de se rappeler une époque qui s'appelait la jeunesse, mais qu'elle avait du mal à qualifier comme telle. Pour elle, la jeunesse ressemblait au pays d'Utopie ; comme ce lieu imaginaire, la jeunesse n'est-elle pas une époque que personne n'a jamais vécue ?

Un moment dont personne n'a jamais profité, comme le ciel miraculeusement clair d'Australie, comme le sourire des jeunes et jolies chanteuses du groupe, comme les vacances qu'elles avaient prises.

Yeong-ju s'étonnait d'être nostalgique de la jeunesse, alors qu'elle n'avait jamais pu profiter de la sienne. C'était la troisième fois qu'elle regardait l'épisode de l'Afrique. Comme toujours, elle a été saisie par le paysage qui l'avait subjuguée, et elle était heureuse de voir les jeunes rire et s'encourager mutuellement dans une nature vaste et magnifique.

Si elle pouvait y aller, elle aimerait, comme eux, grimper en haut d'une dune et s'y asseoir. Que ressentirait-elle à la vue du lever ou du coucher du soleil ? Serait-elle fascinée ou accablée par la solitude ? Elle aurait probablement les larmes aux yeux. A la fin du quatrième épisode, le dernier, le crépuscule est descendu sur le quartier.

Elle aimait toujours ce moment : regarder le spectacle qui s'offrait à sa vue tout en se promenant était un grand plaisir pour elle. Comme la jeunesse, le crépuscule s'évanouit vite, mais il ne génère pas de tristesse, car il reviendra le lendemain. Yeong-ju s'est approchée de la fenêtre pour mieux profiter de cet instant fugace. Elle s'est assise, les bras enserrant ses genoux, et elle a regardé dehors. La nuit d'hiver s'étendait.

Quand elle avait commencé à vivre seule, elle se forçait à s'écrier « Ah ! » à la tombée de la nuit, et elle éclatait de rire devant la bizarrerie de son comportement. Maintenant, elle était habituée à ne pas dire un mot de la journée : elle donnait un jour de repos à ses cordes vocales. Il lui semblait que la voix de son cœur se faisait mieux entendre quand elle ne parlait pas.

En fait, elle réfléchissait et se laissait porter par ses sentiments. Quand elle voulait s'exprimer, elle écrivait. Un dimanche, elle avait écrit trois textes. Elle ne les avait montrés à personne. L'obscurité a envahi le séjour. Elle s'est levée pour allumer les trois lampes, une par une, avant de se rasseoir.

Puis elle est allée chercher deux livres dans sa bibliothèque. Chaque soir, elle alternait la lecture de deux nouvelles, l'une extraite du recueil *Trop d'amour pendant la journée* et l'autre du *Sourire de Shoko*. Ce soir, elle allait lire la sixième nouvelle de *Trop d'amour pendant la journée*, « Attendre un chien ».

Au début de l'histoire, une femme perdait son chien alors qu'elle le promenait. Sa fille, qui était à l'étranger, rentrait et cherchait le chien avec elle. Ensuite violences domestiques, viols, soupçons et aveux s'enchaînaient, à la fin la nouvelle se terminait sur un avenir prometteur. Après avoir atteint la dernière page, Yeong-ju est revenue à la page précédente et elle a lu à haute voix quelques phrases. C'était la première fois de la journée qu'elle entendait le son de sa voix.

Toutes les perspectives d'avenir commencent par des choses sans importance. Au final, ce sont elles qui vont tout changer. Par exemple, le jus de pomme que tu bois tous les matins.

Yeong-ju aimait ce genre d'histoires. Des histoires qui renforçaient la volonté de vivre malgré tout, comme la lumière tremblotante qu'aperçoit dans le lointain une personne en pleine tourmente. Des histoires qui parlaient d'espoir, non pas un espoir naïf ou prématuré, mais lorsqu'il est la seule issue qui nous reste.

Après avoir relu ces phrases à haute voix, puis en silence plusieurs fois, elle est allée dans la cuisine. Elle a allumé la lumière, elle a sorti deux œufs du réfrigérateur et les a cassés dans l'huile d'olive qui frémissait dans la poêle. Elle a versé de la bouillie de riz dans son bol jusqu'à la moitié, a posé dessus les deux œufs sur le plat et y a ajouté une demi-cuillerée de sauce soja. C'est son plat préféré. Il faut toujours deux œufs pour que le jaune pénètre bien dans chaque grain de riz.

Après avoir éteint la lumière de la cuisine, elle est allée à la fenêtre tout en mélangeant le riz avec la cuillère. Elle s'est assise comme auparavant ; elle a mangé quelques cuillerées en laissant son regard errer dehors, puis elle a reposé le bol sur la petite table. Cette fois-ci, elle a pris *Le sourire de Shoko*. La bouche pleine, elle a feuilleté la table des matières.

Là encore, elle allait lire la sixième nouvelle, « Michaela », qui avait pour personnages principaux, encore une fois, une mère et sa fille. Elle n'imaginait pas qu'elle pleurerait en la terminant.

Ce dimanche, comme tous les jours, elle s'est endormie en lisant. Elle aurait aimé avoir encore un dimanche, mais le lundi matin, elle était heureuse d'aller travailler sans se dépêcher. *Si seulement je pouvais toujours vivre comme ça... Non, juste un peu plus tranquillement que maintenant*. Si seulement elle pouvait être un peu plus libre, elle aimerait vivre toujours comme ça.

Quelle tête ! Qu'est-ce qui t'arrive ?

Min-jun discutait du temps avec les torréfacteurs tout en triant le café.

Il a répondu « oui » à celui qui lui proposait de s'asseoir pour faire cela confortablement, mais il est resté debout, penché en avant.

— La patronne est en retard, a-t-il dit, l'air de rien.

— Ça arrive quelquefois, a répondu l'un des employés.

— Que se passe-t-il ?

— Nous, on n'en sait rien. Elle a prévenu qu'elle serait en retard. C'est tout, a répondu un autre en lui passant une chaise.

— Oh, merci.

— Ce n'est pas toi qui aurais des soucis ?

— Pourquoi ?

— Tu ne t'es pas vu là-dedans ? a-t-il dit en montrant le miroir.

Une fois assis, Min-jun a continué le tri. Il fallait mettre de côté les grains déformés ou qui n'avaient pas la bonne couleur pour les jeter à la poubelle. Il suffit d'un seul grain vert pour gâter le goût. Autrement dit, un seul grain détermine le goût de toute la boisson.

Min-jun pensait que, de même qu'on se débarrasse des grains défectueux, de même il faut se débarrasser de certaines pensées, parce qu'une unique pensée peut contaminer le cerveau tout entier. Il a pris un grain complètement flétri et déformé et l'a examiné un moment. Il a eu envie de le défroisser ; il y a mis toute la force de sa main, mais le grain n'a pas changé. Il a essayé encore et encore. C'est alors qu'il a vu Jimi entrer.

— Enfin ! Te voilà. Je pensais que tu ne viendrais plus jamais.

Le jeune homme a été surpris de la voir venir vers lui. Elle avait des traces de larmes sur le visage. Même si elle souriait, ses yeux bouffis ne trompaient pas : elle avait pleuré.

— On m'a dit qu'il y avait un mélange pour moi, a-t-il expliqué, comme s'il n'avait rien remarqué.

Elle ne lui a pas prêté davantage attention et elle est allée vérifier la torréfaction. Elle a inspecté les commandes une par une, prenant les grains en main et les humant. Lorsqu'elle s'est approchée de l'employé qui contrôlait le café moulu, ce dernier a hoché la tête et lui a dit :

— C'est celui-ci.

— Combien de temps faut-il encore ?

— Dix minutes.

Jimi a fait mine de mettre un téléphone à son oreille pour lui signifier qu'il devrait l'appeler quand le café serait prêt. L'homme a haussé les épaules et lui a montré la porte : il le lui apporterait directement.

Elle a fait le signe OK en joignant le pouce et l'index, puis, toujours avec un geste, elle a demandé à Min-jun de la suivre. Aussitôt hors de la salle de torréfaction, elle s'est retournée et a dévisagé le jeune homme.

— Pourquoi fais-tu cette tête ?

— Oh, a-t-il dit en effleurant ses joues.

— Tu as de tout petits yeux et un regard vide. Que se passe-t-il ?

— Je voulais justement te demander la même chose. Tu sais que tu as les yeux bouffis ?

— C'est vrai ?

Elle a pressé ses paumes sur ses yeux.

— J'ai déjà fait ça, mais j'ai oublié de vérifier ma tête avant d'entrer dans le magasin. Quelle idiote. Est-ce que ça se voit beaucoup ?

Min-jun a hoché la tête.

— Tu crois qu'ils l'ont remarqué, là-bas ?

Il a hoché de nouveau la tête.

— Bon, tant pis. Allons-y.

Goatbean possède plusieurs machines à café, comparables à celles que l'on trouve dans la plupart des grands établissements. Elles permettent de faire goûter aux clients le cru ou le mélange qu'ils ont choisi. Quand le client est un novice qui vient d'ouvrir un bar et ignore tout du café – comment le préparer, comment le déguster –, Jimi lui enseigne tout de A à Z. Cela avait été le cas pour Yeong-ju et, une fois amorcée, la relation est rarement rompue. Goatbean a donc beaucoup de clients fidèles.

Min-jun s'est assis au comptoir et Jimi est restée

debout, de l'autre côté. Ils se sont regardés, puis ils ont éclaté de rire. Ils se sont sentis très soulagés.

— Le travail ne te plaît plus ?

— Non, j'ai juste un peu erré.

— Tu as erré ?

— Yeong-ju m'a dit que *l'homme erre aussi longtemps qu'il cherche*.

— Elle a appris ça où ?

— D'après elle, dans le *Faust* de Goethe.

— Il faut vraiment qu'elle arrête de se faire mousser. Je la taperais bien si elle n'était pas aussi gentille.

Ils ont ri tous les deux.

— Du coup, tu errais parce que tu cherchais ?

— Ne me demande pas plus de précisions, s'il te plaît. Je ne peux pas t'en dire plus.

— Tu as raison, a approuvé Jimi. Il y a des moments où l'on n'a pas envie de s'expliquer davantage.

— Et toi, ça va mieux ? Tu ressens la même chose ?

— Quoi donc ?

— La raison pour laquelle tu as pleuré : tu ne veux pas l'expliquer ?

Au moment où Jimi allait répondre, le torréfacteur a apporté deux récipients hermétiques contenant du café moulu. L'un pesait deux kilos, l'autre deux cent cinquante grammes.

— Pour qui est celui-ci ? Pour Min-jun ? a-t-elle demandé en montrant celui de deux cent cinquante grammes.

Le torréfacteur lui a répondu par le signe OK et il a fait un clin d'œil à Min-jun.

— Il a la bouche pleine ? Pourquoi il ne parle pas ? a-t-elle demandé à Min-jun.

— Mais il t'imite, non ? a-t-il répliqué en faisant semblant de mettre un téléphone à son oreille.

— Je ne peux vraiment rien faire. Donc il a fait ça parce que je me suis exprimée par gestes au lieu de parler, c'est ça ?

Elle a sorti du placard un filtre en papier, un support, un récipient et une verseuse. Elle a mis de l'eau filtrée dans la bouilloire qui était sur la table et elle a attendu que l'eau bouille. Une fois l'ébullition atteinte, elle a ouvert la bouilloire. Elle a placé un filtre dans le support, qu'elle a posé sur le récipient. « En attendant », a-t-elle précisé.

— Aujourd'hui, je vais le faire « à la main ».

Elle a transvasé l'eau de la bouilloire dans une verseuse.

— Tu te rappelles ce que je t'ai enseigné ?

— Oui.

— Tu as essayé chez toi ?

— Souvent.

— Ah bon ? C'est très bien. Aujourd'hui, c'est la même chose que la dernière fois. Je ne pèse rien, mais si on veut être précis, il faut utiliser une balance. Tu peux me poser des questions.

Jimi a versé l'eau chaude dans le filtre, pour l'instant vide, l'humectant complètement. Tout de suite après, elle y a ajouté le café finement moulu.

— Le café a vraiment un goût plus prononcé quand on le prépare comme ça. C'est étrange. Une machine devrait donner un meilleur résultat, a-t-elle marmonné.

Min-jun l'observait verser lentement l'eau du centre du filtre vers l'extérieur, dans un mouvement circulaire. Après avoir attendu un moment, elle lui a fait observer :

— Regarde, ça mousse.

Puis elle a versé à nouveau l'eau du centre vers l'extérieur. Min-jun entendait le café goutter dans le récipient.

— Je me suis toujours demandé quand il fallait arrêter de verser l'eau.

— Quand le café s'écoule plus lentement. Mais si tu aimes le goût amer, tu peux verser un peu plus d'eau.

— Je suis d'accord avec toi. Mais parfois je me demande si je saurai un jour comment le café est meilleur.

— Moi aussi. Je me fie simplement à mon intuition. Je n'ai pas d'autre choix que de le préparer souvent comme ça et de le boire. Je continue de faire des essais et de goûter celui que font les autres.

— Bon, d'accord.

— Aie confiance en ton intuition. Elle est bonne.

— Parfois, je me demande si je peux te croire.

Jimi souriait en sortant les tasses du placard.

— Qu'y a-t-il d'autre dans la vie ? Il suffit de croire ce que dit la personne qu'on a envie de croire.

Elle lui a versé le café.

— Si tu bois ça, a-t-elle ajouté en se servant elle-même, tu vas avoir en moi une confiance aveugle.

Ils ont respiré l'arôme qui s'exhalait devant eux, avant de déguster une première gorgée. Leurs yeux mi-clos se sont ouverts et leurs regards se sont croisés.

— C'est vraiment trop bon ! s'est-il exclamé en reposant sa tasse.

— Bien sûr.

Ils se sont mis à parler de tout et de rien pour passer le temps. Après un moment de silence, Jimi a dit en baissant les yeux :

— Moi aussi, je veux vraiment faire comme si de rien n'était.

Min-jun a attendu qu'elle poursuive.

— J'aimerais bien penser que ce n'est rien et que, réellement, ce ne soit rien. Mais je n'y arrive pas. Tout ce qu'il me fait vivre me semble extrême.

— Il s'agit de lui ?

— C'est toujours pareil. Mais cette fois, j'ai pété un câble. J'ai failli le frapper.

Elle a tenté de sourire, en vain.

— Qu'est-ce qu'une famille et pourquoi ça me met hors de moi comme ça, je me le demande. Et toi, tu as l'intention de te marier ?

Il avait dépassé la trentaine, mais il n'avait jamais pensé sérieusement au mariage ; parfois l'idée l'effleurait.

— Je ne sais pas.

— Réfléchis bien avant.

— Oui, bien sûr.

— Moi, je regrette. Je n'aurais pas dû fonder une famille avec lui. Il était parfait comme amant. C'est ce qu'il aurait dû rester, au lieu de devenir l'homme avec qui je vis. Comment pouvais-je le savoir avant de l'épouser ?

— C'est exact.

— Le café n'est pas mauvais, même froid, tu ne trouves pas ?

— Oui, c'est vrai.

Après un moment de silence, Min-jun a repris :

— Mes parents s'entendent bien. Ils ne se sont jamais disputés. Du moins pas depuis que je suis là.

— Waouh, c'est dingue.

— Quand j'étais petit, je ne savais pas que c'était si important. Mais en prenant de l'âge, j'ai changé d'avis. C'est comme si on jouait dans une équipe à trois.

— C'est une famille bien harmonieuse.

— Oui, mais…

— Mais ?

Min-jun pianotait sur l'anse de sa tasse, puis il a levé les yeux.

— Ces derniers temps, je pense que ce n'est pas toujours une bonne chose d'être une famille trop soudée et qu'il serait préférable de conserver une certaine distance. Je ne suis pas sûr d'avoir raison, mais je vais essayer de vivre selon cette idée.

— Comment cela ?

— C'est Yeong-ju qui me l'a dit. Si on a une idée, il faut commencer par la mettre en pratique. On saura de cette façon si l'idée est juste ou non. Elle a dit aussi qu'il ne fallait pas avoir d'a priori là-dessus. Je pense qu'elle a raison. Du coup, j'essaie de mettre mon idée en pratique. Je ne dis pas que ça va être spectaculaire. J'essaie de garder une certaine distance. Je vais éviter de penser à mes parents pendant quelque temps.

Ils avaient fini de boire. Min-jun s'est demandé pourquoi le café froid était aussi savoureux. Inutile de chercher plus loin, c'était parce que les grains étaient de bonne qualité et qu'ils avaient été bien moulus et bien extraits.

— Bon, tu peux y aller maintenant, a dit Jimi, qui débarrassait les tasses.

Min-jun a mis la boîte qui lui était destinée dans son sac et s'est levé. Il a salué Jimi des yeux avant de lui tourner le dos pour partir. Mais il s'est ravisé et l'a regardée. Elle a haussé les sourcils, l'air interrogatif.

— Je ne sais pas si je peux te dire ça. J'espère que tu y réfléchiras sérieusement.

— A quoi ?

— A la famille. Ce n'est pas parce que tu fais partie d'une famille que tu en fais partie pour toujours. Si tu te sens malheureuse dans ta famille, il faut que tu prennes une décision.

Jimi l'a regardé en silence. Ses paroles l'avaient touchée. Il avait exprimé avec beaucoup de courage ce qu'elle-même hésitait à se dire. Elle n'osait pas. Elle lui a souri en faisant le signe OK. Min-jun a quitté Goatbean. Il se demandait s'il n'était pas allé trop loin, mais comme cela faisait longtemps qu'il voulait lui dire ça, il ne l'a pas regretté.

Comment nous voyons le travail

Les membres du club de lecture sont arrivés l'un après l'autre. Il y avait neuf personnes en comptant Yeong-ju, et tout le monde s'est assis en cercle. Le médiateur U-shik a pris la parole en premier, suivi des autres, dans le sens des aiguilles d'une montre : « Je me suis fait couper les cheveux. » « J'ai commencé un régime. » « Je ne me sens pas bien depuis que je me suis disputée avec une amie. » « La moindre broutille me donne le cafard, c'est probablement que je vieillis. » Et les réponses ont fusé : « Ta nouvelle coupe te va très bien. » « Tu n'as pas besoin de suivre un régime, tu es bien comme ça. » « C'est certainement la faute de ton amie. » « Les jeunes aussi ont parfois le cafard, ce n'est pas une question d'âge. »

Aujourd'hui encore, Min-jun n'avait pas envie de rentrer tout de suite chez lui. Après avoir vérifié qu'il n'y avait plus de clients, il a pris une chaise et s'est assis sans faire de bruit en arrière du cercle. Spontanément, les participants lui ont fait de la place. Il leur a signifié par gestes de ne pas bouger, et ils ont répliqué de plus belle, par gestes toujours, en l'invitant à se joindre à eux. Comprenant qu'il n'avait pas le choix, il a obtempéré. Aujourd'hui, ils allaient parler du *Refus du travail : théorie et pratique de la résistance au travail* de David Frayne.

— Nous allons commencer maintenant la discussion. Si vous voulez parler, levez la main. Vous savez que vous pouvez mettre votre grain de sel à tout moment. A condition de ne pas interrompre la personne qui parle.

Silence. Tous attendaient. Aucune pression dans ce club de lecture. Qui veut parler parle ; qui veut se taire peut se contenter d'écouter. Finalement, la jeune femme d'une vingtaine d'années qui se sentait mal après s'être disputée avec son amie s'est lancée :

— On dit qu'il y aura de moins en moins d'emplois à l'avenir à cause de l'intelligence artificielle, de l'automatisation et des plateformes. Cela m'inquiétait beaucoup. Je me demandais si je pourrais continuer à gagner ma vie en faisant des petits boulots par-ci par-là. J'espérais que le gouvernement trouverait un moyen de créer davantage d'emplois. Cela me paraissait vital. Mais voici qu'à la page 33, je lis cela...

Voyant tous les participants ouvrir leur livre, Minjun en a pris un exemplaire sur l'étagère qu'il a lui aussi ouvert.

— *Qu'y a-t-il de si magnifique dans le travail pour que les sociétés cherchent tant à en créer toujours plus ? Pourquoi, alors que le développement productif de notre société n'a jamais été aussi poussé, considérons-nous toujours que chacun a besoin de consacrer l'essentiel de son temps au travail ?* Je me souviens que l'un d'entre nous – je ne me rappelle plus qui – a dit l'autre jour qu'un livre devait être comme une hache. Quand j'ai lu la phrase que je viens de citer, j'ai eu l'impression qu'une hache m'avait frappé très fort à la tête. Pourquoi le sujet du travail est-il si sensible ? Plutôt que de s'inquiéter de ne pas avoir de travail, ne faudrait-il pas plutôt s'inquiéter de ne pas avoir de quoi vivre ? En fait, l'Etat ne devrait pas créer des emplois, mais trouver des moyens pour que le peuple puisse avoir de quoi vivre. C'est ce qui m'a fait réfléchir.

Nouveau silence. Min-jun s'y est vite habitué. Puis l'homme d'une quarantaine d'années qui disait suivre un régime a poursuivi :

— Puisque je vis dans une société où c'est un fait établi qu'il faut travailler pour avoir de quoi vivre, je n'arrive pas à séparer les deux aussi rapidement que vous. Ne pas travailler, mais avoir de quoi vivre quand même ? Disons que je comprends que cela soit possible en théorie, mais je ne peux pas l'accepter dans mon cœur. Je trouve ce livre un peu trop utopique. Néanmoins il m'a aidé à comprendre l'idée que je me faisais du travail. Pourquoi je pensais qu'il avait une valeur éthique, pourquoi j'en étais venu à me considérer comme paresseux et inutile si je ne travaillais pas, et pourquoi j'essayais toujours de trouver un meilleur emploi. Mais vous ne vous sentez pas anéantis ? En fin de compte, ce livre nous dit que la façon dont nous envisageons notre travail a été façonnée par un homme qui appartient au passé, non ? Et nous, nous révérons cette conception comme *la* vérité.

— Je suis bien d'accord avec vous, a dit une femme d'une trentaine d'années aux cheveux courts. D'après ce livre, la loi morale puritaine repose sur l'idée que ceux qui travaillent ont de la valeur et ceux qui ne travaillent pas n'en ont aucune. Elle considère le travail comme une priorité éthique. C'est donc la valeur puritaine du travail rédempteur qui a traversé le temps pour arriver jusqu'à moi, athée vivant en Corée au XXIe siècle. Et l'athée que je suis mène sa vie en faisant tout pour ne pas perdre son emploi. Dès mon plus jeune âge, j'ai pensé : « Je vais avoir une belle carrière et si mon mari ne me laisse pas travailler, je divorcerai. »

Elle s'est arrêtée un instant, avant de reprendre :

— Aujourd'hui encore, je continue à me seriner toutes ces phrases positives qui doivent me donner de l'énergie dans le travail : « Travailler, c'est bien ; il faut travailler dur ; quelle chance d'avoir un travail ; la vie serait vraiment terrible si on ne pouvait pas travailler », etc.

— Mais se dire ça n'est pas une mauvaise chose ? a demandé U-shik.

— D'après ce livre, on n'a même pas le droit de dire que c'est mauvais.

— Pourquoi est-ce mauvais ? est intervenue la quinquagénaire qui était triste de vieillir. Je ne me souviens plus où je l'ai lu.

Tous ont compulsé leur exemplaire pour trouver le

passage en question. Min-jun s'est rappelé *L'Ethique protestante* de Max Weber, qu'il avait étudiée à l'université. Cette éthique n'avait pas seulement franchi les siècles pour inspirer la conduite de la jeune femme athée, mais la sienne aussi. Il était prêt à travailler dur. Contrairement aux protestants, il n'avait jamais considéré le travail comme une fin en soi, mais, d'accord avec l'intervention du quadragénaire, comme une obligation générale.

— Voilà, j'ai trouvé. C'est page 78. Je vais vous lire le passage, a repris la jeune femme athée. *Celle-ci (cette nouvelle forme d'aliénation) ne se caractérise pas par l'exclusion des qualités humaines du processus de travail mais, au contraire, par la mobilisation et l'exploitation de ces qualités. Le problème ici n'est pas que le processus de travail ne présente aucune opportunité d'expression et d'identification, mais que l'employeur attend des travailleurs une implication et un investissement totaux dans leur travail.*

— Je lis la même chose page 83, a dit une étudiante qui passait souvent à la librairie l'année précédente, en uniforme scolaire. En d'autres termes, cela transforme les employés en *hommes de l'entreprise. A Hephaestus*[1], *l'identification des salariés à leur travail était promue à travers une rhétorique organisationnelle mobilisant des termes visant à susciter chez les travailleurs un sens du dévouement et de l'obligation personnelle. Des termes comme* équipe

1. Pseudonyme de l'une des cinq cents premières entreprises américaines.

et famille *sont ainsi utilisés pour redéfinir le lieu de travail comme le lieu d'une obligation de nature éthique plutôt qu'économique. Ils lient plus étroitement les travailleurs aux objectifs de l'organisation.*

L'étudiante s'est arrêtée pour regarder la jeune femme athée.

— Je crois que toi, lui a-t-elle dit, tu étais une *femme de l'entreprise*. Tu as identifié ta personne et tes valeurs à ton entreprise, et tu as travaillé dur comme si elle t'appartenait. Dans ce passage, l'auteur explique que l'entreprise utilise des termes tels que *équipe* et *famille* pour mieux intégrer ses employés. Vous savez peut-être que le mari de ma sœur aînée a été récemment promu chef d'équipe. Je l'ai félicité de tout mon cœur, mais aujourd'hui, j'ai peur du mot *équipe*. Et si on demandait aussi à mon beau-frère d'être un *homme de l'entreprise* ?

Min-jun a vu Yeong-ju intervenir pour la première fois :

— Cependant, je ne pense pas qu'on puisse considérer tous ceux qui se donnent totalement et aiment ce qu'ils font comme des *hommes* ou des *femmes de l'entreprise*. Ce livre ne donne pas qu'un point de vue négatif sur le travail. A mon avis, le plaisir de travailler et l'évolution personnelle que cela entraîne nous permettent de mener des vies épanouies. Le problème est que notre société est obsédée par le travail et que le travail nous prive de beaucoup trop de choses. Quand je travaille, j'ai souvent l'impression d'être épuisée. Lorsque je rentre chez moi après une longue journée, je suis tellement fatiguée que je ne peux rien faire de mon temps libre. Je pense qu'un grand nombre d'entre vous seront d'accord avec la phrase de la page 124 : *Lorsque nous passons une part significative de notre temps à travailler, à récupérer après le travail, à compenser le travail ou à faire des tas de choses indispensables pour trouver un emploi, s'y préparer ou le conserver, il devient de plus en plus difficile de définir la quantité de temps dont nous disposons vraiment, pour nous*. Finalement, le problème est là. On est trop pris par le travail, qui devient toute notre vie.

Min-jun s'est rappelé que lors de leur première rencontre, Yeong-ju avait insisté sur les huit heures de travail par jour. Cela signifiait que ce n'était pas le livre qui lui avait donné l'idée que le travail ne devait pas être épuisant et qu'une vie consacrée au travail ne pouvait pas être heureuse. Elle l'avait déjà en tête.

— Je suis tout à fait d'accord avec vous, a appuyé U-shik. J'aime mon travail. J'aime boire une bière et m'adonner à un jeu vidéo après une journée chargée. J'aime aussi m'arrêter dans une librairie pour lire un peu, ne serait-ce que quelques pages. Néanmoins, comme Yeong-ju l'a bien dit, on finit par s'épuiser si l'on a de trop longues journées, même si le travail est plaisant. Boulot, dodo, boulot, dodo… au bout d'une semaine, j'aurais envie de mourir.

— Il est encore plus difficile de conserver cette routine quand on a un enfant, est intervenu l'homme assis à côté de Min-jun. Je suis désolé d'évoquer les enfants alors qu'on parle de travail, mais je suis tellement pris que je n'ai même pas le temps de voir mon enfant. Ma femme rêve de l'Europe du Nord en ce moment. En Suède ou au Danemark, les *papas Latte* rentrent tôt du travail et boivent leur café au lait en s'occupant de leurs enfants. Mais ma femme et moi rentrons chez nous après 21 heures ; ma belle-mère qui s'est occupée de notre enfant toute la journée à la maison s'endort juste après notre retour. Venir ici une fois par mois au club de lecture est le seul passe-temps que je m'autorise. Ces derniers jours, je me dis souvent que la vie est dure.

— Alors, tout ne serait-il pas résolu si on travaillait moins ? a demandé la jeune femme, espérant alléger l'ambiance.

Tous se sont mis à parler : certains riaient, d'autres avaient l'air grave.

— Ce serait bien de travailler moins. Si ça ne voulait pas dire gagner moins.

— C'est peut-être possible dans une grande entreprise, mais dans une petite, ce n'est pas évident.

— Ce n'est pas évident non plus pour les travailleurs indépendants qui ont des revenus précaires.

— C'est sûr, cela pose beaucoup de problèmes.

— De toute façon, c'est inadmissible de réduire le salaire parce qu'on travaille moins.

— Hors de question ! Tout augmente mais on diminue les salaires ?

— Je suis indigné quand je vois les salaires des cadres supérieurs monter en flèche, alors que les nôtres ne décollent pas. Est-ce que ce ne sont pas les fourmis ouvrières comme nous qui font tourner la boîte ?

— Faut-il qu'on se révolte ?

La discussion semblant changer de direction, U-shik a levé la main pour conclure.

— En tout cas, il reste avéré que le travail est un mécanisme essentiel de répartition des revenus, et quasiment le seul. Il faut donc travailler pour avoir de quoi vivre.

Le quadragénaire allait dire que les mieux lotis étaient ceux qui travaillaient dans l'immobilier, mais il s'est abstenu de peur que la discussion ne s'engage sur une autre voie. Il est revenu au livre :

— C'est la raison d'être de ce livre. Notre société est structurée de telle sorte qu'il faut travailler pour vivre, mais il y a dans le monde un nombre croissant de personnes qui sont privées de travail. Ceux qui travaillent ne mènent pas une vie humaine parce qu'ils sont aliénés et épuisés, et ceux qui ne travaillent pas non plus, parce qu'ils ne gagnent pas d'argent. L'auteur préconise de réduire le temps de travail pour que tout le monde puisse y avoir accès. C'est théoriquement possible.

— Cela pourrait être mis en œuvre. Mais il y a des gens qui ne veulent pas faire de sacrifices. Le problème est là, a dit la jeune athée en pointant sa main vers le haut.

— Encore !

Eclat de rire général.

La discussion ayant dépassé une heure, les participants ont commencé à se lasser et à se dissiper. U-shik n'a rien fait pour les arrêter, comme s'il y était habitué ; tout au contraire, il a pris part à la conversation. La femme dans la cinquantaine a dit que, quand elle était jeune, elle trouvait normal d'être dans le moule et de faire des sacrifices, alors que les jeunes d'aujourd'hui ne se comportaient plus ainsi. Elle trouvait que c'était mieux qu'avant. Les jeunes présents ont réagi en disant qu'ils ne voyaient pas pourquoi se sacrifier ou être dans le moule, alors qu'ils n'avaient aucun espoir. Très étonnée, la femme les a regardés ; les jeunes ont hoché la tête.

— C'est surtout très triste d'entendre que vous n'avez pas d'espoir, leur a-t-elle dit.

Tout en les écoutant, Min-jun lisait la préface. Elle expliquait l'impact insignifiant du produit intérieur brut par habitant sur le montant total de bonheur personnel ; elle parlait de vies frustrantes axées uniquement sur la production et la consommation, et des adeptes de la *simplicité volontaire*, qui avaient bouleversé leur conception du travail, à la recherche d'une vie satisfaisante plutôt que de la réussite financière.

Simplicité volontaire. On disait que certains quittaient un emploi bien rémunéré au profit d'un autre moins prenant, ou arrêtaient de travailler. Alors que Min-jun se demandait s'il pourrait adopter la simplicité volontaire, un homme prétendant la pratiquer a pris la parole :

— Je suis bien d'accord avec ce qui est écrit là,

parce que ça raconte exactement mon expérience.

Il s'est éclairci la voix avant de continuer :

— Il y a un an environ, j'ai quitté l'entreprise où je travaillais depuis trois ans et j'ai commencé à gagner modestement ma vie en aidant un de mes amis. Pendant mes trois années de travail salarié, j'étais vraiment déprimé. Même si je faisais ce que j'avais toujours voulu, je me sentais frustré. Je travaillais souvent très tard le soir. Il me semblait que je deviendrais fou si je continuais comme ça. Alors j'ai arrêté. J'ai travaillé à temps partiel pendant quatre mois, cinq heures par jour. Mais ça ne m'a plu que la première semaine. Lorsque mon meilleur ami me demandait ce que je faisais, je n'arrivais pas à répondre. Ce que je trouve excellent dans ce livre, c'est qu'il aborde non seulement les avantages de la simplicité volontaire, mais aussi les difficultés rencontrées par les personnes qui la pratiquent. Ça m'a fait du bien de constater que d'autres avaient vécu la même expérience que moi. Et ça m'a rappelé ma devise.

— Votre devise ? lui a demandé la jeune athée, amusée.

— Toute chose a ses avantages et ses inconvénients. S'il y a des avantages, il y a aussi des inconvénients. Il ne faut donc pas ouvrir le champagne trop tôt.

— N'ouvrez pas le champagne trop tôt. C'est pas mal non plus comme devise, hein ? a-t-elle repris pour le taquiner.

— C'est vrai ! C'est pas mal du tout.

Pour plaisanter, il a fait un geste pour signifier qu'il avait atteint l'illumination.

— Ce que je voulais dire, c'est que la simplicité volontaire a ses avantages et ses inconvénients. Bien sûr, j'apprécie d'avoir beaucoup de temps pour moi. Mais j'étouffe parce que je n'arrive pas à gagner de l'argent et que j'ai du mal à partir en voyage, par exemple. Et puis, je n'ai aucune reconnaissance sociale.

— Vous avez peut-être raison... a dit le voisin de Min-jun, mais je ne pense pas que les personnes qui adoptent ce mode de vie accordent autant d'importance aux voyages et à la reconnaissance sociale que les autres. Il y a d'ailleurs un passage sur ce sujet dans le livre.

Tous de hocher la tête. Yeong-ju a levé la main et pris la parole :

— La simplicité volontaire n'est pas forcément une question de choix. Beaucoup sont obligés de quitter leur emploi. Parce qu'ils sont malades ou parce qu'ils souffrent de troubles émotionnels. Ou encore de dépression ou d'anxiété. Ils ne travaillent pas ou alors à temps partiel en raison de problèmes de santé. Mais notre société le leur reproche : tu es trop vulnérable ! Comme le mentionne le livre, les parents eux-mêmes poussent leurs enfants à travailler le plus tôt possible.

— Je pense que nous n'avons pas une attitude saine envers le travail, a renchéri le voisin de Min-jun. Dès l'enfance, on nous demande de tenir bon. Un de mes camarades avait été renversé par une moto sur le chemin de l'école. Couvert de sang, il est allé en classe au lieu de rentrer chez lui. Parce qu'il voulait obtenir le prix d'assiduité à la fin de l'année. L'idée qu'il faut tenir bon quoi qu'il arrive est un piège qui nous maintient prisonniers. J'allais travailler même si j'étais malade. Et lorsque j'étais vraiment incapable de bouger, je me sentais coupable. Alors qu'il est normal de se reposer quand ça ne va pas, non ?

Min-jun suivait la discussion tout en cherchant les pages auxquelles les participants se référaient. Dans le passage qu'il parcourait, Lucy disait qu'elle appréciait de ne pas travailler, mais qu'elle était peinée à la pensée de décevoir ses parents. Après avoir soupiré plusieurs fois, elle avouait qu'elle aurait dû trouver un emploi pour ne pas décevoir tout le monde, mais elle ajoutait qu'il était peu probable que cette seule raison la pousse à travailler.

Il s'est attardé sur l'histoire de Samantha, qui était une avocate spécialisée dans la propriété intellectuelle et qui travaillait maintenant dans un bar. Il a lu et relu lentement ces deux témoignages. La dernière phrase de Samantha revêtait une signification particulière à ses yeux : *J'avais l'impression de grandir parce que, pour la première fois, je faisais des choses que j'avais consciemment choisies.*

L'impression de grandir. Min-jun pensait que l'important dans le travail, c'était bien ça.

La discussion s'est terminée dans une ambiance conviviale. U-shik a conclu son intervention en disant qu'il appelait de ses vœux une société où tous pourraient être heureux : ceux qui trouvaient leur épanouissement dans un travail rémunéré, comme ceux qui étaient en quête d'une autre façon de vivre. Applaudissement général. Il était déjà 22 h 30. En moins de dix minutes, la librairie a retrouvé son aspect propre et bien rangé : tout le monde avait participé à la remise en place. Dix personnes dont Min-jun sont parties ensemble. Elles allaient probablement toutes se coucher avec des sentiments similaires.

Yeong-ju et Min-jun se sont séparés au carrefour. Min-jun a regardé la libraire se diriger vers le boulevard, puis il s'est engagé dans la ruelle. Pour le moment, il allait continuer à chercher des réponses dans les livres. Après *Le Refus du travail*, il allait lire *Avoir ou être : un choix dont dépend l'avenir de l'homme* d'Erich Fromm, puis les autres ouvrages de cet auteur, dans l'ordre chronologique. Même s'il se sentait anxieux et tourmenté, il savait ce qui allait occuper ses pensées : comment il allait vivre désormais. Il ne s'était encore jamais penché sérieusement sur ce sujet.

Puisque personne ne connaît la suite, il faut se lancer

Comme d'habitude, Jeong-seo tricotait une écharpe ; Min-cheol, une main soutenant son menton, l'observait. On aurait dit qu'il était assis sur la plage et ne pouvait s'arrêter de contempler la mer. A côté de lui, Yeong-ju qui vérifiait ses notes entendait leurs propos comme une musique de fond.

— Tante, c'est amusant de tricoter ?

— Bien sûr. Mais c'est surtout le sentiment de satisfaction qui me pousse à le faire.

— Le sentiment de satisfaction ?

— Une fois l'ouvrage terminé, je me sens satisfaite. J'adore ce sentiment. Si l'on cherche juste à s'amuser, il vaut mieux pratiquer les jeux vidéo. D'ailleurs, j'y ai pas mal joué à l'époque. Et toi, tu te débrouilles bien ?

— Ben, moyen quoi.

D'abord, Jeong-seo n'a pas manifesté d'intérêt particulier vis-à-vis de ses réponses, avant de lever les yeux au ciel et de déclamer sur un ton théâtral :

— O douleur ! Tu ne connaîtras jamais la douleur de vivre sans ressentir aucune satisfaction ! Une vie passée à faire un travail de fourmi qui ne procure qu'une fatigue mortelle !

Min-cheol s'est mis à rire de cette sortie bizarre. Jeong-seo l'a imité, avant de reprendre sa voix habituelle :

— Je déteste avoir l'impression de laisser filer le temps, alors que ma journée a été mortellement occupée. Toi, j'espère que tu ne ressentiras pas la même chose plus tard. Essaie de te sentir satisfait à la place.

— ... D'accord.

En les écoutant, Yeong-ju a trouvé la réponse à la question qui l'occupait depuis plusieurs jours : que signifiait pour une librairie « être stabilisée » ? Elle n'en avait aucune idée. Alors elle avait cherché le mot *stabiliser* dans un dictionnaire en ligne, selon l'habitude qu'elle avait prise lorsqu'elle écrivait. L'entrée « stabiliser » lui avait proposé les définitions suivantes : « Rendre quelque chose stable » ; « Créer les conditions propres à maintenir les prix, la monnaie, etc. ». Afin de créer les conditions propres à maintenir en vie la librairie Hyunam, c'est vrai, il fallait gagner de l'argent. Mais Yeong-ju n'avait aucune envie de remplacer le terme *stabiliser* par *gagner de l'argent*. Elle avait contourné le problème : pour que la librairie Hyunam se stabilise, il fallait augmenter le nombre de visiteurs.

Ensuite, elle avait passé en revue les habitants du quartier qui fréquentaient sa librairie. Certains venaient régulièrement mais un grand nombre ne venait qu'une fois.

Ses clients lui avaient souvent dit qu'ils avaient du mal à lire régulièrement. Après l'ouverture de sa librairie, elle s'était rendu compte qu'encourager à la lecture des gens qui manquaient de pratique n'était pas une mince affaire. Les pousser à lire sous prétexte que c'était bénéfique ne menait à rien. Au lieu de leur faire la morale, elle avait pensé que leur proposer un espace à eux était une bonne solution. Elle avait donc décidé de leur attribuer la pièce qui, à côté du comptoir du café, servait d'espace de stockage.

Elle avait commencé à le dégager : chaque fois qu'ils avaient du temps libre, Min-jun et elle se débarrassaient des objets à jeter et rangeaient ceux qu'elle voulait garder aux quatre coins de la librairie. Ils avaient appelé cette pièce vide la « salle des clubs de lecture ». Elle projetait de se mettre en quête de participants à ces clubs. *Ce serait bien que chaque club choisisse son nom*, pensait-elle. Dès le lendemain, elle posterait une annonce sur son blog et sur les réseaux sociaux et elle mettrait une affiche. Elle avait déjà trois fidèles clients qui pourraient devenir les animateurs de chacun des clubs : U-shik, la maman de Min-cheol et Sang-su, son plus gros lecteur – il la dépassait même.

Après avoir mis une touche finale à l'annonce des clubs de lecture, elle a levé les yeux sur Jeong-seo et Min-cheol. Tous deux ont été étonnés de croiser son regard.

— Vous avez une minute ?

Elle les a fait venir dans la salle des clubs de lecture

et leur a expliqué brièvement ce qu'elle comptait faire.

— Cette pièce accueillera des clubs de lecture. Le week-end, on y organisera aussi des ateliers. Là où vous êtes, on mettra une grande table. Il nous faudra une dizaine de chaises... Et puis j'installerai une clim réversible sur ce mur... J'hésite sur la couleur des murs et j'aimerais avoir votre avis.

Jeong-seo et Min-cheol ont parcouru l'espace des yeux : c'était petit mais chaleureux. Comme Yeong-ju l'avait dit, on ne pouvait y installer qu'une table et des chaises. Malgré tout, on ne se sentait pas à l'étroit. C'était petit mais pas oppressant. Le lieu idéal pour être proches les uns des autres.

— Il n'y a pas de fenêtre, mais ce n'est pas étouffant grâce à la porte qui donne sur l'arrière-cour... On accrochera deux ou trois jolis cadres aux murs... C'est tout ce qu'il nous reste à faire... J'aimerais avoir beaucoup de participants... mais je ne suis pas sûre, murmurait Yeong-ju, qui balayait la salle des yeux.

— Je pense qu'il y aura du monde, a dit Jeong-seo. J'ai vraiment eu l'impression de faire le bon choix quand je suis venue ici pour la première fois.

Yeong-ju l'a regardée.

— En fait, j'avais testé tous les endroits près de chez moi, en quête du lieu idéal. J'avais fréquenté les cafés franchisés comme les petits bistrots indépendants. Et c'est ici que je me suis trouvée le mieux. La musique m'a plu, l'ambiance pas trop bruyante m'a plu, et la lumière aussi. Ici, personne ne me regardait. Tout ça m'a mise à l'aise et je suis venue de plus en plus souvent. Comment dire… Cet endroit m'apaisait sans que je sache pourquoi, lorsque je levais les yeux de mon ouvrage. Un lieu tapissé de livres donne un certain sentiment de paix. Je le comprends bien maintenant.

— Un sentiment de paix ? lui a demandé Yeong-ju en regardant Min-cheol qui sortait dans l'arrière-cour.

— Oui, je me suis sentie apaisée. C'était curieux de ressentir ça, d'ailleurs… seulement, comment dire… J'avais l'impression que personne ne serait impoli envers moi, à moins que je ne le sois moi-même… et ça m'a apaisée. C'était ce dont j'avais besoin. J'ai donc eu envie de venir ici plus souvent. Même si je ne lisais pas, j'avais plaisir à être ici. Et maintenant, j'y suis scotchée.

« Pour ne pas déranger, à quelle fréquence faut-il que je commande un café ? » Yeong-ju se rappelait cette question de Jeong-seo. Cette dernière s'efforçait de rester polie. Elle devait penser que la distance optimale entre les gens pour pouvoir agir librement sans se gêner était régie par la politesse. Juste au moment où la libraire voulait intervenir, Min-cheol, de retour dans la salle, s'est exprimé :

— Je pense que le mieux est de laisser les murs blancs.

— C'est exactement mon avis… Je pense qu'il suffit de repeindre les parties abîmées, a acquiescé Jeong-seo.

— Mais est-ce que ce sera suffisant pour créer une ambiance agréable ? a demandé Yeong-ju.

— Pourquoi ne pas jouer sur l'éclairage, comme à l'intérieur de la librairie ? a proposé Jeong-seo.

D'un seul coup, le casse-tête de Yeong-ju a été résolu.

Retournée à sa place, la libraire a noté dans son cahier : *couleur des murs : blanc*. En ce qui concernait les clubs de lecture, elle ferait ce qu'elle avait prévu. Elle a aussi programmé une ouverture en nocturne et des projections de films un jeudi sur deux à partir du mois suivant. Organiser fréquemment des événements en soirée risquait d'être lourd, mais elle préférait se lancer et évaluer les difficultés. Il est toujours délicat de maintenir un équilibre entre travail et vie, entre argent et vie.

Au cours des deux années passées, elle avait vu fermer une à une les librairies de quartier qu'elle connaissait. Certaines s'étaient étiolées, d'autres avaient disparu d'un coup. Fermée pour raison financière, fermée parce que son propriétaire était dépassé par le rythme actuel, ou fermée parce que, bien que suivant le rythme, il ou elle n'arrivait pas à mener une vie acceptable. Ce dernier cas était celui d'une librairie très connue.

Yeong-ju pensait que gérer une librairie indépendante de quartier revenait à se frayer son propre chemin. C'était un modèle économique que personne ne savait avec exactitude comment faire fonctionner. Raison pour laquelle les libraires indépendants se montraient prudents à propos de leur avenir. « Nous vivons cantonnés au présent », se disaient-ils. Personne ne savait ce qu'ils deviendraient dans le futur. C'est pourquoi Yeong-ju avait parlé de « deux ans » lors de sa première entrevue avec Min-jun. Aujourd'hui comme alors, elle ne pouvait pas prévoir le futur de la librairie Hyunam.

Paradoxalement, le nombre des librairies de quartier ne cessait de croître. *Ce modèle économique peut exister comme un rêve passé ou à venir*, pensait Yeong-ju. Comme dans un rêve, une personne ouvre sa librairie ; au bout d'un an ou deux, fin du rêve : elle ferme sa librairie. Quelqu'un d'autre prend le relais... A mesure que le nombre de librairies augmentait, le nombre de ceux qui considéraient la gestion d'une librairie comme le rêve de leur vie augmentait en proportion. Conséquence : il était difficile de trouver une librairie indépendante de quartier qui ait dix ou vingt ans, en revanche, il existait toujours des librairies de quartier, même après dix ou vingt ans.

Dans la culture coréenne, qu'une librairie se stabilise semble presque impossible et toutes les idées que j'ai finiront par échouer, se disait Yeong-ju. *Non, pas forcément*, a-t-elle réagi. Il existe toujours des exceptions et chaque tentative a un sens (c'est ce qui importe). Si l'on a pris du plaisir à agir (malgré la difficulté), le résultat importe peu. Et surtout, elle appréciait le temps qu'elle passait à stabiliser sa librairie. N'était-ce pas suffisant ?

Elle est revenue à ses préoccupations actuelles. Il était temps de penser aux intervenants pour les ateliers du samedi. Dans un premier temps, elle en organiserait deux, qui seraient tous les deux consacrés à l'écriture, car cette pratique intéressait de plus en plus de monde. Elle allait envoyer des mails à Lee Ah-reum et à Hyun Seung-woo pour leur demander leurs disponibilités.

— Ça y est, les mails sont prêts, a-t-elle marmonné.

Min-cheol l'a regardée.

— Désolée, je faisais semblant d'être occupée, a-t-elle dit en fermant son cahier.

Le garçon a secoué la tête pour manifester qu'il désapprouvait ces propos. Yeong-ju a souri avant de lui demander :

— Tu es en vacances en ce moment, n'est-ce pas ? Que fais-tu ?

— Rien de spécial. Toujours les mêmes choses. Je vais aux cours complémentaires et je rentre à la maison. Le lendemain, cours complémentaires et maison. Je mange, je vais aux toilettes, je me couche.

— Fais-tu quelque chose de particulièrement intéressant ?

Yeong-ju non plus n'avait pas grand-chose à dire de ses années de lycée. Elle avait toujours mal au ventre en y pensant.

— Non.

— Je vois.

— Au fait… devrais-je faire des choses intéressantes ? Ce n'est pas horrible non plus de vivre sans.

— C'est vrai. On ne peut pas se forcer à faire des choses intéressantes.

— Tout le monde, maman y compris… pourquoi n'aiment-ils pas que je mène une vie insipide ? En fait, je préférerais être stressé à cause des études. La vie est censée être comme ça, non ? Tout le monde vit comme ça, simplement parce qu'on est né.

Avant de lui répondre, Yeong-ju a vérifié qu'aucun client n'avait besoin d'elle. Elle a observé le visage du lycéen, le visage d'un ado qui a déjà compris que la vie n'offre rien d'exceptionnel.

— Tu as raison, mais parfois, le simple fait de savoir qu'on peut faire quelque chose d'amusant nous donne une bouffée d'oxygène.

Jeong-seo a hoché la tête et Min-cheol a eu l'air contrarié.

— Une bouffée d'oxygène ?

— Parce que la vie semble plus supportable quand on a une bouffée d'oxygène.

Min-cheol semblait plongé dans ses pensées. Yeong-ju ne se souvenait pas qu'elle faisait une tête pareille au même âge. A l'époque, elle n'était pas compliquée. Comme le garçon, elle faisait des allers-retours entre sa maison et son lycée, les études la stressaient toujours, non, c'était la compétition qui la stressait. Et elle s'inquiétait toujours pour l'avenir. *Comme je ne voulais pas m'angoisser pour les études, j'y consacrais beaucoup de temps*. Comme elle ne voulait pas souffrir de la compétition, elle était toujours la première. Comme elle ne voulait pas s'inquiéter de l'avenir, elle passait son temps à le préparer. C'est peut-être pour ça qu'elle enviait Min-cheol et qu'elle l'appréciait. Il ne serait probablement pas d'accord, mais elle avait l'impression qu'il dirigeait très bien sa vie.

— Le sentiment d'impuissance, l'ennui, le vide. C'est difficile d'y échapper une fois qu'on est tombé dedans. Tu as probablement l'impression d'être tombé dans un puits à sec et de rester recroquevillé tout au fond. Là, on se sent l'être le plus insignifiant du monde, le plus démuni aussi, pas vrai ?

Sans quitter son tricot des yeux, Jeong-seo a expiré longuement par le nez. Yeong-ju a regardé ses mains pendant un moment avant de poursuivre doucement :

— Je pense que c'est pour cette raison que je me plonge dans les livres. La seule mention du mot *livre* t'ennuie déjà, non ?

— Non.

— Il y a une chose qu'on apprend au cours de ses lectures, c'est que tous les auteurs sans exception sont tombés dans un puits, au moins une fois dans leur vie. Certains viennent tout juste d'en sortir, alors que d'autres en ont émergé depuis longtemps. Et tous nous disent : je suis sûr d'y retomber.

— Et pourquoi devrais-je écouter ces histoires de personnes tombées dans un puits ? Ça ne me concerne pas, a dit Min-cheol, le visage indéchiffrable.

— Eh bien… c'est très simple. Le seul fait de savoir que je ne suis pas seule à souffrir me rend plus forte. Tiens, lui aussi, il a des problèmes ? Ma souffrance est toujours là, mais elle s'allège plus ou moins. Je suis convaincue qu'il n'existe personne qui ne soit jamais tombé dans un puits.

Elle a eu un petit sourire.

Min-cheol l'écoutait, l'air assez grave.

— Et là, me vient l'idée de sortir de cet état d'impuissance. Alors je me relève. Et, ça alors ! Je me rends compte que le puits n'était pas profond du tout. Je sens une brise légère qui souffle vers ma droite, selon un angle de trente-cinq degrés. Je me dis soudain que j'ai de la chance d'être en vie. Parce que le vent me fait vraiment du bien.

— Je suis désolé, mais je ne suis pas sûr d'avoir bien compris, a dit le lycéen qui fronçait les sourcils et clignait des yeux.

— Oh, pardon ! J'étais perdue dans mes pensées.

— Et puis…

— Oui, dis-moi.

— Il y a aussi une bouffée d'oxygène dans cette histoire ?

— Bien sûr ?

— C'est quoi ?

— La brise.

— La brise ?

— Parfois je pense à ça, a dit Yeong-ju, le visage détendu. Que j'ai de la chance. Que j'ai de la chance d'aimer le vent. Que j'ai encore plus de chance de le sentir et de pouvoir respirer à fond. Quelle chance lorsque la brise du soir m'enveloppe ! On dit qu'il n'y a pas de vent en enfer, alors je suis chanceuse de ne pas habiter en enfer. J'ai l'impression que je peux vivre comme ça : il me suffit de sentir la brise à un moment dans la journée. Nous les humains, nous sommes généralement assez compliqués, mais finalement assez simples à certains égards. Tout ce dont j'ai besoin, c'est d'un moment comme ça, où je respire à fond. Ne serait-ce que dix minutes ou une heure par jour. Ah ! Ce moment où je me sens vivante me suffit.

— C'est exact, a murmuré Jeong-seo.

Min-cheol qui avait tourné la tête à ces mots a regardé de nouveau Yeong-ju d'un air grave.

— Donc… ma mère pense que moi aussi je devrais vivre ce genre de moment, c'est ça ?

— Eh bien, je ne peux pas le savoir.

— Et vous alors ?

— Moi ?

— Oui.

— Je pense que…

Le visage de Yeong-ju s'est éclairé d'un sourire resplendissant.

— Je pense que ce serait bien si tu te relevais dans ce puits à sec. Au moins une fois. Histoire d'essayer. Personne ne connaît la suite. Puisque personne ne la connaît, il faut se lancer. Parce qu'on peut être curieux de savoir ce qui va se passer quand on sera debout.

Je voulais dire non, mais…

Ces jours-ci, il rentrait du travail vers 18 heures. Il se lavait, préparait son repas, dînait et traînait un peu avant de faire la vaisselle. Il était environ 20 heures quand tout était terminé. Et là, Seung-woo se métamorphosait : il oubliait ses responsabilités, son comportement et ses pensées stéréotypés, et ne bridait plus sa sensibilité. Maintenant, il pouvait être vraiment lui-même. C'était son moment de vérité.

Il ne réfrénait plus sa tendance naturelle et se plongeait jusqu'à l'épuisement dans ce qui le passionnait : la langue coréenne. Il avait passé une dizaine d'années à travailler sur les langages de programmation. Mais il n'était plus informaticien. Il n'était plus qu'un employé qui arrivait à son bureau le matin et en repartait le soir.

Le temps qu'il passait plongé dans la langue coréenne le fatiguait mais lui plaisait infiniment. Parce qu'il pouvait se consacrer au sujet qu'il aimait et l'approfondir autant qu'il voulait. Chez lui, il se rechargeait de l'énergie qu'il avait dépensée au bureau. Tout ce qu'il étudiait, il en faisait part sur son blog. Au fur et à mesure que ses compétences linguistiques s'affirmaient, il relevait des erreurs dans les écrits des autres. Peu à peu, le nombre de visiteurs de son blog augmentant, il avait pris suffisamment confiance en lui pour devenir blogueur de métier. Cela faisait cinq ans déjà qu'il menait une double vie : employé de bureau le jour, blogueur la nuit.

Seung-woo était étonné. Il trouvait curieux d'être soutenu par les visiteurs de son blog. Ils laissaient des commentaires, relayaient ses posts, faisaient la promotion de son livre... Ils lui consacraient du temps alors qu'ils ne l'avaient jamais vu en chair et en os. Ils semblaient apprécier le fait qu'il travaille en autodidacte et partage ses recherches sur le Net sans rien demander en retour. Certains écrivaient qu'ils avaient retrouvé un sens à leur vie grâce à son blog. Cela le déconcertait d'autant plus qu'il ne parlait pratiquement jamais de sa vie sur le Net. *Le style d'un écrivain est-il un miroir de sa vie ?* Etait-ce pour cela que Yeong-ju lui avait posé la question : Pensez-vous que votre style vous ressemble ?

Il a laissé le visage de Yeong-ju s'imposer à lui. Ce n'était pas la première fois que cela lui arrivait depuis leur rencontre, et il en éprouvait toujours un certain désarroi. Il n'arrivait pas à comprendre pourquoi la libraire prenait tant de place.

Ses yeux qui pétillaient par intermittence en le regardant, la pondération de ses posts ou encore son attitude exempte de tristesse (Seung-woo avait fréquenté le blog de la libraire avant de la rencontrer), sa manière de s'exprimer dépourvue d'arrogance lorsqu'elle traitait de sujets très pointus, son sens de l'humour, son esprit vif. Peut-être était-ce la combinaison de tous ces éléments.

Tant pis, je laisse son visage m'apparaître. De toute façon, je ne vais pas la revoir, pensait-il. Mais il avait reçu un mail de Yeong-ju, il y avait quelque temps. Il était bien décidé à lui donner une réponse négative. Ce qu'il n'avait pas encore fait. Elle ne devait pas comprendre pourquoi il tardait tant. Il ne fallait pas la faire attendre davantage. Aujourd'hui, il devait absolument répondre. Il a donc relu le courrier de la libraire :

Bonjour M. Hyun Seung-woo,

Je suis Lee Yeong-ju de la librairie Hyunam.

J'espère que vous ne m'avez pas déjà oubliée.

De nombreux clients viennent acheter votre livre.

Je vous remercie encore une fois d'avoir écrit un livre si instructif.

Nous projetons d'organiser à la librairie des ateliers d'écriture, et j'aimerais savoir si vous seriez disponible pour en assurer certains.

Il s'agirait de deux heures tous les samedis pendant huit semaines. L'atelier dont vous auriez la charge s'intitulerait « Comment corriger ses phrases ». Il n'y serait pas question de rédaction, mais de correction de textes déjà écrits. Et on utiliserait votre livre comme manuel. Qu'en pensez-vous ? Comme votre ouvrage se compose de seize chapitres, vous traiteriez deux chapitres par semaine. Ce ne serait pas d'une grande difficulté pour vous de préparer chaque atelier.

Qu'en pensez-vous ? Seriez-vous disponible le samedi ?

Je sais bien qu'il serait plus poli de vous appeler, mais j'ai préféré vous écrire, de peur de vous importuner.

Je vous appellerai dès réception de votre réponse.

Dans l'attente de votre réponse, très cordialement,

Lee Yeong-ju.

Le mail n'était pas difficile à comprendre. Mais il n'arrêtait pas de le relire. A chaque fois, il imaginait une réponse qui lui semblait correcte : *Je suis désolé, mais je ne suis pas apte à assurer des ateliers d'écriture dans votre librairie. Je suis donc au regret de devoir refuser votre proposition, malgré tout l'intérêt qu'elle présente. Bien à vous.* Sauf qu'il n'arrivait pas à poser les mains sur le clavier. Il devait faire un effort considérable pour lever les bras et poser les doigts sur les touches. Il n'avait que quelques phrases à écrire, en commençant par *Je suis désolé.*

Il voulait refuser. Non, ce n'est pas ça : il *devait* refuser. Depuis la sortie de son livre, chaque semaine, il participait à des rencontres. Son éditeur lui disait que c'était très rare de voir un auteur invité aussi souvent après la parution d'un premier ouvrage. « Vous devriez être content ! » lui disait-il. Pourtant il n'en retirait pas que du plaisir. Chaque rencontre l'occupait une journée entière. Ensuite, il passait des heures à se demander s'il n'avait pas dit des bêtises. Et d'autres heures encore à s'inquiéter de la rencontre suivante, sans parler des appels fréquents de son éditeur et des interviews avec les médias... Bref, il avait l'impression qu'on lui volait son temps.

Chamboulé par tous ces événements, il avait hâte de retrouver sa routine quotidienne, sa vie bien ordonnée, aussi simple que les formules arithmétiques de l'école primaire. Il était donc hors de question d'accepter cette proposition. En plus, sur une durée de huit semaines ? Il avait beau y réfléchir, il trouvait plus raisonnable de refuser. Ayant pris sa décision, il s'apprêtait à écrire.

Mais soudain, il a été piqué par la curiosité.

Pourquoi l'image de Yeong-ju l'obsédait-elle ? Cela faisait longtemps qu'il n'avait pas été aussi perturbé en pensant à quelqu'un, lui qui croyait ne plus ressentir de sa vie un tel bouleversement. *Et si je m'abandonnais à ce sentiment au lieu de le fuir ? En fait, je n'ai pas envie de fuir et je suis curieux de savoir ce qui se passe. Et puis... je ne supporte pas de rester dans cet état. Mais qu'est-ce que je ferai une fois ma curiosité satisfaite ? Je verrai ça plus tard.*

Après toutes ces réflexions, il a tapé les phrases que lui dictait son cœur :

Bonjour Mme Lee Yeong-ju,

Merci pour votre excellente proposition.

J'accepte donc de me charger de cet atelier d'écriture le samedi.

Cependant, je préférerais qu'il ait lieu le soir.
Bien à vous,
Hyun Seung-woo

Sans se relire, il a appuyé sur la touche « envoi ».

Se sentir acceptée

Comme Jeong-seo avait pris du retard et qu'elle voulait terminer son ouvrage en cours, elle est restée jusqu'à la fermeture de la librairie. En sortant avec Yeong-ju, elle s'est heurtée à Jimi. Cette dernière l'a prise par le bras et l'a entraînée jusque chez Yeong-ju, car elle voulait remercier la libraire pour l'éponge. Elles sont arrivées à destination, l'une tirant l'autre, dans une grande confusion.

De prime abord, Jeong-seo a beaucoup aimé l'appartement. Le séjour meublé du seul bureau semblait bien vide, mais il s'en dégageait une impression de sérénité. *C'est cette atmosphère-là qui donne à Yeong-ju son aura de solitude, mais aussi de confiance en soi*, a-t-elle pensé. Au lieu d'allumer le plafonnier, Yeong-ju a allumé les lampes, une à une.

— Il fait sombre, trop sombre, a gémi Jimi.

Les deux invitées sont allées se laver les mains.

— Il me plaît vraiment beaucoup, cet appartement, a dit Jeong-seo en sortant de la salle de bains.

— Tu dis ça, mais tu ne le penses pas... Moi, je trouve cet endroit un peu suspect, a rétorqué Jimi, les mains toujours sous l'eau.

— Je ne mens pas. Je pense que ce serait bien d'y tricoter en méditant. Là-bas, devant le mur.

Les deux femmes ont suivi du regard le doigt de Jeong-seo, qui désignait le mur. Le mur face au bureau, devant lequel Yeong-ju et Jimi s'allongeaient souvent pour papoter.

— D'accord. Désormais, ce mur t'appartient.

Jeong-seo était assise, en position de lotus, sur le coussin que lui avait apporté Yeong-ju. Mais au lieu de se concentrer sur sa respiration, elle observait les deux femmes. Manifestement, elles s'entendaient bien et on aurait dit deux amies proches qui se retrouvent tous les jours après l'école. Yeong-ju a sorti des verres et des assiettes d'un placard et Jimi est allée prendre dans le réfrigérateur ce qui pourrait convenir pour un repas comme pour un apéritif : trois canettes de bière, plusieurs sortes de fromages, des fruits secs, du saumon fumé, des pousses de radis avec leur sauce savoureuse. Elle a tout posé par terre dans le séjour. *Elle n'a pas de table ?* Mais Jeong-seo a bientôt repéré une petite table, juste à côté de l'évier. *Elles aiment manger comme ça. C'est tout.*

— A nous !

Une gorgée... une deuxième... La bière se répandait agréablement dans leur corps. Yeong-ju a pris un morceau de fromage, Jimi du saumon et Jeong-seo des chips de mandarine. Tout était délicieux. Jeong-seo buvait son premier verre depuis qu'elle avait quitté son emploi.

Elle a étiré discrètement ses jambes devant elle

et, adossée au mur, elle a siroté sa bière en écoutant les petits riens que se racontaient les deux amies, qui, allongées, formaient deux côtés d'un triangle isocèle. *J'imagine qu'elles doivent souvent s'endormir en discutant*. Toutes les deux se sont assises en même temps pour boire une ou deux gorgées, avant de s'étendre à nouveau. Elles n'ont pas oublié de trinquer avec Jeong-seo. Cette dernière trouvait la bière particulièrement bonne.

Les deux amies regardaient Jeong-seo comme pour lui demander son accord ou son avis sur une question non formulée. Et d'ailleurs, peu importait sa réponse : elles seraient d'accord. Jeong-seo trouvait la situation assez comique. Après 22 h 30, elle a arrêté de se préoccuper de l'heure.

— C'est ce que Min-jun a dit. Alors, je ne vais plus rien dire pendant un moment, a annoncé Jimi à voix basse.

— Comment ça ?

— Je crois que j'ai besoin de temps pour réfléchir. Pendant que je réfléchis, je ne vais pas le critiquer. Je ne lui parlerai plus. Ne m'en veux pas si je ne suis pas très bavarde.

— Pourquoi je t'en voudrais ?

— Et puis, ne t'inquiète pas pour moi.

— Mais de quoi je m'inquiéterais ?

— Je vivrai bien. Parce que je vivrai bien.

— Je ne m'inquiète jamais pour toi.

Elles se sont tues. Etendues sur le sol, elles fixaient le plafond. Jeong-seo s'est levée. Par la baie vitrée, elle embrassait d'un seul regard l'ensemble du quartier. Elle le trouvait très agréable. Le lampadaire qui éclairait la rue, juste en face, apportait une note chaleureuse. Et derrière, brillaient les lumières venant des maisons basses. Elle a vu la maison d'en face retomber dans l'obscurité, et elle a aimé. Yeong-ju l'a rejointe et lui a dit, de sa voix amicale :

— C'est très joli, hein ?

— Oui, a-t-elle répondu doucement.

Un sentiment étrange l'a envahie. Le sentiment d'être acceptée. Elle avait ressenti la même chose lorsqu'elle était entrée pour la première fois dans la librairie. *Pourquoi est-ce pareil maintenant ?*

Le sentiment d'être acceptée et le fait d'apprécier ce sentiment, cela l'étonnait et la rendait triste. Mais ce n'était pas désagréable. Parce que cela lui permettait de comprendre son problème.

— Mais depuis quand pratiques-tu la méditation ? Cela fait longtemps ?

Perdues dans leurs pensées, les deux femmes devant la fenêtre ont tourné la tête. Jimi rangeait les restes de nourriture, qui pourraient servir à un autre repas. Comme Jeong-seo restait muette, Jimi, les assiettes à la main, l'a regardée en se levant :

— Je suis curieuse de savoir pourquoi les gens pratiquent la méditation. C'est pour ça que je te pose la question.

— Ah…

— J'essaierais volontiers la méditation, si ça fait du bien.

Le pouvoir d'apaiser la colère

Pour expliquer comment elle s'était mise à pratiquer la méditation, il lui fallait raconter pourquoi elle avait quitté son travail.

— J'ai quitté mon boulot parce que j'ai pété un câble.

Adossée au mur, Jeong-seo a avalé sa salive avant de raconter son histoire. Elle avait intégré une entreprise dès l'obtention de son diplôme universitaire. Au printemps de sa huitième année dans cette boîte, elle avait décidé de démissionner. Des situations qu'elle rencontrait tous les jours la mettaient en rage. Qu'elle travaille, qu'elle mange ou regarde la télévision, elle sentait la colère monter au point qu'elle avait envie de tout casser. Inquiète de son état, elle avait consulté un médecin qui lui avait seulement conseillé d'éviter les sources de stress.

Toutes ces années, elle était restée en CDD. En la recrutant, son manager lui avait dit que, si son travail donnait satisfaction, à l'issue des deux premières années elle pourrait passer en CDI. Elle l'avait cru et s'était donné autant de mal que les employés en CDI. Comme eux, elle terminait tard à cause des heures supplémentaires, elle s'inquiétait pour l'avenir de l'entreprise et travaillait chez elle. Ses collègues l'encourageaient : « C'est sûr, tu vas avoir un CDI. » Mais non. Le manager lui avait présenté ses excuses avant de lui promettre qu'elle l'aurait l'année suivante. Cette fois, c'était sûr et certain.

— Et puis il m'a parlé de flexibilité du travail. Ce n'était pas très clair pour moi. A l'époque, je n'ai pas cherché à comprendre, mais deux ans plus tard, comme je n'avais toujours pas de CDI, cette expression m'est revenue à l'esprit. J'ai trouvé pas mal d'articles là-dessus. Flexibilité du travail, ou pour dire les choses autrement, possibilité pour les entreprises de licencier facilement leurs salariés. Une entreprise doit pouvoir réduire ses effectifs pour affronter la concurrence, sa survie en dépend, ça c'est le discours ambiant. J'ai d'abord été d'accord. Les entreprises doivent survivre pour que leurs salariés puissent survivre : la survie des entreprises garantit celle de la main-d'œuvre. Depuis que je suis toute petite, j'entends mon père développer ces arguments. Mais si on suit cette logique, il faut que je reste en CDD pour que mon entreprise se maintienne à flot ? Je n'ai même pas le droit de me révolter si je suis licenciée ? Et là, je me suis mise à réfléchir : c'était quoi, ça ? Est-ce que ça s'appelait une vie ?

Elle a cessé de parler pour observer ses amies qui l'écoutaient avec attention. Elle s'est demandé si elle n'était pas trop bavarde, mais elle avait envie de continuer, peut-être à cause de l'alcool. Heureusement, aucune des deux ne montrait le moindre signe d'ennui. Alors, canette à la main, elle a tendu le bras vers elles en les regardant l'une après l'autre. Chacune a répondu à cette avance en trinquant avec elle. Après avoir bu une gorgée, Jeong-seo a poursuivi :

— Je trouvais tout ça très pénible, mais j'étais dans une grande confusion. Alors j'ai laissé tomber. Mais vous savez quoi ? J'ai une amie infirmière qui est partie pour l'Australie avec un visa « vacances travail » il y a deux ans. Elle était infirmière spécialisée mais elle a quitté son travail. Quand je lui ai demandé pourquoi, elle m'a répondu qu'elle était en CDD. Elle exerçait une profession incroyablement difficile et sous-valorisée. Elle s'en était dégoûtée.

Elle ne se souvenait pas d'avoir une seule fois bien dormi ces dernières années : elle était toujours angoissée. Elle voulait travailler dans un endroit où elle aurait des perspectives d'évolution, même si c'était dur. Elle me disait que l'hôpital employait beaucoup de personnel en CDD : des agents de nettoyage, des agents de maintenance, des agents de sécurité et même des médecins... Et ça m'a ouvert les yeux.

Cette histoire de flexibilité du travail n'est qu'un vaste mensonge. On dit qu'on embauche en CDD pour pouvoir licencier facilement en cas d'effondrement de la demande. Mais c'est absurde ! Comme si à l'avenir on n'allait plus avoir besoin d'agents de nettoyage, d'agents de maintenance, d'agents de sécurité, d'infirmières ni de médecins !

On les embaucherait en CDD de peur que leurs

emplois disparaissent ? Ecoutez. J'ai travaillé pendant huit ans en CDD dans la planification de contenu. Vous croyez que c'est pour la flexibilité du travail que les entreprises embauchent en CDD des personnes comme moi ? Mais non, c'est juste pour les manipuler à leur guise.

Ses deux amies ont hoché la tête.

— Bref, j'ai changé de crémerie. Je n'avais plus envie de travailler pour une boîte qui n'avait aucune envie de me proposer un CDI. Mais, là aussi, j'étais en CDD. Ils prétendaient que c'était un CDD à durée indéterminée. Quelle blague ! Un CDD est un CDD. Point. Et là aussi, j'ai espéré un CDI. J'ai fait des heures supplémentaires, accepté des missions spéciales, pris en charge le travail de collègues en plus du mien, ils me disaient que, grâce à tout ça, je décrocherais un CDI. Pour gagner ma croûte, j'ai fait semblant de les croire. Je disais oui à tout ce qu'ils me demandaient. Je travaillais même chez moi. Mais au bout d'un moment, je n'ai plus supporté de vivre comme ça. Tous les jours j'étais en colère parce que je devais me forcer à faire ce que je n'avais pas envie de faire.

Ça ne veut pas dire que les CDI étaient mieux lotis. Ils portaient leur badge d'employé autour du cou, alors que Jeong-seo n'avait qu'une carte d'accès. Même s'ils arrivaient le matin et repartaient le soir tous ensemble, ils étaient bien différenciés. Elle entendait souvent ses collègues se comparer aux rouages d'une machine. Un rouage qui pouvait être remplacé à tout moment et qui était enfermé dans une routine. Mais les CDD ne pouvaient même pas devenir des rouages. Ils étaient l'huile qui facilite le fonctionnement des engrenages, un outil pour d'autres outils. L'entreprise les traitait comme du pétrole qui ne se mélange pas avec l'eau.

— Ce qui s'est passé m'a dégoûtée de tout. Du travail et des gens. Je vais vous raconter... Un jour, le directeur m'a convoquée. Il m'a demandé si j'étais d'accord pour prendre en charge un nouveau projet. Il m'a encouragée à me donner à fond en disant que j'avais toutes les compétences pour mener le projet à bien.

Je mentirais si je vous disais que je n'espérais pas un CDI... Mais le plus important pour moi, c'est que j'allais pouvoir montrer ce dont j'étais capable. Galvanisée par cette idée, j'ai bossé comme une malade. Pendant deux mois, j'y ai vraiment pris beaucoup de plaisir, ce qui ne m'était pas arrivé depuis longtemps. Mais devinez ce qui s'est passé après... J'ai donné mon rapport au directeur et... il a remplacé mon nom par celui d'un sous-chef, un parfait imbécile. Et qu'est-ce qu'il m'a dit ? Eh bien, il a fait semblant de s'excuser tout en me conseillant de comprendre la situation : je n'avais aucune chance d'être promue et j'avais accompli une bonne action.

Jeong-seo pensait que le respect était absent de notre société. Les gens se manquaient mutuellement de respect. Beaucoup manifestaient une politesse feinte, alors qu'ils ne pensaient qu'à profiter de leurs semblables. Personne ne faisait attention aux autres, et cette indifférence masquait de la peur. La peur de finir comme *cette personne-là* si je fais la moindre erreur. *Cette personne-là* renvoyait à quelqu'un comme Jeong-seo. Elle souffrait car elle en était venue à détester la Terre entière. Le simple fait d'entendre la voix faussement aimable du directeur la faisait bouillir de rage et le simple fait de voir le visage stupide du sous-chef lui donnait des haut-le-cœur.

Quand elle les voyait arpenter le couloir en riant, elle s'étonnait de penser : *Ces salauds qui ne valent pas mieux que moi ont une meilleure place et se battent pour ne pas la perdre*. Elle était triste de mépriser et détester des humains à ce point. Et sa colère augmentait. Elle n'arrivait plus à se concentrer sur son travail. Elle n'y trouvait plus aucun intérêt. Elle détestait tout.

— J'avais peur de devenir caractérielle si je continuais comme ça. Cette colère permanente m'a abîmé la santé. J'allais souvent travailler après avoir passé une nuit blanche. Alors j'ai démissionné. Rien de plus facile que de retrouver un CDD. Mes amis m'ont conseillé de partir en voyage, mais ça ne me disait rien. Je savais bien qu'un voyage de quelques jours à l'étranger ne me calmerait pas. De toute façon, il faudrait que je recommence à travailler et ma rage serait toujours là. Je n'allais pas passer mon temps à attendre les vacances d'hiver ou d'été pour décompresser. Je voulais un quotidien paisible. Je voulais calmer ma colère. Je me suis demandé comment faire et j'ai décidé d'essayer la méditation.

Yeong-ju connaissait plus ou moins la suite. Si

Jeong-seo s'asseyait tranquillement devant une tasse de café, c'était pour méditer. Si elle avait commencé à faire des éponges au crochet, c'est parce qu'elle avait du mal à méditer et qu'elle avait trouvé cette solution pour contourner la difficulté. Si elle avait commencé à tricoter après les éponges, c'est parce qu'elle avait découvert un plaisir inattendu à créer de ses mains. Et si parfois elle fermait les yeux en silence pendant qu'elle tricotait, c'est parce qu'elle méditait.

— Méditer n'a pas fait disparaître mes pensées parasites. Ces pensées qui ne voulaient pas me laisser m'exaspéraient. Quand je fermais les yeux pour me concentrer sur ma respiration, je voyais le visage arrogant du directeur et j'entendais le pas nonchalant de ce crétin de sous-chef. Ça me rendait folle. Je ne pouvais pas rester comme ça, alors j'ai essayé de créer quelque chose de mes mains. Je me souvenais d'avoir entendu quelque part qu'on pouvait faire disparaître ses pensées parasites en remuant les mains. Et c'est vrai. Plutôt que de remuer les mains pour faire disparaître ces pensées, il me semble que ces pensées disparaissent parce que je remue les mains et que je me concentre sur autre chose. Il y a deux choses que j'apprécie particulièrement lorsque je reviens à la réalité après m'être concentrée sur mon tricot pendant des heures : je tiens entre mes mains le résultat de mes efforts et mon cœur est libéré. Au moins, je ne suis pas en colère quand je tricote.

Ses deux amies l'ont écoutée attentivement jusqu'au bout. Elles se sont allongées face au plafond et elles lui ont proposé de les rejoindre. Jeong-seo s'est étendue le long du mur. Tantôt elle se sentait réconfortée comme si elle tricotait, tantôt elle se sentait flotter comme si elle méditait. Elle a failli s'endormir. Elle a cligné plusieurs fois des yeux avant de les fermer. *Je pense que je me réveillerai de bonne humeur si je m'allonge et que je m'endors*, a-t-elle pensé.

Le premier atelier d'écriture

Emmitouflé dans un épais blouson bien chaud et muni d'un sac à dos, Seung-woo marchait vers la librairie Hyunam. Il n'avait pas pris sa voiture ; il avait préféré venir en métro et terminer le trajet à pied. On ne s'arrêtait pas par hasard dans ce genre d'endroit. Ça, il l'avait déjà ressenti la dernière fois. Il fallait vraiment avoir choisi d'y venir, à moins d'être un habitant du quartier. Mais pourquoi Yeong-ju avait-elle ouvert sa librairie dans un trou pareil ?

Le quartier est calme. Seung-woo qui, à peine dix minutes plus tôt, traversait des rues animées, a l'impression d'arpenter une scène de théâtre que les acteurs viennent de quitter. A première vue, les habitants du quartier ne portent pas de sacs à provisions, ils tirent des caddies. Et la plupart de ceux qui se croisent dans les petites rues semblent se connaître et avoir déjà échangé des regards. Peut-être que la principale attraction de la librairie réside dans l'atmosphère qui se dégage de son emplacement, bien ancré dans le présent, mais avec un côté désuet qui renvoie au passé.

Après avoir marché vingt-cinq minutes, il est

arrivé à destination. Avant d'entrer, il a lu le panneau affiché devant la porte :

> Enfin à la librairie Hyunam !
> A partir d'aujourd'hui et tous les samedis, auront lieu des ateliers d'écriture animés par Lee Ah-reum, l'autrice de *Je lis tous les jours*, et par Hyun Seung-woo, l'auteur de *Comment bien écrire ?*.

Seung-woo n'est pas encore à l'aise avec le fait d'avoir publié un livre et d'être appelé « écrivain ». En lisant son nom sur l'affiche, il s'est senti rougir. Il y a quelques années, il n'aurait jamais imaginé se retrouver dans une situation pareille. Il a encore du mal à en mesurer les conséquences. Il est vrai que nul ne peut prévoir l'avenir.

Lorsqu'il est entré, il a été accueilli, comme la dernière fois, par une subtile mélodie de guitare. Une lumière chaude et enveloppante a flatté son regard. Il a parcouru la librairie des yeux, comme s'il venait pour la première fois. Il s'est mis à compter mentalement les clients. Ils se levaient puis se rasseyaient sans se presser, que ce soit pour chercher un livre, le lire ou simplement le feuilleter. Une fois arrivé au dernier, il s'est retourné lentement et son regard s'est attardé sur le dos du client en train de payer. Il attendait son départ. Peu à peu, la musique subtile et l'éclairage enveloppant ont disparu de ses radars. Le client est parti. Il a vu Yeong-ju.

Elle portait un tee-shirt vert clair plutôt fin, un

cardigan kaki qui lui couvrait les hanches et un jean. Aux pieds, des baskets blanches confortables. Lorsque Seung-woo a rencontré le regard de la libraire, qui suivait des yeux le client, elle lui a souri. Il s'est mis à marcher vers elle, calmement. Il réfléchissait à la manière de l'aborder. Il avait l'impression que son cerveau tournait au ralenti pendant qu'il se demandait quelle serait la manière de la saluer la plus appropriée. Mais il a été pris de court.

— Vous arrivez bien tôt. Il n'y avait pas de bouchons ? l'a-t-elle apostrophé en quittant la caisse.

Seung-woo a trouvé la bonne réponse sans aucun mal :

— En fait, j'ai pris le métro. Alors, pas de bouchons !

— Vous n'étiez pas venu en voiture la dernière fois ?

Encore une fois, il était facile de répondre à cette question toute simple :

— Oui, la dernière fois, oui.

Tout en regardant la libraire dans les yeux, Seung-woo pensait que la cause de son stress pourrait bien être là. Non, plus probablement, il était perturbé par la perspective d'animer un atelier d'écriture. Diplômé d'une école d'ingénieurs, il avait rencontré peu d'occasions de parler en public. Bien sûr, il avait participé à quelques séminaires techniques, mais les échanges entre les invités et les auditeurs y étaient réduits à l'essentiel. Il n'avait pas besoin de faire preuve de talent oratoire pour parler de manière efficace ou intéressante, il devait juste faire preuve de précision et de clarté. Pourrait-il disposer de ces deux facultés ce soir ? Il n'avait aucune idée de ce qui l'attendait.

J'ai l'impression d'être devenu un parfait imbécile par ma faute.

Cette idée lui a procuré un certain soulagement. Il se sentirait plusieurs fois mal à l'aise pendant les prochaines heures, il en était sûr. Il n'arriverait ni à parler ni à se comporter avec naturel. Il ne se montrerait pas sous son jour habituel et n'arriverait pas à déployer tous ses talents. Dans ce cas, il valait mieux qu'il abandonne l'envie de bien faire. *Si je ne me soucie pas de ce que pensent les autres, je pourrai échapper au pire.*

La salle que Yeong-ju lui a montrée était petite et confortable. On y entendait une musique d'ambiance à très faible volume : c'était mieux que le silence complet. La libraire a allumé l'ordinateur posé sur la table, ainsi que le projecteur ; elle a fait descendre l'écran devant la porte donnant sur l'extérieur. Pour chercher le fichier que Seung-woo lui avait envoyé, elle se penchait au-dessus du clavier pour taper sur les touches. Pendant ce temps, il s'était assis à la table rectangulaire.

— Je peux imprimer le fichier si vous le désirez. Au fait, si vous avez soif, vous pouvez commander ce que vous voulez, lui a-t-elle dit.

Puis elle s'est installée sur une chaise face à lui et l'a regardé, les yeux pétillants.

— Vous êtes stressé ?

Ça se voit donc tant que ça ?

— Oui, un peu.

— L'autrice qui a encadré l'atelier de cet après-midi m'a dit que… a-t-elle commencé tout en observant sa réaction… l'ambiance générale était meilleure que prévu. Elle m'a dit que tous les participants étaient ouverts et très réceptifs à ses propositions.

Elle essayait de le rassurer, bien sûr.

— Ah, parfait.

— Nous avons distribué un questionnaire au moment de l'inscription. Sur les huit personnes qui viennent aujourd'hui, cinq ont répondu qu'elles avaient acheté votre livre, deux sont abonnées à votre blog, et trois avaient lu votre chronique. L'ambiance est bonne quand les participants connaissent déjà l'intervenant. C'est la même chose que pour les rencontres. Aujourd'hui ne fera pas exception.

Même si ces mots ne faisaient pas disparaître son stress, il écoutait avec attention ce qu'elle disait. Etait-ce la raison ? La différence entre les textes qu'elle écrivait et son comportement dans la réalité ? Il trouvait que son écriture ressemblait à une rivière calme, mais profonde. *La personne qui écrit ces textes doit avoir le charme doux d'une rivière*, pensait-il vaguement. Or, la personne réelle lui évoquait plutôt une feuille qu'une eau courante. Une feuille irradiant une couleur verte, pleine de vitalité, et qui, légère, se laisse emporter par le vent. Quand elle atteint le sol, elle se met à parler doucement, les yeux brillants. Elle montre une courtoisie raffinée et une grande prévenance. Se pourrait-il que cette différence ait attisé sa curiosité ?

Emergeant de ses pensées, Seung-woo a levé la tête pour faire face à Yeong-ju. Elle ne semblait avoir aucun mal à soutenir une confrontation. Il avait déjà eu cette impression lors de leur première rencontre. S'il était gêné de se trouver face à elle, il devait dire quelque chose. Il a essayé de se vider la tête, mais il a laissé tomber. Il avait l'impression que son comportement allait le faire éclater de rire. Il se demandait pourquoi il était si nerveux, si tendu. Elle le dévisageait avec désinvolture, les yeux pétillants d'excitation.

En se livrant à cette aimable joute de regards, il a senti la tension se relâcher. Petit à petit, être assis en face d'elle lui a semblé naturel. Son désarroi de ces dernières semaines, son hésitation devant le mail, son irritation à voir ses pensées tourner autour d'elle, tout cela lui semblait relever du passé. Il a retrouvé son calme habituel.

— En fait, j'ai hésité pendant longtemps. Pour les ateliers, je veux dire, a-t-il dit, mettant fin à leur affrontement.

Yeong-ju a souri, comme si elle le savait déjà.

— Je l'avais deviné parce que vous avez mis du temps à répondre. Je craignais de vous en avoir trop demandé. Pour moi, c'était tout simple. J'ai tout de suite pensé à vous quand j'ai eu l'idée d'organiser ces ateliers, et j'ai été enchantée que vous acceptiez.

— Pourquoi avez-vous pensé à moi en premier ? a-t-il demandé en s'appuyant légèrement au dossier.

— Oh, je ne vous l'ai pas dit ? Je suis une de vos fans. J'aime ce que vous écrivez. J'attendais impatiemment la parution de votre livre. Dès qu'il est sorti, je vous ai invité à cette rencontre. J'ai été la première ! a-t-elle dit d'une voix légèrement excitée, comme si elle racontait un exploit. J'ai toujours pensé qu'un entretien avec quelqu'un qui écrivait aussi bien serait passionnant. Lorsque vous avez accepté, j'ai été absolument ravie. Ah ! j'ai vraiment bien fait d'ouvrir ma librairie ! C'est un immense plaisir d'inviter les écrivains que j'aime chez moi. J'aime lire depuis que je suis toute petite...

En se rendant compte qu'elle s'emballait, elle s'est arrêtée puis a eu un sourire gêné.

— J'ai trop parlé de moi.

— Ce n'est pas ça. Seulement, je ne suis pas habitué. Je veux dire, à rencontrer des fans.

— Ah, a-t-elle fait, comme si elle réfléchissait. Alors je vais essayer de me calmer.

Seung-woo a esquissé un sourire.

— De la station de métro à la librairie, la promenade est agréable.

— C'est assez loin. Vous êtes venu à pied ?

— Oui. En fait, j'étais un peu sceptique lors de ma première visite. Je me demandais pourquoi vous aviez ouvert votre librairie dans un endroit aussi écarté et pourquoi les gens y venaient. En marchant, j'ai eu l'impression de le comprendre.

— Qu'avez-vous compris ?

Il l'a regardée un moment avant de répondre :

— J'avais l'impression d'être en voyage et de suivre une route inconnue. J'allais vers ma destination en passant d'une ruelle à l'autre, le cœur battant, ému par un paysage étranger… Je me disais que les gens voyagent pour éprouver le même genre de sensations. Et je me demandais si la librairie Hyunam pourrait être le genre d'endroit qu'ils recherchent.

— Oh ! a dit Yeong-ju, qui semblait touchée. J'ai toujours été reconnaissante envers ceux qui parcourent un long chemin pour venir. J'espère qu'ils ressentent la même chose que vous.

— En tout cas, c'est ce que moi j'ai ressenti.

Elle a souri et s'est penchée un peu en avant, une expression taquine sur le visage.

— Puis-je vous demander quelque chose ?

— Quoi donc ?

— Pourquoi avez-vous hésité avant d'accepter ?

Que dois-je répondre ?

Il n'arrivait pas encore à exprimer correctement ses sentiments. Mais il ne voulait pas mentir. Il a réfléchi un moment à ce qu'il allait dire.

— Parce que je suis curieux ?

— De quoi ?

— De la librairie Hyunam.

— Mais pourquoi ?

— J'ai l'impression qu'elle a quelque chose de spécial. Quelque chose qui attire les gens. Je suis curieux de savoir ce que c'est.

Yeong-ju a médité un moment sa réponse. En se souvenant de ce que Jeong-seo avait dit l'autre jour, elle l'a comprise. *Ils ont ressenti la même chose. Peut-être que l'ambiance de la librairie qui a attiré Jeong-seo au point qu'elle devienne une cliente régulière a également attiré Seung-woo ? Si c'est le cas, la librairie Hyunam a-t-elle de bonnes chances de durer ? Puis-je continuer comme ça ?* Heureuse de la réponse de Seung-woo, elle s'est levée en regardant l'heure.

— Je veux conserver vos paroles dans mon cœur. C'est ce que j'ai toujours espéré. Je voulais me rapprocher des gens grâce à cette librairie. Vos paroles m'ont fait du bien !

Elle l'a quitté car c'était l'heure de la livraison. Seul dans la salle, Seung-woo a examiné de plus près le petit espace chaleureux.

La réponse qu'il avait donnée n'était ni tout à fait vraie ni tout à fait fausse. Néanmoins, il avait l'impression qu'une fois prononcée, elle était devenue la vérité. C'est vrai, il y avait dans cet espace quelque chose qui l'attirait et qu'il aimait. Il ignorait ce qui allait se passer, mais *ce ne sera pas la pire des journées*, a-t-il pensé.

Je vous soutiens

Seung-woo n'a joué aucun rôle dans le fait qu'un journal publie les chroniques de Yeong-ju, même si c'est grâce à lui que la journaliste a connu la libraire. En fait, il n'a rencontré cette journaliste qu'une seule fois et, malgré ses demandes réitérées, il a toujours refusé, très poliment, de la revoir. D'ailleurs, elle ne tenait pas vraiment à ces rencontres : elles faisaient juste partie de ses obligations professionnelles. Elle savait qu'il n'aimait pas se trouver avec des inconnus à qui il devait s'adresser comme s'ils étaient proches.

Elle a aussi compris très vite qu'il valait mieux lui laisser la main. Elle s'est sentie libérée. Les articles qu'il lui envoyait tous les quinze jours à heure fixe étaient pratiquement impeccables, elle avait très peu de choses à modifier. Ils étaient méticuleusement écrits et comme ils n'étaient pas susceptibles de susciter des polémiques ou des commentaires malveillants, il n'était pas nécessaire de se donner le mal d'en vérifier la véracité. Ces articles naviguaient paisiblement comme un voilier par vent favorable.

Cependant, la journaliste était toujours en éveil. Un jour, en entrant le nom de Seung-woo sur Internet, elle est tombée sur l'annonce d'une librairie qui appelait les participants des ateliers d'écriture animés par le blogueur à assister à la deuxième session. Elle a été étonnée. L'homme qu'elle connaissait ne se serait pas prêté à ça : il aurait trouvé cet exercice trop pénible. Et si c'était bien lui, pourquoi avait-il accepté ? Et la librairie Hyunam ? Etait-elle connue ? Très curieuse, elle a ajouté le blog à sa liste de favoris et elle le visitait de temps en temps. Elle y a découvert les posts écrits par Yeong-ju. Etant à la recherche d'un nouveau chroniqueur, elle a pensé que cette femme pourrait faire l'affaire. Elle lui semblait correspondre à la tendance actuelle qui voyait pas mal de libraires indépendants exprimer leurs avis. Ses textes avaient un ton un peu trop subjectif, mais si leur autrice corrigeait ce défaut, ils seraient parfaits.

C'est ainsi qu'un rendez-vous a été fixé un dimanche matin. La journaliste avait dû passer plusieurs appels téléphoniques pour vaincre les réticences de Yeong-ju et elle avait décidé de la rencontrer pour l'encourager.

Contre toute attente, Seung-woo était présent. Quelques jours auparavant, la journaliste lui avait appris qu'elle comptait confier à la libraire une chronique de critique littéraire ; elle lui avait expliqué brièvement les raisons de cette décision. Seung-woo ne s'était pas montré surpris. Il n'avait prononcé qu'un « Ah bon, d'accord » lorsqu'elle l'avait informé de la rencontre prévue. Mais après avoir échangé des banalités, au moment de raccrocher, il avait demandé d'une voix neutre : « Je peux venir avec vous ? Ce sera l'occasion de discuter de la prolongation de mon contrat. »

Elle avait aussitôt deviné pourquoi il avait accepté d'animer des ateliers d'écriture.

— Je pensais que vous n'aviez pas envie de continuer… Pourquoi avoir changé d'avis si soudainement ? a demandé la journaliste. *Je ne vais pas rater l'occasion de le taquiner*, a-t-elle pensé. Elle l'a regardé, un sourire entendu aux lèvres.

Soupçonnant une allusion, Yeong-ju s'est tournée vers Seung-woo. Ce dernier, bien que conscient d'avoir été deviné, est resté impassible.

— J'ai l'impression que je vais écrire avec plus de plaisir. Voilà pourquoi.

De nouveau, la journaliste a eu un bref sourire, avant de se lever. Cette réponse avisée lui laissait entendre que Seung-woo avait bien compris qu'elle avait percé à jour son attirance pour Yeong-ju.

— Les mères de famille comme moi sont très occupées le week-end. Merci d'avoir pris le temps de me recevoir un dimanche matin, a-t-elle dit en quittant le café.

Restés seuls, Yeong-ju et Seung-woo se faisaient face sans rien trouver à se dire.

— Vous avez faim ? a-t-il demandé, rompant le court silence.

Elle lui a dit qu'elle aimait tous les poissons et elle l'a emmené dans un restaurant tout proche qui avait le merlan comme spécialité. Lui n'avait pas de goût particulier pour ce poisson, ni de dégoût, d'ailleurs. Il en connaissait l'existence et en mangeait parfois quand il n'était pas seul. C'était tout.

Sur leur table, du merlan cuit à la vapeur ainsi que plusieurs plats d'accompagnement. Cela laissait entendre que ce n'était pas un mets facile à manger. Pour les autres poissons, il suffisait d'enlever les arêtes. La façon dont procédait Yeong-ju a confirmé son intuition. Elle a placé une feuille d'algue dans sa main gauche et y a déposé du riz. Puis elle a plongé un morceau de merlan dans l'assaisonnement, l'a disposé sur le riz et y a ajouté des germes de soja. Elle a roulé la feuille et n'en a fait qu'une bouchée. Elle avait l'air de trouver ça bon. Seung-woo souriait en la regardant. Il a commencé à manger le riz avec ses baguettes.

— C'est courant de manger le merlan comme ça ? Je veux dire, de le placer sur une feuille d'algue ?

— Eh bien… c'est la première fois que je fais ça, a-t-elle répondu en avalant sa bouchée.

— Mais cela semble très naturel chez vous. Je n'aurais jamais cru que c'était la première fois, a-t-il dit en saisissant les germes de soja avec ses baguettes.

Comme il semblait ne pas oser se servir de ce savoureux merlan, Yeong-ju lui a posé une feuille d'algue dans la main.

— Pourquoi ne serait-il pas naturel de manger comme ça ? Ça n'a rien de compliqué, a-t-elle répliqué en éclatant de rire, comme si elle trouvait leur conversation divertissante. Essayez donc avec la feuille d'algue. C'est délicieux, a-t-elle suggéré en prenant une nouvelle feuille.

Seung-woo a imité Yeong-ju : il a posé du riz, un morceau de merlan et des germes de soja sur la feuille. Il l'a roulée et mise dans sa bouche. Plus il mâchait, plus il appréciait le goût agréable de l'assaisonnement. C'était vraiment délicieux. Yeong-ju a refait une bouchée pour elle et elle a attendu que Seung-woo ait fini la sienne. Alors, elle lui a demandé :

— Comment vous avez trouvé ?

— C'était vraiment très bon.

Il a rempli un verre d'eau et l'a tendu à Yeong-ju.

— Mais c'est un peu piquant.

— C'est vrai. Mais pas trop, a-t-elle répondu en mettant la feuille roulée dans sa bouche.

Lorsqu'ils sont sortis du restaurant, il n'était pas encore midi. Sans s'être concertés, ils se sont dirigés vers la station de métro Sangsu, sur la ligne 6, à cinq minutes à pied.

— Vous êtes frileuse ? a-t-il demandé à Yeong-ju en constatant qu'elle se recroquevillait en marchant.

— Pas trop, non. En fait, je ne sais pas. Parfois, je supporte bien le froid, mais parfois, je me sens anéantie. Je me demande si je n'ai pas un problème de cœur.

— Mais maintenant, comment vous sentez-vous ?

— Maintenant ?

— Oui. Je me demandais comment vous vous sentiez maintenant que vous marchez après avoir dégusté ce savoureux merlan à la vapeur. Etes-vous plus sensible au froid que vous ne le pensiez ?

— Hum... Vous voyez cet homme, là, en face de nous ?

Un homme d'une trentaine d'années avançait d'un pas pressé, les bras croisés, visiblement transi de froid.

— Regardez son écharpe. Elle est tellement épaisse qu'elle lui mange le visage, vous ne trouvez pas ? Eh bien, j'ai probablement moins froid que lui. Mais je pense qu'un thé bien chaud me requinquerait. Ai-je bien répondu ?

Seung-woo s'est arrêté.

— Alors, vous êtes partante pour une tasse de thé ?

Grâce à Internet, il a déniché un salon de thé traditionnel à dix minutes de marche.

Alors qu'ils échangeaient leurs souvenirs du dernier salon de thé traditionnel où ils étaient allés, ils sont arrivés à destination. Yeong-ju a choisi un thé aux coings, Seung-woo l'a imitée. Dès la première gorgée, ils ont retrouvé un goût qui leur était familier, mais qu'ils avaient oublié depuis longtemps.

— J'ai voyagé pour affaires... a-t-il commencé après avoir bu une seconde gorgée.

— Où ?

— A Atlanta, aux Etats-Unis.

— Je suis vraiment curieuse de savoir ce que vous faites dans la vie, mais je n'ose pas vous le demander.

— Pourquoi ?

— Parce que vous ne voulez pas lever le mystère ?

Il a eu un léger sourire à cette plaisanterie. Certains visiteurs de son blog lui avaient fait la même réflexion.

— De nos jours, on dirait que ne pas parler de soi, c'est faire des mystères. A l'époque, je n'étais qu'un banal employé qui allait à son bureau tous les jours. Les gens s'exhibent actuellement.

Elle a hoché la tête en signe d'assentiment.

— Vous avez raison. Je disais ça seulement parce que… j'ai l'impression que vous ne répondrez pas à ma question si vous n'avez pas envie de le faire. En fait, je suis un peu comme vous. Si on me pose une question et que je ne veux pas répondre, je deviens un monstre.

— Moi, je ne deviendrai pas un monstre.

Seung-woo a regardé Yeong-ju. Il avait l'air plus détendu que d'habitude.

— J'étais informaticien.

— Ah, vous avez fait des études d'ingénieur ! Et maintenant ?

— J'ai changé de service. Je suis au contrôle qualité.

— Pourquoi avoir changé ?

— J'en avais assez.

— Vraiment ?

— Oui, j'en avais assez. Mais je voulais vous parler d'autre chose.

— Ah bon ?

— J'ai passé plus de deux mois aux Etats-Unis. J'ai travaillé comme une bête, sans prendre une minute de repos. Un jour, en allant faire des tests dans une entreprise, j'ai découvert un restaurant coréen. Au lieu de boire de l'eau, j'ai pris un thé au jasmin. Ça n'avait rien d'exceptionnel car il m'arrivait d'en prendre en Corée de temps en temps. Mais après être rentré chez moi, ce goût ne m'a plus quitté. Alors j'ai commencé à en boire à la maison.

— Retrouvez-vous le goût de ce thé que vous avez bu là-bas ?

— Non.

— Oh…

— Ce n'est pas exactement le même goût, mais il m'a rappelé des souvenirs de cette époque.

— Lesquels ?

Seung-woo a effleuré la tasse de thé. Il a levé les yeux sur Yeong-ju qui l'observait avec attention.

— C'était une période terrible. Chaque jour, je pensais tout laisser tomber et rentrer en Corée. Mais j'ai trouvé une sorte de réconfort dans ce restaurant où je m'étais arrêté par hasard. Je ne sais pas si ça tenait à l'ambiance du lieu ou à l'attitude bienveillante du patron, en tout cas, quelque chose m'a redonné courage. Et j'ai pu mener à bien mon travail.

— Vous êtes reconnaissant envers cet endroit, alors.

— Oui, bien sûr. Mais je vous raconte ça parce que…

— …

— Je pense que je me souviendrai longtemps de ce salon de thé. C'est mon sentiment. Je me souviendrai de ce moment dans le futur.

— Vous avez beaucoup de soucis actuellement ?

Il a éclaté de rire. Elle l'a regardé avec curiosité.

Etait-elle étonnée parce que cela tranchait avec son comportement habituel ? Etait-ce parce que cela lui convenait mieux qu'elle n'aurait imaginé ? Il avait l'air particulièrement décontracté, est-ce que cela faisait de lui une autre personne ?

— Ça me rappelle quelque chose, a-t-elle ajouté en regardant son visage hilare.

— Quoi donc ?

— L'époque où je travaillais dans une entreprise.

— Vous y êtes restée longtemps ?

— Plus de dix ans.

— Quand l'avez-vous quittée ?

— Il y a trois ans environ.

— Et c'est à ce moment-là que vous avez ouvert votre librairie ?

— Oui, dès que j'ai donné ma démission.

— Vous l'aviez prévu avant, j'imagine.

— Eh non.

— Alors ?

— Monsieur !

— Oui ?

— Je vais bientôt me transformer en monstre, a-t-elle dit en souriant pour mettre un terme à ses questions.

— Oui, j'ai compris, a-t-il répondu après un silence.

— Un soir, je suis sortie du bureau vers 23 heures.

— Il vous arrivait souvent de finir aussi tard ?

— Oui, je faisais beaucoup d'heures supplémentaires.

— Dans ce cas, on a envie de quitter sa boîte.

— C'est vrai… Quand je suis sortie du travail ce soir-là, j'ai eu soudain envie de boire une bière.

— Une bière…

— Mais je ne voulais pas m'asseoir dans un bar pour la boire, je voulais la boire debout.

— Debout ?

— Oui. On sent moins la fatigue quand on s'assied. Et je ne voulais pas ça. Je voulais boire ma bière en ressentant ma fatigue extrême. Je voulais savoir quel goût aurait la bière…

Il l'écoutait avec intérêt.

— Et quel goût avait-elle ?

— Divin !

— Alors, vous avez cherché un endroit où vous pourriez la boire debout ?

— C'est ça. Il y avait un monde fou. Mais j'ai fini par me faufiler à une petite place. J'étais vraiment heureuse d'être là et de boire ma bière.

— Le bonheur n'est pas si loin.

— C'est ce que j'allais dire.

— Le bonheur ?

— Oui, je voulais vous dire que le bonheur n'est pas si loin. Il n'existe pas dans un passé lointain ou dans un futur nébuleux. Il est juste devant moi. Comme la bière de ce jour-là, comme le thé d'aujourd'hui.

Elle souriait en le regardant.

— Alors, pour vous, il suffit de boire une bière pour être heureuse.

— Bonne réponse, a-t-elle répliqué en éclatant de rire.

— Si vous voulez encore être heureuse, vous n'aurez qu'à boire une bière debout, quand vous serez vraiment très très fatiguée.

— Oui, autre bonne réponse, a-t-elle dit en riant encore plus fort. Je pense que… la vie devient un peu plus facile quand on imagine que le bonheur n'est pas si loin, a-t-elle ajouté en baissant la voix.

En regardant son visage, dont l'expression avait changé en un éclair, Seung-woo avait envie de lui demander ce qu'il y avait de si difficile dans la vie. Pour autant qu'il sache, ceux qui tiennent le même discours que Yeong-ju sont ceux qui ont le plus de mal à vivre. Parce que leur vie est difficile, ils trouvent des moyens de la rendre moins dure. Ils trouvent des moyens pour endurer la vie, pour continuer de vivre.

Pour lui, le plus difficile était de savoir jusqu'où il pouvait aller et à quel moment il devait s'arrêter. Quand la curiosité dégénère-t-elle en impolitesse ? Son expérience lui avait appris qu'en cas de doute, il vaut mieux s'arrêter. Ne rien demander. Lorsqu'on ne sait pas quoi dire, il vaut mieux écouter. Si l'on s'en tient là, on évitera au moins de se montrer impoli.

Alors qu'il restait silencieux, Yeong-ju lui a demandé :

— Quand êtes-vous heureux ?

Le bonheur… Il n'y a jamais beaucoup pensé. La plupart du temps, les humains recherchent le bonheur, mais Seung-woo pensait que cela ne le concernait pas. Il menait sa vie en essayant de rester fidèle à lui-même plus qu'en cherchant à être heureux. Passer son temps intelligemment, c'était cela une vie heureuse pour lui.

— J'ai du mal à vous répondre parce que je ne sais pas vraiment ce qu'est le bonheur. Vous venez de dire que boire une bière vous rendait heureuse. Je peux ressentir la même chose. Si vous dites que le bonheur c'est ça, alors vous avez certainement raison. Mais chacun a sa manière particulière de percevoir le bonheur. Moi aussi, j'ai ma manière à moi. Mais j'ai du mal à la cerner. Que signifie le bonheur pour moi ? Qu'est-ce que le bonheur, plus généralement ?

— Il existe différentes théories sur le bonheur. Aris… non… oubliez.

Zut, encore ! Arrivée à ce point, Yeong-ju s'est arrêtée, mécontente. Depuis qu'elle avait sa librairie, elle avait tendance à citer des auteurs dans la conversation. Elle avait pris l'habitude de se rappeler les bons livres lorsque ses clients lui demandaient conseil. Cette tendance n'avait fait que s'affirmer à mesure qu'elle écrivait ses articles. Chaque fois qu'une pensée lui venait à l'esprit, le livre qui avait suscité cette pensée surgissait dans sa mémoire. Conséquence : citations, noms d'auteurs, théories ne cessaient d'envahir à tout bout de champ ses conversations, ce qui les rendait pesantes. Non, pas vraiment. Franchement, elle ne les trouvait pas pesantes, mais ses interlocuteurs, oui.

— Que veut dire ce « non » ?

— Non.

— Mais quoi ?

— Non.

— Aris… vous vouliez dire Aristote ?

Elle a fait semblant de ne pas entendre. Elle a pris sa tasse.

— L'*Ethique à Nicomaque* ? Je ne l'ai pas lue, mais je connais son existence. Je sais également qu'il y est question de bonheur. Que dit Aristote à propos du bonheur ?

Pour masquer son embarras devant les paroles de Seung-woo, Yeong-ju a bu deux gorgées de thé tiède. C'était stupide de s'être arrêtée, et encore plus stupide d'être embarrassée. Elle lui a jeté un coup d'œil. Il attendait la suite. Peu lui importait qu'elle soit pesante, il l'écouterait jusqu'au bout, semblait dire son attitude sereine. Elle s'est lancée :

— Donc, ce monsieur Aris… fait une distinction entre le bonheur et le sentiment du bonheur. Le bonheur est pour lui l'accomplissement de toute une vie. Par exemple, si vous décidez de devenir peintre, vous devez vous efforcer de devenir un peintre émérite tout au long de votre vie. Et si vous devenez un peintre émérite, vous aurez mené une vie heureuse.

Avant, j'aimais cette idée. Nos humeurs sont changeantes : nous pouvons être heureux aujourd'hui et malheureux demain, sans que notre situation ait changé. Par exemple, je suis heureuse aujourd'hui grâce à ce thé aux coings, mais il est possible que je ne sois pas heureuse demain, même si je bois le même thé. Ce genre de bonheur ne me tentait pas du tout. Je pensais que le bonheur valait la peine s'il venait récompenser les réalisations de toute une vie. J'étais confiante en ma capacité à me donner à fond.

— C'est une phrase à rendre jaloux.

— Mais jaloux de quoi ?

— De la capacité à se donner à fond.

— Pourquoi ?

— Beaucoup disent que se donner à fond est aussi un don.

— Oh...

— Pourquoi avez-vous changé d'avis ? Vous n'aimez plus le bonheur préconisé par ce monsieur Aris... ?

— Parce que je n'étais pas heureuse.

Le visage un peu échauffé, elle a poursuivi :

— Accomplir un exploit et en payer le prix, d'accord. Ça me plaisait. Mais plus tard, mon opinion a changé. Hypothéquer une longue vie au profit des derniers instants. Faire des efforts toute sa vie pour atteindre le bonheur seulement à la fin. Se condamner à une vie malheureuse. Cette idée du bonheur était terrifiante. Une vie de frustration consacrée à un seul but. Alors j'ai changé d'avis. J'allais vivre à la recherche du sentiment du bonheur et non à la recherche du bonheur.

— Et vous êtes heureuse maintenant ?

— Plus qu'avant.

— Alors, vous avez bien fait de changer d'avis.

Yeong-ju l'a regardé sans rien dire. Ses yeux exprimaient son incertitude : elle n'était pas sûre d'avoir pris la bonne option.

— Je vous soutiens.

— Moi ? a-t-elle demandé, étonnée.

— Oui, je soutiens votre conception du bonheur. J'espère que vous l'expérimenterez souvent, a-t-il répondu en la regardant avec douceur.

Elle a cligné plusieurs fois des yeux avant de boire une gorgée de thé. Cela faisait longtemps qu'elle n'avait pas reçu de soutien. Elle se sentait réconfortée, et elle aimait ressentir cela. Elle a posé sa tasse en souriant.

— Merci de votre soutien.

Il était presque 17 heures. Tous deux en ont été surpris : le temps avait passé si vite ! Ils ont quitté le salon de thé pour prendre la direction du métro. Ils se sont fait face devant l'entrée de la station. Yeong-ju a déclaré qu'elle avait passé un moment agréable en sa compagnie et Seung-woo lui a donné un pot de marmelade de coings sorti de sa poche, vraisemblablement acheté pendant qu'elle était aux toilettes. Elle lui a fait un grand sourire en le remerciant de sa délicatesse.

— J'espère que vous serez heureuse chaque fois que vous y goûterez.

— Je l'espère vraiment.

Seung-woo l'a saluée en inclinant la tête, puis il s'est éloigné. Le vent s'est mis à souffler. Yeong-ju a contracté tout son corps, elle a regardé Seung-woo s'éloigner. Puis elle s'est tournée vers l'escalier en glissant le pot dans son sac. *Je me sens toujours bien quand je rencontre quelqu'un avec qui je peux parler*, a-t-elle pensé.

Le club de lecture des mamans

La maman de Min-cheol avait vérifié les heures auxquelles son fils venait habituellement à la librairie. De son côté, elle s'y montrait en début d'après-midi, en semaine ou le samedi. Nommée animatrice du club de lecture, elle avait beaucoup de questions à poser à Yeong-ju ; tous les deux jours, on la voyait se pointer à la librairie.

Aujourd'hui, elle partageait la table de Jeong-seo car elle avait laissé la sienne à un couple de clients. Les deux femmes ne se connaissaient que de vue. Absorbée dans la confection d'une écharpe à torsades, Jeong-seo a été surprise de cette demande, mais après avoir détourné les yeux de son ouvrage et regardé autour d'elle, elle a montré son accord en lui laissant sa chaise. Assises côte à côte, bien qu'absorbées par leurs tâches, les deux femmes échangeaient quelques propos.

— Mon fils m'a dit qu'une heure passe vite quand il vous regarde tricoter. Maintenant je comprends pourquoi, a dit la maman de Min-cheol en caressant l'écharpe rouge.

— C'est pour ça que j'aime tricoter.

Jeong-seo a levé la tête, flattée par la remarque de sa voisine. Elle a arrêté les légers mouvements de ses mains.

— Mais que faites-vous là ? a-t-elle demandé en jetant un coup d'œil à l'ordinateur.

— Ah, ça... a répondu la maman de Min-cheol, un peu embarrassée. J'anime un club de lecture. Il faut que je classe mes idées pour faire un bon travail. Alors, j'essaie de les noter, mais j'ai vraiment du mal. Il faut absolument que j'écrive tout, sinon je ne saurai pas quoi dire pendant la réunion.

Elle avait accepté cette fonction sans réfléchir. *Il s'agit seulement de lire des livres et d'en discuter avec des femmes du quartier. Pas de quoi paniquer.* Elle en était sûre. Elle a mobilisé cinq autres mamans qui, comme elle, fréquentaient le centre culturel pour s'occuper. C'est ainsi qu'elle est devenue l'animatrice du premier club de lecture, le club de lecture des mamans. A la suggestion de la libraire, elles ont choisi *Rencontre du soir* de Park Wan-seo pour commencer.

Premier désagrément lors de cette première réunion : elle a eu un horrible trou de mémoire. Son cœur battait à tout rompre, ses mains tremblaient. Elle a quitté la salle, laissant les participantes se présenter entre elles. Elle a demandé un verre d'eau glacée à son fils et s'est plantée, au bord des larmes, devant Yeong-ju :

— Yeong-ju, je n'arrive pas à prononcer un seul mot. J'ai l'impression qu'on m'a cousu la bouche avec une pique à brochettes.

— Aucune importance. Tout le monde comprend ça. Les débuts sont toujours difficiles. Il suffit que tu parles lentement en suivant le plan que tu as établi, a répondu la libraire en lui pressant la main avec force.

Après avoir pris une grande inspiration, la maman de Min-cheol est retournée dans la salle. Elle s'est assise à côté des femmes et a parcouru ses notes. Les relire lentement l'a apaisée. Elle a retenu ses larmes en se rappelant les paroles de Yeong-ju. Toutes les femmes attendaient son intervention. Leurs visages, si familiers d'habitude, lui semblaient appartenir à des étrangères.

Elle tenait serrées ses mains sous la table.

— Euh… chères participantes. Donc… maintenant nous allons nous présenter, a-t-elle bredouillé.

— Oh non, pas encore, on n'a fait que ça jusqu'à maintenant.

Les femmes clignaient des yeux. La maman de Min-cheol a pris une nouvelle inspiration profonde et s'est lancée en articulant bien :

— Bonjour à toutes. Je m'appelle Jeon Hee-ju. Ça doit vous sembler bizarre que je me présente comme ça, alors qu'on se connaît depuis longtemps. J'ai pensé que dans ce club, ce serait bien qu'on s'appelle toutes par nos prénoms. J'aimerais qu'on m'appelle Hee-ju et pas la maman de Min-cheol. Je vous propose donc de vous présenter par votre prénom au lieu de dire que vous êtes la maman de ou l'épouse de… Min-jeong, Ha-yeon, Sun-mi, Yeong-sun et Ji-young, à quoi avez-vous pensé ces jours-ci ?

Second désagrément : cette première rencontre s'est déroulée dans le plus grand désordre. Les participantes ont d'abord agité les mains, se prétendant trop timides pour oser parler, avant d'en venir presque à se battre pour prendre la parole. Ces mamans qui d'habitude n'en avaient que pour leurs maris et leurs enfants étaient tout excitées à l'idée de pouvoir parler d'elles pendant deux heures. Elles évoquaient leurs vies sans détour et avec honnêteté. Elles riaient, pleuraient, frappaient leur voisine, la serraient dans leurs bras, lui tendaient un mouchoir... Tantôt elles sympathisaient, tantôt elles se disputaient. En se rappelant l'ambiance de cette réunion, Hee-ju n'a pas réussi à dormir de la nuit. Tôt le matin, elle s'est dit qu'elle devait acheter un ordinateur pour mieux se préparer à l'avenir.

Aujourd'hui avait lieu la quatrième réunion du club de lecture des mamans. Cette fois encore, le livre choisi était un roman de Park Wan-seo. Toutes les participantes étant devenues de grandes admiratrices de l'autrice, il semblait donc judicieux d'avoir comme objectif de lire tous ses romans. Cette fois, c'est Hee-ju qui l'avait choisi. Elle en avait lu la présentation sur le blog de la librairie avant de la partager avec les autres. Tout le monde avait aimé *Femme debout*. Hee-ju était en train de le relire. Quand des idées lui venaient au cours de sa lecture, elle les notait. Soudain elle a quitté son écran des yeux pour s'adresser à Jeong-seo :

— Min-cheol ne vous a pas dit que je le négligeais,

ces jours-ci ? Je pense que je le néglige même beaucoup. Depuis que j'ai cette responsabilité, je pense moins à lui. Enfin je pense toujours à lui, bien sûr, mais moins. Vous savez, le club de lecture m'aide beaucoup dans l'éducation de ce fils difficile. Il me permet de prendre du recul. C'est beaucoup, non ? J'étais sur le point d'exploser à cause de mon fils.

Les deux femmes, côte à côte, s'adonnaient à leurs occupations : l'une écrivait, l'autre tricotait. Alors que cela durait depuis plusieurs heures, Hee-ju a vu un homme entrer dans la salle du club de lecture. *Y aurait-il un club de lecture aujourd'hui aussi ?* s'est-elle demandé. Mais c'était le jour de l'atelier d'écriture. Alors, ce devait être l'écrivain.

L'homme est sorti de la pièce. Il a commandé une boisson à Min-jun avant d'aller parler à Yeong-ju. Avec son corps fluet et son air fatigué, il avait tout à fait l'allure d'un écrivain. Elle l'aurait imaginé tatillon, or, comme il acquiesçait souvent de la tête au cours de la discussion, cela ne semblait pas être le cas.

Rien qu'en voyant de loin le mouvement de ses lèvres, elle devinait qu'il parlait doucement mais d'une façon claire. Un écrivain maigre, à l'air fatigué, mais communicatif et éloquent. En le regardant discuter avec la libraire, Hee-ju souriait. Un sourire apparu tout naturellement.

Gagne-t-on sa vie en étant libraire ?

Environ un mois après ses débuts de chroniqueuse, un journaliste l'a appelée pour lui proposer une interview. Elle, Yeong-ju, libraire indépendante. Elle a un peu hésité, mais elle a finalement accepté, car cela pourrait lui être bénéfique.

Il en est résulté un afflux de clients, qui lui manifestaient une certaine sympathie. Certains la saluaient et lui parlaient comme s'ils la connaissaient de longue date. Elle avait donc plus de visiteurs et plus de ventes.

Une seule interview avait provoqué ce changement considérable, c'était surprenant. Sa chronique lui attirait déjà du monde, mais c'était moins immédiat. Alors qu'avant la plupart de ses visiteurs lui parlaient de ses posts publiés sur les réseaux sociaux, maintenant, ils évoquaient de plus en plus ses articles.

Ils les commentaient favorablement, appréciaient ses recommandations et en redemandaient. Une habitante du quartier lui a confié qu'elle était venue pour la première fois, parce qu'elle avait lu sa chronique dans le journal. Cette jeune femme d'une trentaine d'années se vantait même auprès de ses amis d'habiter le même quartier qu'elle.

— Vous me verrez souvent, avait-elle dit en partant.

Depuis, elle venait plusieurs fois par semaine. Elle achetait des livres sur l'intelligence artificielle ou l'évolution du monde, elle était très probablement intéressée par le futur.

On sollicitait beaucoup la collaboration de Yeong-ju. Des voix inconnues sortaient de son téléphone pour lui proposer des sujets d'importance, comme l'avenir des librairies de quartier, les raisons du déclin du lectorat ou l'influence de l'« objet livre » sur la lecture... Elle refusait les sujets auxquels elle n'avait jamais réfléchi mais acceptait ceux qui l'intéressaient, comme l'influence de l'« objet livre » sur la lecture.

Même si écrire lui était pénible au point d'avoir envie de s'arracher les cheveux, elle s'y adonnait avec passion. C'était une belle opportunité d'élargir le public de sa librairie et de lui assurer une chance de survie. Exactement comme pour les livres, il fallait être connu pour avoir une chance de survivre.

Au départ, seuls les habitués des réseaux sociaux amateurs de livres connaissaient la librairie Hyunam. Mais aujourd'hui, Yeong-ju se rendait compte que sa réputation allait bien au-delà. C'était une bonne chose pour son commerce, mais elle commençait à être dépassée. Avoir une clientèle plus nombreuse la mobilisait davantage : elle était sans cesse interrompue dans ses tâches quotidiennes et perdait le fil de ses occupations plusieurs fois par jour. *Zut, si ça continue à ce rythme, ça va mal se terminer*, se disait-elle. Elle ne voulait pas se laisser submerger.

C'est alors qu'elle a eu une proposition inattendue, venue d'une personne inattendue… Sang-su s'était rendu compte qu'elle était débordée.

— Quand y a-t-il le plus de monde dans la librairie ? lui a-t-il demandé.

Sang-su est un lecteur invétéré. Il dépasse même Yeong-ju. Il est aussi animateur d'un club de lecture. On dit qu'il lit facilement deux livres par jour.

— Pardon ?

— Quand êtes-vous le plus débordée, je veux dire.

Sa façon de s'exprimer était abrupte, comme toujours. Elle était en accord avec ses cheveux coiffés en pétard.

— Euh… Je ne sais pas trop.

— Réfléchissez bien.

— Euh… les trois dernières heures avant la fermeture, je dirais.

— Alors je vous aiderai pendant ces trois heures.

— Pardon ?

— Engagez-moi à temps partiel. Pourquoi n'arrivez-vous pas à résoudre un problème aussi simple ?

En échange, il lui a demandé le salaire minimum :

— Et puis ne me demandez pas autre chose que tenir la caisse.

Il pensait que cela la soulagerait beaucoup.

— Quand il n'y aura pas de clients, je pourrai lire, a-t-il ajouté. Si je ne vous plais pas, trouvez au moins quelqu'un d'autre.

Yeong-ju lui a demandé un temps de réflexion. Une heure plus tard, elle est revenue vers lui ; dans un coin, il dévorait un livre.

— Six jours par semaine, trois heures par jour, trois mois à l'essai. Ça vous irait ?

— *Good !*

Sang-su s'en tenait à ce qu'il avait promis. Lorsqu'un client voulait payer, il abandonnait sa lecture pour encaisser. Puis il se replongeait dans son livre. Mais progressivement et par goût personnel, il ne s'est plus limité à cette simple tâche. Quand un client lui demandait un conseil, il faisait semblant d'être dérangé, mais il étalait ses connaissances – ce qui lui plaisait beaucoup – et le client finissait par quitter la librairie avec deux ou trois livres. Les habitués l'avaient affublé d'un surnom interminable : « le vieil employé à temps partiel, abrupt, mais très savant ».

La renommée de la librairie dépassait peu à peu le quartier, elle attirait ceux qui désiraient se lancer dans la même aventure. Ils contactaient Yeong-ju par téléphone ou venaient la voir. Comme leur nombre ne faisait que croître, elle a décidé d'organiser un événement exceptionnel. Moins contraignant que des rencontres régulières et une bonne promotion en un temps record.

Mardi, 20 heures. Yeong-ju entourée de deux libraires accueille le public. Une dizaine de futurs libraires sont venus les écouter raconter leurs expériences. Ils se demandent surtout s'ils pourraient gagner leur vie avec une librairie. Ils ne cherchent pas à s'enrichir, ils veulent juste s'en sortir en réalisant leur rêve.

— Je suppose que ce qui vous intéresse, est intervenu le libraire A, mal à l'aise, c'est de savoir si on peut s'en sortir en s'occupant d'une librairie. En ce qui me concerne, oui, c'est possible, mais difficile. Une fois payé le loyer de la boutique et déduits les frais de gestion, il me reste environ un million et demi de wons[1] par mois. Si j'avais à payer le loyer et les charges de mon appartement... ce serait vraiment serré. Du coup, je vis chez mes parents depuis six mois. J'étais indépendant à vingt ans, mais je suis revenu dans ma famille à trente-sept ans... Je n'en dirai pas plus. Alors réfléchissez bien. Ce travail n'a rien de romantique. Mais si vous y tenez vraiment, je n'ai qu'un conseil : lancez-vous ! Pour ne rien regretter plus tard.

Le libraire B a fait mine de s'apitoyer sur son confrère. Mais son histoire était plus encourageante.

— Tout d'abord, je dois vous dire que je gagne parfois moins que lui, mais parfois plus. Si les revenus du mois précédent me semblent faibles, j'organise beaucoup d'événements le mois suivant, pour attirer du monde. Pause. Activité. C'est un rythme assez épuisant. Comme les autres, je me demande combien de temps je pourrai tenir.

Je veux dire qu'on ouvre sa librairie avec toutes sortes d'inquiétudes, pas vrai ? Il faut que vous

---

1. Un peu plus de mille euros.

sachiez que vous rencontrerez des difficultés, quoi que vous entrepreniez. Et bien sûr, en étant libraire, vous en aurez, des soucis ! Mais pas plus que si vous faisiez autre chose. Posez-vous la question plutôt en ces termes : pour quel type de travail suis-je prêt à affronter des problèmes ? En ce qui me concerne, je suis toujours en train de réfléchir à la survie de ma librairie.

C'était maintenant au tour de Yeong-ju :

— Moi aussi, je suis toujours en train d'y réfléchir… Je voudrais surtout vous dire ceci : il faut avoir de l'argent de côté pour faire vivre ce type de commerce, on peut ne rien gagner pendant six mois ou un an. Je sais que c'est difficile. Cela représente beaucoup d'argent. Mais il faut au minimum entre six mois et un an pour trouver ses marques. Et ça ne veut pas dire que vous les aurez trouvées à la fin de cette période. J'ai ouvert ma librairie il y a trois ans, mais je suis toujours en train de réfléchir aux moyens d'être à l'équilibre.

— Pareil pour moi : ma librairie en est à sa cinquième année d'existence, a renchéri A, et je ne me préoccupe même pas d'être à l'équilibre, je cherche juste comment survivre. Tout cela ne signifie pas qu'il est impossible de réussir…

B a énuméré quelques noms de librairies qui marchaient bien. Elles avaient fait des bénéfices conséquents plusieurs années de suite grâce à des activités variées ou elles étaient renommées dans leur région. Les participants ont noté leurs noms dans leur carnet ou sur leur téléphone. L'heure des questions est arrivée et l'événement ne s'est terminé qu'après 22 heures.

Min-cheol se rendait désormais à la librairie une à deux fois par semaine, même si sa maman ne le lui demandait plus. Parfois il rentrait chez lui avant d'y aller pour troquer son uniforme scolaire contre des vêtements ordinaires. C'était maintenant Min-jun son interlocuteur : il remplaçait Yeong-ju, visiblement trop occupée. La librairie était de plus en plus fréquentée, mais le nombre de tables où prendre un café étant limité, cela n'affectait pas le travail du barista. Min-cheol rôdait autour de Min-jun ; il voulait savoir s'il avait des commandes en cours.

— La tante de la librairie a beaucoup à faire ces jours-ci ?

— Oui.

— Alors pourquoi tu ne l'aides pas ?

— Parce que je dois préparer le café.

— Tu ne t'occupes que du café ? C'est ce qui est convenu entre vous ?

— Oui, pourquoi ? J'ai l'air d'un fainéant ?

— Oui, un peu… Mais si c'est ce qui a été convenu entre vous, rien à dire.

— Yeong-ju a beaucoup plus de travail. Elle est contente que sa librairie ait du succès, mais en même temps, elle se sent débordée, a dit Min-jun, amusé de la réaction rationnelle du garçon.

— Pourquoi elle fait ça si elle est débordée ?

— Elle veut tester.

— Tester quoi ?

— Ses limites. Hum… C'est pas mal non plus d'être occupé.

Min-jun a jeté un coup d'œil à Min-cheol en préparant le café.

— Tu dis souvent une chose et son contraire. Tu penses que c'est bien d'être occupé, c'est ça ?

— Mais tout le monde mène une vie bien remplie. Tout le monde.

— Je sais que ce n'est pas mon cas, mais je suis sans doute une exception.

— Etre une exception n'est pas forcément une mauvaise chose.

— Tu crois ?

— Bon, arrêtons là. Goûte-moi ça.

Il a versé du café dans une tasse.

— J'aime pas le goût amer.

— C'est pas amer. Goûte.

Ces derniers temps, Min-jun préparait du café filtre dès qu'il en avait le temps. Jeong-seo et Min-cheol en étaient les principaux bénéficiaires. Le garçon prétendait boire du café depuis qu'il était en seconde et ne pas ressentir les effets de la caféine.

— Ça ne me rend même pas tonique.

Depuis qu'il avait prononcé ces paroles, il était devenu le testeur attitré de Min-jun, qui s'efforçait d'atténuer l'amertume du café pour répondre à son goût. Cette fois, cela semblait avoir réussi.

— Il est un peu sucré.

— Alors, il est bon ?

— Bof, je ne suis pas vraiment un connaisseur. Mais il y a quelque chose de bizarre. J'ai l'impression que le café fond dans la bouche, a-t-il repris après un moment.

— C'est-à-dire ?

— C'est peut-être parce qu'il est doux.

— C'est si doux que tu as l'impression que ça fond ? a dit Min-jun après en avoir bu une gorgée.

— En tout cas, je le trouve pas mal. Je crois que tu as fait des progrès.

— J'ai toujours été bon, a répondu le barista après une autre gorgée.

— Je ne crois pas.

— J'ai toujours été très compétent en matière de café, simplement je n'arrivais pas à trouver ce qui te convenait. Maintenant ta langue est en mon pouvoir.

— Dit comme ça, c'est un peu déplaisant.

Min-cheol a protesté, mais il a bu une autre gorgée. Min-jun regardait ce garçon devenu bavard. Il a fixé une date pour la prochaine dégustation.

— Après-demain, même heure. Ça te va ?

— Ça marche, a répondu Min-cheol avec désinvolture. Mais il n'avait jamais refusé une proposition du barista.

— Après-demain, je te ferai un café encore meilleur.

— Ça, je te le dirai quand je l'aurai bu.

Min-cheol a reposé la tasse qu'il venait de terminer.

— Bon, je vais dire bonjour à ma tante et je file.

Min-jun a jeté un coup d'œil à la libraire en rangeant la cafetière et les tasses.

— Oui, si tu peux lui parler…

Min-cheol a attendu que la libraire termine son appel. Elle a agité la main pour s'excuser, mais il n'a pas bougé. Une fois libre, Yeong-ju s'est approchée pour lui demander de ses nouvelles. Il a répondu à chacune des questions.

— J'ai l'impression que ma mère rédige une thèse en ce moment.

Yeong-ju a éclaté de rire et l'a raccompagné sur le trottoir. Min-cheol s'est incliné pour la saluer, puis il s'est mis à marcher, tout crispé, comme transi de froid. En le regardant s'éloigner, elle se disait qu'elle pourrait organiser un événement pour les adolescents, mais elle a secoué la tête. Elle avait suffisamment à faire.

Aujourd'hui c'est lundi et notre barista est là

Le lundi, il n'y a pas de barista.
Aujourd'hui, pas de café à la librairie Hyunam.
Vous pouvez TOUT commander SAUF DU CAFÉ.
#5joursparsemaine #equilibretravailviepriveepournotre-barista #noussoutenonssunequilibretravailvieprivee

Il n'y a pas de café à la librairie Hyunam le jour où Min-jun ne travaille pas. Pour éviter que les clients l'oublient, Yeong-ju poste tous les lundis le même avertissement sur son blog et sur les réseaux sociaux. Maintenant, plus personne ne commande de café ce jour-là, sauf les clients qui viennent pour la première fois. Et quand on les informe des habitudes de la maison, ils soutiennent l'équilibre de vie instauré pour le barista. Sauf que c'est Min-jun lui-même qui l'a rompu. Yeong-ju en a été peinée.

Elle a d'abord pensé que c'était exceptionnel. Un lundi après-midi, Min-jun est passé à la librairie et lui a demandé s'il pouvait rester un peu : « Je n'ai personne chez moi pour tester mon café », a-t-il dit. La libraire ne pouvait pas refuser. Il l'a soumise à une dégustation toutes les demi-heures. Conséquence : elle n'a pas pu dormir, saturée de caféine.

Avoir des insomnies juste une nuit n'était pas grave. Le vrai problème, c'est que Min-jun a commencé à venir tous les lundis. Les habitués se sont succédé ce jour-là, comme s'ils s'étaient mis d'accord entre eux. A commencer par Jeong-seo qui est arrivée en même temps que le barista. Hee-ju, Min-cheol et Sang-su ont pris le relais.

Min-jun surveillait attentivement et avec sérieux les consommateurs de son breuvage. On aurait dit un radiologue examinant des clichés. Il passait de la joie au désappointement en fonction des subtils changements d'expression des buveurs. Oh, ce regard tellement plein de curiosité ! Qui aurait osé demander à celui qui avait ce regard de ne pas venir le lundi !

En voyant les clients désemparés, Yeong-ju ne savait pas comment réagir. Les habitués savaient que Min-jun était le barista de la librairie et que le lundi était son jour de repos, et voilà qu'ils le voyaient à l'œuvre, comme d'habitude. Ils en venaient à vérifier le jour de la semaine. Certains demandaient s'ils pouvaient commander du café, d'autres en commandaient sans poser de question. Embarrassée par l'incohérence entre ses posts et la réalité, Yeong-ju devait trouver une solution. Mais laquelle ?

— Je te cause des ennuis, non ? Je vais continuer encore un peu. Je pense que j'ai réussi à améliorer ma technique, a dit Min-jun la semaine précédente, conscient du dilemme de la libraire.

Celle-ci a compris que le moment était venu de prendre une décision. Min-jun était prêt.

— Alors, Min-jun, on va faire comme ça.

Aujourd'hui c'est lundi et notre barista est là.
Venez découvrir le café filtre fait à la main à la librairie Hyunam.
Happy Hour Café de 15 h à 19 h, réduction de 50 %.
Autres boissons disponibles.
#baristaenevolution #cafefiltre #venezpourlecafe #ceci-nestpasunevenementhebdomadaire

Depuis ce post, le nombre des clients réguliers a augmenté sensiblement.

Je relirai vos textes

Yeong-ju passait des journées intenses, car, sans commettre une seule erreur, elle devait venir à bout de tâches qui s'étaient multipliées soudainement. Son visage souriant donnait parfois des signes de fatigue.

— J'ai l'impression que quand je te vois, mon travail est plus facile, a-t-elle dit à Jeong-seo.

Mais elle n'en était pas moins occupée pour autant. Elle écrivait ses textes de présentation pour les livres du mois.

— On voit bien que tu fais beaucoup d'efforts pour ne pas perdre la tête.

— Ah bon ? Je pensais que ça ne se voyait pas, a-t-elle dit en éclatant de rire.

— Pourquoi ne pas travailler moins ? a rétorqué Jeong-seo sérieusement.

— Je n'ai pas tant de travail que ça, a répondu Yeong-ju, abandonnant le ton de la plaisanterie ; elle avait bien compris l'inquiétude de son amie. La pression est juste montée un peu. Disons que, jusqu'à récemment, la pression atteignait le niveau 6. Je pensais pouvoir tenir pendant six mois ou même deux ans. Mais ces jours-ci, le niveau se situe plutôt autour de 8. Impossible de tenir à ce niveau-là. En tout cas, moi, je ne pense pas pouvoir résister longtemps. Combien de temps penses-tu qu'on puisse supporter une telle pression ? Pas très longtemps, bien sûr. Ça esquinte tout : le corps et le cœur. Il y a beaucoup de gens qui se sont démolis avec ça. Mais…

Elle a pris une profonde inspiration, comme pour reprendre des forces, avant de poursuivre :

— Je n'en suis pas au point de m'effondrer tout de suite. Une librairie, c'est comme ça. On ne peut jamais prévoir : les clients viennent de plus en plus nombreux et puis un jour ne viennent plus. Alors adieu ! Même une période aussi dense que celle-ci peut se terminer du jour au lendemain et ce sera comme si elle n'avait jamais existé. Je suis un peu plus prise en ce moment avec le travail que j'ai accepté. Peut-être que dans quelque temps, les gens oublieront à nouveau la librairie. Alors je vivrai avec une pression de niveau 6, comme avant.

— Bon, je ne comprends plus rien, a dit Jeong-seo, gênée. Finalement je ne sais plus quel niveau vaut le mieux : le 6 ou le 8. En tout cas, je suis soulagée.

— Pourquoi ?

— Après tout, celui qui sait où il en est n'a pas à s'inquiéter. Je suis soulagée car je n'ai pas besoin de m'inquiéter beaucoup pour toi.

Yeong-ju a pressé doucement les épaules de Jeong-seo : elle cherchait à la rassurer. Puis elle a ajouté :

— En fait, s'il y a une chose que je regrette, c'est de ne pas avoir le temps de lire. En te disant ça, je réalise qu'il y a un vrai problème. Incroyable ! Je n'ai même plus le temps de lire !

Il est 21 heures. Yeong-ju s'est assise à côté de Seung-woo, après avoir fermé la librairie.

Il corrigeait son texte. Au début, elle était intimidée par son profil sérieux mais maintenant elle y était habituée.

Avant d'envoyer sa première chronique au journal, Yeong-ju avait traversé un état de quasi-panique. Le texte était prêt depuis plusieurs jours, mais elle n'était pas sûre qu'il répondrait aux attentes du journal. C'était étrange. En tant que lectrice, elle savait juger de la qualité d'un écrit. Bien sûr, c'était subjectif. Mais là, impossible d'avoir le moindre jugement sur son travail, comme si elle n'avait jamais rien lu. Son article méritait-il d'être publié ?

Elle l'a lu et relu plusieurs jours de suite. Alors qu'elle était arrivée à la conclusion qu'il ne pouvait être publié nulle part, elle a reçu un SMS de Seung-woo qui lui demandait si elle était satisfaite de son texte. Elle a envoyé une longue réponse lui faisant part de ses sentiments complexes. Il lui a simplement proposé une relecture. Elle n'a pas refusé.

Seung-woo est venu le lendemain. Plus nerveuse que jamais, Yeong-ju lui a tendu son texte. Elle avait du mal à écrire, mais plus encore à montrer ce qu'elle avait fait. Elle avait déjà des palpitations quand elle publiait des posts sur son blog, alors être publiée dans un journal ! Et qui était devant elle ? N'était-ce pas un expert en la matière, celui qui avait mené une guerre retentissante contre un éditeur ? Comment trouverait-il son texte ? Il était assis à côté d'elle et lisait, l'air impénétrable. Elle n'avait aucun moyen de savoir ce qu'il pensait. Enfin, ayant terminé sa lecture, il a reposé la feuille et sorti un stylo à bille de son sac.

— Je vais relire l'article attentivement et, devant les parties à revoir, j'inscrirai un commentaire.

— Est-ce que… ça va ? a demandé Yeong-ju d'une voix timide.

— Oui, pas mal. Je comprends ce que vous voulez dire.

Qu'est-ce que ça signifie : que c'est bien écrit ou non ?

— C'est pas terrible… c'est ça ?

Elle en avait des crampes d'estomac.

— C'est pas mal. Vous faites bien partager ce que vous ressentez. Je vois maintenant à quoi peut ressembler la journée d'une libraire. Je comprends très bien que vous attendez impatiemment les clients.

Elle a scruté attentivement le visage de Seung-woo pour interpréter son expression : son commentaire exprimait-il une simple politesse ou de la sincérité ? Mais il était comme toujours indéchiffrable. Il avait l'air si calme. *S'il fait cette tête-là, c'est que mon texte n'est pas terrible*, a-t-elle conclu.

Mais elle avait du mal à comprendre. Seung-woo, le stylo à la main, barrait impitoyablement les phrases. A côté, il notait d'une écriture bien lisible ce qui n'allait pas.

Il est resté sur le premier paragraphe pendant dix minutes, qui ont semblé durer une éternité à Yeong-ju. Elle était traversée de pensées contradictoires : elle acceptait le fait que son texte soit médiocre, tout en déplorant qu'il barre quasiment toutes les phrases. Quand il a atteint le quatrième paragraphe, elle s'est seulement demandé pourquoi il prenait tellement au sérieux un texte aussi pitoyable.

Cela faisait près d'une heure que Seung-woo était concentré sur sa chronique. Il n'avait pas dit un mot. Yeong-ju n'était plus abattue, car elle avait compris qu'il faisait de son mieux. Elle savait que tout ce qu'il avait accompli jusque-là, il l'avait réussi grâce à son application. D'où son air fatigué. Alors qu'il finissait de relire le dernier paragraphe, elle est allée chercher deux bouteilles de bière dans le réfrigérateur. Elle les a décapsulées et lui en a tendu une. Il a levé la tête, surpris, puis il l'a prise.

— Je vous ai fait attendre trop longtemps. J'ai presque fini.

Après avoir terminé sa relecture, il lui a d'abord recommandé de ne pas se sentir blessée par les nombreuses corrections :

— Rassurez-vous. C'est normal d'en avoir autant quand on n'est pas un écrivain expérimenté. Certaines phrases sont d'ailleurs très bien écrites. Dans l'ensemble, le texte se tient, il est cohérent. Il n'est pas nécessaire de remanier le contenu.

Yeong-ju se sentait rassurée.

— Il y a parfois des petits défauts de logique. Il

suffira pour cela de reprendre certaines parties.

Ce commentaire a plongé Yeong-ju dans la confusion. Mais, après avoir écouté les explications, elle a compris qu'il serait possible d'y remédier en réécrivant seulement une phrase ou deux. Ils ont travaillé ensemble pendant une heure. Il ne restait plus que la dernière phrase.

— *Les clients sont attendus*, la formulation est maladroite.

— Pourquoi ? Oh… la voix passive ?

— Oui, c'est ça. La voix passive exprime le fait de subir l'action. Par exemple *manger* et *être mangé*. Par contre *être attendu* ne fonctionne pas : les clients ne subissent pas l'attente. Il faut donc rectifier : *J'attends les clients*.

— Ah oui, mais…

— Oui ? a-t-il dit. Il l'a regardée avec attention.

— Je veux dire… Si j'écris ce que vous conseillez, la phrase ne montre pas assez mon impatience à accueillir les clients.

— Pourquoi ?

— Mon cœur qui attend les clients. Mon impatience. La phrase toute simple « J'attends les clients » ne le montre pas assez.

— Hum…

Il avait jeté un coup d'œil sur le texte en écoutant la libraire, puis il a relevé la tête pour la regarder.

— Relisez le texte depuis le début. Tous vos sentiments y sont parfaitement décrits. Vous voulez les souligner encore une fois parce que vous ne les trouvez pas suffisamment explicites ? Vous n'êtes pas du tout obligée de le faire. Tout est bien clair. Et la phrase active est meilleure : elle est simple et honnête.

Elle a tout relu, comme il le lui conseillait. Elle a vérifié minutieusement que ses sentiments se reflétaient fidèlement dans le texte. Pendant ce temps, Seung-woo attendait tranquillement, stylo à la main. Elle a hoché la tête.

— Je comprends ce que vous voulez dire.

— Très bien.

— Merci beaucoup. Si j'avais su que ce serait si long, je ne vous aurais pas demandé ce service.

— Pas de problème. C'était aussi un plaisir pour moi.

— Si vous avez le temps… je vous inviterais bien au restaurant. Je vous suis tellement reconnaissante.

— Vous n'êtes pas obligée, a-t-il répondu en reposant son stylo sur la table. A la place, je vous propose quelques séances de travail supplémentaires.

Elle a ouvert de grands yeux. Elle trouvait cela très bien pour elle, mais pas pour lui.

— Après quelques séances, vous serez capable de vous relire vous-même. Et vous n'aurez pas à vous demander anxieusement comme aujourd'hui si votre texte est bien écrit ou non.

— Bon, comme vous êtes occupé, je relirai moi-même la prochaine fois. Mais si je suis toujours inquiète…

— Je ne suis pas occupé, l'a-t-il interrompue. Il savait qu'elle refusait sa proposition de peur de le déranger. Ne soyez pas gênée. A partir de maintenant, dès que vous aurez fini votre article, envoyez-le-moi. Ne restez pas avec des doutes.

Comme elle n'arrivait pas à se décider, il a insisté :

— D'accord ?

— Oui, d'accord. Je vous remercie par avance.

Elle a envoyé immédiatement son article corrigé à la journaliste. Attendre ne servait à rien, elle préférait s'en débarrasser au plus vite. Comme Seung-woo devait conduire, il est resté avec elle à discuter jusqu'à ce qu'elle ait fini sa bière. En parlant d'attente, ils ont eu l'idée d'énumérer ce qu'ils avaient le plus attendu jusqu'à présent. Pour Yeong-ju, il s'agissait des clients. Quant à Seung-woo, après mûre réflexion, il a répondu qu'il ne savait pas. « Traître », lui a-t-elle rétorqué. Ils ont continué à bavarder tout en balayant la librairie du regard, avant de verrouiller la porte derrière eux.

Aujourd'hui encore, ils ont quitté la librairie ensemble. Au moment de se séparer, après l'avoir saluée, Seung-woo s'est arrêté. Yeong-ju s'est tournée vers lui et lui vers elle.

— Vous vous souvenez de notre dernière discussion ?

Elle a opiné de la tête.

— Je voulais savoir quelque chose. Vous m'avez répondu que vous attendiez les clients. Je me demande si vous attendez quelque chose d'autre en ce moment.

Elle a ouvert de grands yeux, elle ne savait pas trop quoi dire à part :

— Non.

— Ce jour-là, je vous ai dit que je ne savais pas non plus. En réalité, même à ce moment-là, j'avais vaguement l'impression de savoir ce que j'attendais. Mais pour une raison ou une autre, je n'étais pas prêt à reconnaître mes sentiments trop tôt. Je voulais les découvrir peu à peu.

Elle le regardait comme si elle ne comprenait pas.

— Ce que j'attends avec le plus d'impatience en ce moment… a-t-il continué calmement.

Ils se faisaient face, à trois mètres environ l'un de l'autre.

— C'est un cœur.

Elle l'a regardé pour être sûre de bien comprendre ce qu'il disait. Il a souri doucement.

— Ce jour-là, vous m'avez accusé d'être un traître. Je vous dis ça pour que vous ne me regardiez pas comme un traître, s'il n'est pas trop tard. Bon, au revoir.

Après l'avoir regardé s'éloigner, elle s'est acheminée vers son appartement. *Un cœur… Pourquoi a-t-il dit ça ?* Yeong-ju s'est soudain souvenue qu'il lui avait donné un pot de marmelade de coings. « Je vous soutiens », lui avait-il dit également. Elle se rappelait ses paroles d'encouragement au bonheur. Elle s'est arrêtée un instant pour le regarder à nouveau, puis s'est remise à marcher, l'air pensif, après avoir enfoncé sur sa tête le bonnet qu'elle tenait à la main.

Il faut écrire avec honnêteté et rigueur

En entrant dans la librairie après sa journée de travail, Seung-woo a vu Yeong-ju en conversation avec Min-cheol. Avant de les laisser assis à la même table, la libraire lui a présenté le lycéen comme son neveu, et l'a présenté au lycéen comme « monsieur l'écrivain ». Seung-woo a tout de suite commencé à lire la chronique de Yeong-ju, même s'il était gêné par la présence, en face de lui, du jeune désœuvré. Non seulement désœuvré, mais observateur attentif.

Il a levé les yeux et s'est adressé à son vis-à-vis, assis tranquillement :

— Ça t'arrive souvent de rester à ne rien faire ?

— Oui.

— Tu n'as pas envie d'aller sur YouTube ?

— Bof, je peux le faire chez moi.

Seung-woo a hoché légèrement la tête pour marquer son indifférence, puis il s'est replongé dans ses papiers. Cette fois, c'est Min-cheol qui a rompu le silence :

— Monsieur, vous aimez écrire ?

L'adolescent avait guetté le moment propice pour poser sa question. Devoir écrire le faisait souffrir.

Quelques semaines plus tôt, sa mère lui avait soumis un nouveau marché : s'il écrivait un texte tous les quinze jours, il n'aurait pas besoin de suivre les cours privés et d'y rester jusqu'à minuit. C'était sans appel. Min-cheol s'était révolté contre ce chantage ; il avait déclaré que, dans ces conditions, il n'irait plus à la librairie. Mais cela n'avait pas marché. Hee-ju, qui avait très bien compris que son fils aimait cet endroit, n'avait rien lâché.

Les cours privés étaient encore pires que le lycée, Min-cheol s'était résigné à son sort. Sa mère avait ajouté une condition : interdit de bâcler, il fallait que les textes soient soignés.

— Non, a répondu Seung-woo sans le regarder.

— C'est bizarre, non ? Moi, j'ai du mal à écrire, d'accord, mais vous, c'est votre métier…

— Ça n'a jamais été mon métier, a-t-il répliqué sans lever le nez. Son stylo courait toujours sur le papier.

— Ah bon ? Que faites-vous dans la vie, alors ?

— Je suis employé.

Le lycéen a continué de parler, sans se laisser décourager par le laconisme de l'écrivain.

— Vous avez un peu de temps ? a-t-il fini par demander.

— Que veux-tu dire par là ? a rétorqué Seung-woo en le regardant.

— J'ai quelque chose à vous demander, mais si vous êtes occupé, je vous laisserai tranquille.

En disant cela, Min-cheol avait l'impression d'être plus audacieux et plus bavard que d'habitude.

Probablement parce qu'il s'adressait à un écrivain et que celui-ci pourrait l'aider à venir à bout d'un problème insoluble pour lui.

Seung-woo s'est donné un temps de réflexion avant de poser son stylo sur la table. Il s'est adossé à sa chaise et le jeune homme a souri.

— Vous êtes employé, d'accord, mais qu'est-ce que vous faites ? a-t-il demandé sans attendre davantage.

— Un travail qui n'a rien d'exceptionnel.

— Hum…

Min-cheol s'est tu un instant, avant d'ajouter, gravement :

— Qu'est-ce que vous préférez : faire un travail qui n'a rien d'exceptionnel ou écrire ?

— Hum…

C'était au tour de Seung-woo d'être perplexe. *Que veut savoir cet ado ? Pourquoi me regarde-t-il ainsi ? Il faut peut-être que j'aie une longue conversation avec lui… Il a vraiment un regard intelligent.*

— Peux-tu me dire pourquoi tu me poses cette question ?

— Voilà ce qui me préoccupe en ce moment : j'aimerais savoir si je dois faire ce que j'aime ou ce pour quoi je suis doué. C'est là-dessus que je dois écrire. Mais je veux vraiment le savoir.

Il y a quelque temps, son professeur de coréen, le seul professeur que Min-cheol appréciait, avait dit ceci : « On ne peut être heureux que si l'on fait ce que l'on a choisi. Alors, à vous de trouver ce qui vous rend heureux, ce qui vous stimule. Cela vaut mieux que de se conformer à un modèle social. Si vous y arrivez, vous serez moins sensibles à l'opinion d'autrui. Allez, soyez courageux ! Compris ? »

Un certain nombre d'élèves avaient été secoués par ces paroles. L'un d'eux disait même que ce discours était très dangereux. Dangereux parce qu'il impliquait que les élèves étaient des êtres pensants, qu'ils avaient des idées personnelles. « Réfléchissez, y a-t-il un autre professeur qui nous parle comme lui ? avait ajouté son ami. Aucun ! C'est tout le contraire de ce que nos parents nous répètent. C'est pour ça que c'est dangereux. Il ne faut pas l'oublier. »

Contrairement à ses camarades, il avait seulement été déstabilisé pour la première fois de sa vie. *Faire ce qu'on aime ? Mais je n'aime rien !* Il ne ressentait ni plaisir ni excitation dans ce qu'il entreprenait. Tout lui était égal. Il trouvait tout amusant et ennuyeux en même temps. Il n'avait jamais aimé ni détesté quelque chose au point d'en mourir. Il était dans une zone grise, il n'aimait ni ne détestait rien. Il ne savait pas comment vivre en aimant faire quelque chose, en étant doué pour quelque chose.

Seung-woo comprenait Min-cheol, il comprenait son anxiété. Ces préoccupations n'étaient pas réservées aux jeunes ; elles touchaient nombre de trentenaires ou de quadragénaires. Lui aussi s'était posé les mêmes questions cinq ans auparavant. Probablement parce qu'il avait fait la bêtise de travailler trop longtemps alors qu'il avait atteint un tel état de fatigue que ses lèvres en étaient toutes craquelées. La bêtise de ne pas oser abandonner un travail qu'il croyait aimer. Bien sûr, il faisait un travail qu'il aimait, mais il n'était pas heureux. Et il avait peur de le regretter toute sa vie s'il le quittait.

— Je ne sais plus où j'en suis. Les autres professeurs nous poussent à travailler toujours plus et à réussir. Ils nous classent en fonction de nos notes. Ils nous secouent ou nous encouragent : « Bon, tu vois où tu en es, ce n'est pas formidable. » Quels que soient nos résultats, on est toujours dans un classement. C'est drôle. Du coup, je ne fais plus attention à ce qu'ils peuvent dire. Pourtant, je ne peux pas oublier ce qu'a dit le professeur de coréen.

Soucieux, Min-cheol a froncé les sourcils. Pendant qu'il parlait, sa tête s'inclinait lentement vers la table.

— Je ne suis bon en rien ; il n'y a rien que j'aime. Je n'ai aucune matière préférée. Avant, c'était encore pire. Je n'aimais vraiment rien. Aujourd'hui, venir ici, parler aux tantes et à Min-jun, boire du café et regarder tricoter, ça ne m'ennuie pas.

— Je ne pense pas que tu sois perdu… Tu es seulement impatient.

— Hein ?

Min-cheol a relevé les yeux.

— Il me semble que tu es trop pressé : tu veux trouver tout de suite ce que tu aimes ou ce pour quoi tu es doué.

— Vous pensez ? Hum… Peut-être que vous avez raison, a-t-il marmonné en évitant le regard de l'écrivain. Mais il faut quand même que je trouve vite, a-t-il insisté en le regardant à nouveau.

— Pourquoi te précipiter ? Il n'y a aucune urgence. Tu peux venir ici autant que tu veux si cela te plaît. A mon avis, ce serait bien que tu continues comme ça.

De nouveau, Min-cheol a baissé la tête, déçu.

— Tu crois que tu seras heureux si tu fais un travail que tu aimes ?

— Je n'en sais rien. C'est ce que mon professeur a dit.

— On est plus heureux si on fait ce qu'on aime... Ce n'est pas impossible. Il y a certainement des gens à qui ça arrive. Mais d'autres sont heureux en faisant ce pour quoi ils sont doués.

Min-cheol a froncé les sourcils :

— Au cas par cas, c'est ce que vous dites ?

— On n'est pas forcément heureux parce qu'on fait ce qu'on aime. Et si on fait ce qu'on aime dans un environnement favorable ? On pourrait dire que l'environnement est plus important. Si l'environnement ne nous convient pas, même si on aime le travail, on aura envie de l'abandonner. En conclusion : dire qu'il faut d'abord trouver ce qu'on aime faire et qu'on sera heureux, ça ne marche pas toujours. C'est même assez naïf de le penser.

Seung-woo rêvait de devenir informaticien depuis le collège. Il l'était devenu. Il avait commencé à travailler en tant que développeur de logiciels dans une entreprise qui fabriquait des téléphones portables. Il avait d'abord été heureux de passer ses journées à faire ce qu'il aimait. Les heures supplémentaires, même de nuit, ne le dérangeaient pas non plus. Mais trois ans de ce régime l'avaient épuisé. Sa compétence exceptionnelle n'était pas un atout mais une charge : elle lui valait un supplément de travail, car les tâches n'étaient pas réparties équitablement.

Il faisait des heures supplémentaires tous les deux jours, partait en voyage d'affaires tous les deux mois. Arrivé à un certain point, il n'avait plus supporté et il avait abandonné. Le jour où il avait été convaincu qu'aimer son travail n'impliquait pas de le faire dans un environnement nocif, il avait fait une demande de mutation. Il avait arrêté de coder du jour au lendemain. Il n'avait plus fait d'heures supplémentaires la nuit. Et il n'avait jamais regretté son choix.

— Dans ce cas, c'est la même chose quand on fait ce pour quoi on est bon ? Si l'environnement est nocif…

Min-cheol a fait la grimace.

— Tout à fait, a acquiescé Seung-woo. Mais il ne faut pas rester en se plaignant de l'ambiance.

— Alors comment on fait ?

— Impossible de prévoir l'avenir. Il faut se lancer. Pour savoir si un travail nous plaît ou non.

Pendant cinq ans, Seung-woo avait fait ce qu'il aimait et pendant les cinq années suivantes, ce qu'il n'aimait pas.

Quelle vie était la meilleure ? Eh bien… Pour être honnête, la seconde. Ce n'était pas parce que sa vie était plus confortable, plus aisée. Pour lutter contre le vide qu'il ressentait, il s'était passionné pour sa langue maternelle. Et voilà où cela l'avait mené. La vie est complexe, on ne peut pas l'évaluer seulement à l'aune du travail. On peut être malheureux en faisant ce qu'on aime ; on peut être malheureux pour une raison autre qu'un travail qu'on n'aime pas. Le travail joue un rôle important, mais il n'est pas responsable du bonheur ou du malheur de notre vie.

— En conclusion, il faut que je fasse ce que j'aime sans trop me poser de questions, a lancé impulsivement Min-cheol, toujours préoccupé.

— Pourquoi pas ? Ce ne serait pas une mauvaise idée. Il se peut que tu trouves de l'intérêt à un travail dans lequel tu t'es lancé comme ça, par hasard. Mais tu ne peux pas savoir si tu auras envie de le faire toute ta vie. Il faut essayer. Plutôt que de réfléchir sans fin, envisage les choses de cette façon. Quand on commence une activité, le plus important est de s'en acquitter consciencieusement. Le plus important est d'accumuler sans cesse et avec soin de petites expériences.

Seung-woo contemplait Min-cheol qui répétait ses paroles, les yeux écarquillés. Il se rendait compte que ses propos étaient trop graves pour un lycéen. C'était un discours difficile à accepter même pour un trentenaire. Il a donc décidé de lui suggérer quelque chose qu'il pourrait entreprendre maintenant.

— En conclusion, ce que tu pourrais faire de mieux maintenant, c'est écrire. Ne pense à rien d'autre. Applique-toi à écrire.

Min-cheol a soupiré.

— Si tu insistes, tu auras peut-être envie de continuer.

— Ça m'étonnerait.

— On ne sait jamais. Ne décide pas tout de suite de ton avenir.

— Je suis encore plus embrouillé après vous avoir écouté, a dit Min-cheol d'un air boudeur. Je ne sais toujours pas si je dois faire quelque chose que je fais bien ou quelque chose que j'aime. C'est le sujet de mon texte, mais je ne sais vraiment pas comment le traiter.

— Dans ce cas, écris simplement que tu ne sais pas.

— Je ne suis pas obligé de conclure ?

— Plus on cherche à tout prix une réponse, plus on s'éloigne de son cœur. On risque de s'abuser soi-même. Ecris avec honnêteté. Tu réfléchis en ce moment, non ? Dans ce cas, écris que tu es en train de réfléchir. Ça suffit. Dire qu'on ne connaît pas la bonne réponse, c'est une façon de répondre. Ces questions très sérieuses que tu te poses, ce n'est pas seulement pour ton texte, c'est aussi pour ta vie. Raison de plus de ne pas te précipiter pour donner une réponse hâtive.

— Ouais... je sais pas trop si je vous comprends, a dit Min-cheol en se grattant la tête d'un doigt.

— Se sentir soulagé parce qu'on a résolu le problème, ce n'est pas la meilleure solution. Il faut parfois regarder en face une situation compliquée en continuant d'y réfléchir.

— Continuer d'y réfléchir...

— Oui.

— Au fait, monsieur, qu'est-ce que je dois faire pour bien écrire ? Maman m'a dit de bien écrire.

— Je te l'ai déjà dit, il faut écrire avec honnêteté et rigueur.

Quand on fait du café, on ne pense qu'au café

Tous les jours, Min-jun rentrait chez lui prendre une douche après le yoga, puis il se rendait chez Goatbean. Il apprenait à torréfier. Il pensait que savoir un maximum de choses sur la manière dont on torréfie les grains l'aiderait à améliorer le goût de son café. Il préparait le café du matin pour Jimi et ses employés. Goatbean proposait différents crus pour répondre aux goûts des consommateurs. C'était l'endroit idéal, bien plus que la librairie, pour expérimenter divers mélanges. Si ce qu'il voulait manquait, il lui suffisait de demander à Jimi et elle le lui procurait.

Mais ce qui le poussait à venir là quotidiennement, c'était le sérieux avec lequel tous traitaient le café. Dès que Min-jun leur tendait une tasse fumante, ils arrêtaient de plaisanter et se concentraient. Ils humaient l'arôme émanant de leur boisson, avant de la déguster religieusement. Ils pouvaient ainsi se faire une idée sur le goût des grains qu'ils torréfiaient. Ils n'oubliaient pas de faire des commentaires chaque fois qu'ils remarquaient une différence, même infime. « Si tu obtiens ces différences très subtiles grâce à un travail acharné et non par hasard, c'est que tu es un bon barista », lui avait dit Jimi en lui donnant de petites tapes dans le dos.

Min-jun a décidé d'arrêter son errance. Il a compris qu'il devait se cramponner à quelque chose de stable s'il ne voulait pas aller à vau-l'eau. Il s'est cramponné au café. Il a vidé son esprit pour se concentrer uniquement sur le café. Se cramponner à quelque chose de stable jusqu'à la limite de ses forces. Avec cette pensée en tête, qui n'a rien d'original et qu'il n'a dévoilée à personne, il a retrouvé son énergie.

Il n'a pas d'objectif défini, il veut juste faire de son mieux. Il voit qu'il devient de plus en plus compétent, que son café s'améliore. Ce n'est pas suffisant ? Mais si. Progresser à ce rythme et avec cet état d'esprit lui suffit. Devenir le meilleur barista du monde ne l'intéresse pas. A quoi bon récolter des louanges si on y sacrifie sa vie ? Après mûre réflexion, il s'est demandé s'il n'était pas le renard de la fable *Le Renard et les Raisins*. *Mais non*, a-t-il conclu. *Il suffit de viser moins haut. Et puis non, il suffit de supprimer tout objectif, d'éliminer toute cible. Je veux juste m'améliorer. Que mon café ait meilleur goût*. Min-jun a décidé de se focaliser là-dessus.

Il n'imagine pas un futur lointain. Pour lui, le futur se résume au temps qu'il lui faut pour verser en plusieurs fois l'eau dans le porte-filtre. Il ne maîtrise que cette durée-là. Le temps qu'il faut à l'eau pour passer, le temps pendant lequel il cherche à deviner le goût qu'aura le café. La même attente chaque fois que se répète la même opération.

Parfois cela ne lui suffit pas de faire de son mieux en attendant avec ardeur un futur aussi médiocre. Quand cette pensée lui vient, il se lève, se raidit et essaie de rallonger un peu son avenir. Un avenir d'une heure, un avenir de deux heures ou même un avenir d'un jour. Désormais, il a pris la décision de ne considérer le passé, le présent et le futur que par rapport au temps qu'il peut maîtriser. Imaginer au-delà ne lui est d'aucune utilité. *Quel genre de vie aurai-je dans un an ?* Cette question dépasse les capacités humaines.

Un jour, il a confié cette idée à Jeong-seo. Elle l'a immédiatement comprise et l'a même développée.

— En fait, tu ne penses qu'au café quand tu fais du café, c'est ça ?

— Euh… on peut le dire comme ça.

— C'est exactement le postulat de base de la méditation. Etre pleinement présent dans le moment présent. Tu pratiques la méditation.

— La méditation ?

— On dit souvent qu'il faut vivre dans le présent : facile à dire, difficile à comprendre. Qu'est-ce que ça veut dire, vivre dans le présent ? Eh bien, cela veut dire qu'on met tout son cœur dans le moment présent : quand on respire, on se concentre sur l'inspiration et l'expiration ; quand on marche, on se concentre sur ses pas. Pareil quand on court. On se concentre sur une chose à la fois. On oublie le passé, on ne se projette pas dans le futur.

— Oh…

— Vivre au présent, c'est se comporter en personne mûre.

— Ah bon ?

— Mais oui...

Elle semblait perdue dans ses pensées même si elle le regardait. Elle a déclaré soudain, sur un ton théâtral :

— *Seize the day !*

Min-jun a éclaté de rire et enchaîné :

— *Carpe diem !*

— Notre Mr Keating l'a bien dit : trouvez votre propre rythme, votre foulée, votre vitesse, votre direction. Faites vos propres choix !

Ce jour-là, les paroles de Jeong-seo ont réconforté Min-jun. Il essayait d'imaginer le futur proche parce qu'il était dans l'impossibilité d'imaginer le futur lointain. Il n'avait pas d'autre choix. Mais d'après Jeong-seo, cette attitude était une forme de méditation. Et, comme elle l'avait dit, le jeune homme avait peut-être un peu mûri. Tout ce qu'il avait vécu jusque-là n'était donc pas inutile ? Si c'était vrai, tant mieux. Cela signifiait que tous ses efforts passés n'avaient pas été inutiles.

— Je suppose que c'est pour cette raison que ton café est encore meilleur, a-t-elle déclaré ce jour-là.

Après avoir bu une nouvelle gorgée du café fraîchement passé, elle a poursuivi :

— Si on se concentre uniquement sur le ménage lorsqu'on fait le ménage, la maison sera vraiment impeccable. Plus une poussière. Même chose pour le café. Comme tu te concentres uniquement sur le café, c'est normal qu'il soit meilleur. Tu as dit qu'une tasse de café représentait le passage de ta vie du présent au futur… Cette phrase me trotte par la tête. J'aime l'idée. Et puis j'aime ton café.

Leur conversation a beaucoup encouragé Min-jun et lui a redonné confiance. Bien sûr, il est passionné par le café et il se cramponne à cette passion. Mais il a pris conscience de l'importance qu'avaient pour lui les soutiens de Yeong-ju, Jeong-seo et Jimi. Elles lui font toujours des compliments sur la qualité de son café. Cela veut dire que ses succès sont le résultat de sa collaboration avec d'autres personnes. *Café plus bienveillance, cela fait forcément un bon mélange*.

A partir de ce moment, la librairie a commencé à proposer du café filtre. D'abord trois crus de chaque région. Ce serait bien de proposer un cru différent par mois, mais le plus important, comme le répète Yeong-ju ces jours-ci, c'est de stabiliser la librairie. Lui, il espère que le bouche-à-oreille va répandre la rumeur que le café de la librairie Hyunam est délicieux. Et que les clients venus sur la foi de cette rumeur la trouveront vraie. Il espère que l'arôme du café embellira la librairie, qu'il laissera un parfum chaleureux dans le cœur de chacun.

C'est la première fois qu'il espère quelque chose en préparant son café. Il sent qu'il a un peu changé.

Qui est cet homme ?

Quatre personnes autour d'une table : Seung-woo et Min-cheol se faisaient face quand Jeong-seo les a rejoints, bientôt suivie de Min-jun qui, une tasse à la main, s'est installé en face d'elle. Seung-woo corrigeait, Jeong-seo faisait du crochet en commentant le goût du café, Min-jun l'écoutait et Min-cheol la regardait tricoter et s'adresser tantôt à l'un, tantôt à l'autre.

Jeong-seo demandait à Seung-woo ce qu'il recevrait en contrepartie de sa relecture ; Min-cheol demandait à Min-jun s'il allait rester avec eux alors que Yeong-ju semblait débordée ; Seung-woo demandait à Min-cheol s'il avait écrit son texte ; Min-jun demandait à Jeong-seo son avis sur le café qu'elle venait de boire, quel en était le goût dominant et si elle l'aimait. Pendant qu'ils parlaient tous les quatre, Sang-su, tranquillement assis au comptoir, lisait en attendant les clients, et Yeong-ju faisait le compte des ventes du jour et réfléchissait aux endroits où elle allait mettre les livres qu'elle venait de recevoir.

Au moment où Min-jun allait se lever après avoir reçu des compliments sur son café, la porte de la librairie s'est ouverte. Depuis le seuil, un homme a parcouru l'espace des yeux, mine de rien, avant de les arrêter sur Yeong-ju. Il semblait la connaître, mais il restait immobile. L'expression de son visage, sa bouche entrouverte, trahissaient ses sentiments et indiquaient l'existence d'une relation entre eux. *Un ami ?* Min-jun a tourné la tête vers la libraire. Elle semblait remarquer seulement maintenant le nouvel arrivant. Le visage fermé, elle a déposé les livres sur une étagère.

Le barista s'est rassis, les yeux toujours fixés sur la libraire. Jeong-seo et Min-cheol ont suivi son regard. Seung-woo, le stylo à la main, les a imités. Yeong-ju parlait au visiteur : elle ne souriait pas, elle ne pleurait pas. Elle s'est tournée lentement vers les quatre personnes attablées. La fatigue qu'elle dissimulait depuis des jours s'affichait clairement sur son visage. Elle était toute pâle.

Elle a ébauché un sourire qui ressemblait plutôt à une grimace, mais elle a réussi à annoncer d'une voix calme :

— Min-jun, je vais m'absenter un moment.

— Pas de souci.

Alors qu'elle s'éloignait, Seung-woo s'est levé.

— Yeong-ju…

Elle s'est tournée vers lui.

— Est-ce que ça va ?

Elle a compris qu'il avait deviné son trouble, alors elle a souri :

— Oui, tout va bien, a-t-elle dit avant de partir.

Tous quatre ont repris leurs occupations. Ils ne savaient pas qui était cet homme ni pourquoi la libraire était devenue si pâle. Donc, personne n'a évoqué le sujet. Min-jun est retourné préparer du café ; Seung-woo s'est replongé gravement dans sa lecture ; Jeong-seo a fixé les poignées de son sac au crochet ; Min-cheol, le menton dans une main, la contemplait. Il pouvait rester comme ça pendant des heures.

Dès qu'ils entendaient la porte s'ouvrir, ils levaient les yeux. Yeong-ju était partie depuis deux heures déjà. Inquiète, Jeong-seo a suggéré à Min-jun de l'appeler, mais il a secoué la tête et proposé d'attendre encore un peu. Vingt minutes avant la fermeture, elle est enfin revenue. Elle avait l'air épuisée, les yeux gonflés. En se forçant à sourire, elle s'est adressée à chacun d'eux à tour de rôle.

— Oh, vous m'attendiez tous ? Merci, vraiment. Min-jun, tout s'est bien passé ? Jeong-seo, tu as fini ton sac ? C'est vrai, tu me le donneras ? Min-cheol, que fais-tu là ? Tu devrais déjà être chez toi, non ? Et puis, Seung-woo, je suis vraiment désolée. Je ne pense pas que j'aurai le temps aujourd'hui, je vous inviterai au restaurant une prochaine fois, promis. Vraiment désolée. Merci beaucoup, tout le monde. Je vais vite ranger et rentrer.

Ils la dévisageaient avec inquiétude. Ils ont répondu à ses questions avant de se mettre à l'aider discrètement. Ils ont rangé les livres éparpillés, fermé les fenêtres, remis de l'ordre dans les tables et les chaises. Quant à elle, elle s'est assise à son bureau.

Manifestement sonnée, elle s'est mise à le ranger avec lenteur. Elle a fermé son ordinateur et aligné ses stylos. Elle a contemplé son bloc-notes d'un œil vide. Elle réfléchissait aux événements de la journée. Elle a fermé les yeux et les a rouverts, comme si elle retenait ses larmes.

Min-jun est venu s'asseoir à côté d'elle pour la réconforter. Il lui a dit qu'il ne s'était rien passé de marquant pendant son absence ; il y avait bien eu un client pénible, mais Sang-su s'en était très bien sorti. Elle a hoché la tête :

— Tant mieux qu'il ne se soit rien passé.

Elle a dit pour plaisanter comme d'habitude :

— Je reste toujours parce que je crois qu'il va y avoir des problèmes graves si je m'absente. Mais je vois que ma présence n'est pas indispensable. J'en ai la preuve maintenant.

— C'est faux… La librairie ne marcherait pas sans toi. C'est bien que tu sortes pour te distraire, mais il ne faut pas dire qu'on n'a pas besoin de toi ici.

Cette réflexion a fait naître un léger sourire sur les lèvres de Yeong-ju.

Jeong-seo, Min-cheol et Sang-su ont quitté silencieusement la librairie. Seung-woo restait assis et n'arrêtait pas de relire le texte qu'il avait déjà relu et corrigé, tout en jetant des regards furtifs vers Yeong-ju. Min-jun est finalement revenu vers elle après avoir terminé les rangements. Et elle a commencé à lui parler, comme si elle l'avait attendu :

— Je pensais au jour où j'ai ouvert la librairie.

J'avais l'habitude d'une vie trépidante, mais ce jour-là, ça a été le comble… Je n'avais pas la moitié des livres que j'avais commandés. Je n'avais pas encore choisi de nom… Après l'ouverture, j'ai décidé à la hâte de l'appeler librairie Hyunam. Au début, j'avais des doutes, je trouvais que ça faisait vieux jeu. Maintenant ce nom me plaît. Je ne sais pas pourquoi, mais ça donne l'impression que la librairie existe dans ce quartier depuis toujours.

Elle s'est tue un moment puis elle a repris :

— Quand j'ai ouvert la librairie, j'avais juste envie de me reposer en lisant des bouquins. En faisant ce que j'aimais pendant un an ou deux. Ce n'était pas pour gagner de l'argent.

— Ça, je l'ai bien compris quand tu m'as proposé un salaire confortable… Mais tu as une vie bien remplie maintenant. Je n'ai pas l'impression que tu aies le temps de te reposer, a dit Min-jun en imaginant une librairie à moitié vide.

— C'était quand ? Je ne m'en souviens pas exactement, mais il me semble que c'est le lendemain de ton arrivée. A partir de ce jour-là, j'ai eu envie que cette librairie vive. Alors, j'ai commencé à ressentir de la pression. Comme je voulais bien gérer mon commerce sur le long terme, j'ai commencé à avoir des insomnies.

— Et tu as trouvé une solution ?

— Non, pas encore. Mais j'ai un peu peur. Plus je suis occupée, plus je pense à mon passé. J'avais une vie très remplie et j'ai tout abandonné parce qu'elle ne me plaisait pas. J'ai vraiment tout quitté. Je détestais cette vie-là...

Sentant un léger tremblement dans sa voix, Min-jun s'est penché pour mieux voir son visage. A ce moment-là, Seung-woo s'est approché d'eux, le sac à dos accroché à son épaule droite. Sans un mot, il a tendu la feuille à Yeong-ju. Il avait décidé de ne pas lui poser de question car il était sûr qu'elle lui répondrait que tout allait bien. Elle s'est levée, a pris la feuille chargée de corrections et s'est excusée :

— Merci. Mais aujourd'hui, je suis...

— Vous l'avez déjà dit, ne vous en faites pas.

— Merci beaucoup... Vraiment.

Elle avait un visage bouleversé, les yeux rouges et tristes. Seung-woo avait l'impression d'avoir déjà vu ces yeux, mais il a fini par comprendre. Avant de la rencontrer, il lisait les posts sur son blog et ils avaient une note mélancolique. Elle était quelqu'un de joyeux mais ce qu'elle écrivait était empreint de tristesse. Il a deviné que cette tristesse n'était pas sans rapport avec les événements du jour et avec l'homme qui était venu dans l'après-midi. Qui était-il ? Seung-woo la regardait en silence, réfrénant sa curiosité au sujet de ce qui s'était passé et de la signification que cela avait pour elle. Sans un mot, il a incliné la tête devant elle et Min-jun, et il s'est éloigné.

— Au fait... l'a interpellé Yeong-ju.

Il s'est retourné.

— Vous voulez savoir qui était cet homme tout à l'heure ? a-t-elle demandé d'une voix incertaine.

— Oui, j'aimerais bien, a-t-il répondu calmement.

— C'est le meilleur ami de mon ex-mari.

Seung-woo l'a regardée, il s'est efforcé de ne pas froncer les sourcils pour manifester sa surprise.

— Il est venu me saluer de la part de mon ex-mari et prendre de mes nouvelles.

— Ah… très bien.

Il a baissé les yeux pour assimiler ce qu'elle venait de dire. Puis il l'a saluée et il est parti.

Yeong-ju s'est affalée sur une chaise, soudain sans forces. Min-jun, assis auprès d'elle, gardait le silence.

Laisser le passé derrière soi

De retour chez elle, pour clore cette journée pénible, Yeong-ju a pris une douche, s'est changée et mise au lit. Elle n'arrivait pas à s'endormir malgré sa grande fatigue. Le visage de Chang-in a flotté devant ses yeux avant de disparaître. Elle s'est relevée pour aller dans le séjour, avec le livre qu'elle avait terminé la veille. Assise près de la fenêtre, elle l'a ouvert à la dernière page et a essayé de lire la première ligne. En vain. Elle a décidé de le reprendre depuis le début.

Une phrase après l'autre. Elle lisait avec peine. Elle a fini par refermer le livre. Les bras enserrant les genoux, le menton posé dessus, elle a regardé par la fenêtre. Deux amis, un homme et une femme, passaient en discutant. Elle s'est rappelé la conversation qu'elle avait eue avec Tae-u dans l'après-midi. Le visage de Chang-in lui est revenu en mémoire et elle était sur le point de le chasser, quand elle a pris conscience que ce n'était plus nécessaire. Elle pouvait désormais penser à lui… Il lui en avait donné la permission aujourd'hui même.

Tae-u était leur ami à tous les deux. Il avait été un camarade d'université de Chang-in avant de devenir son collègue de travail, ainsi que celui de Yeong-ju. Un jour que Tae-u et Yeong-ju prenaient un café dans la salle de repos, Chang-in était passé et Tae-u l'avait présenté à la jeune femme. Sans cette intervention, Chang-in ne l'aurait peut-être pas remarquée et n'aurait pas cherché à se rapprocher d'elle dans le cadre d'un nouveau projet.

Il lui a dit que c'était la première fois qu'il se sentait en confiance avec une femme, puis il l'a appelée pour partager un repas, puis une sortie. Elle a trouvé touchante sa manière maladroite de se confier à elle, c'est pour ça qu'elle a commencé à sortir avec lui. Ils se sont mariés quelque temps plus tard. Ils se ressemblaient beaucoup : ils avaient échoué pour la même raison dans leurs précédentes relations amoureuses.

Leurs ex les avaient quittés parce qu'ils donnaient tous les deux la priorité au travail et que cela rendait la relation insupportable. Quand ils en parlaient, ça les faisait rire. Ils étaient heureux de pouvoir se consacrer à leur travail sans se sentir coupables l'un envers l'autre. Ça ne les mettait pas en colère si l'autre annulait un rendez-vous parce qu'il n'avait pas pu se libérer. Leur relation était si confortable qu'ils se sont mariés. Tout était fluide entre eux. Ils pensaient qu'ils étaient les seuls à pouvoir se comprendre.

Ils progressaient ensemble sur le chemin du succès, sans se soucier de savoir qui était le plus rapide, qui était le plus lent. Ils se retrouvaient plus souvent à la cantine de l'entreprise que chez eux dans la cuisine. Ils ne connaissaient pas vraiment les angoisses de l'autre, mais ils étaient au courant de ses succès professionnels. La communication entre eux était peut-être défaillante, mais pas la confiance. Ils s'aimaient et se respectaient en tant que partenaires de travail. Ils n'avaient aucune raison de se séparer. Jusqu'à ce que Yeong-ju change.

Elle ne veut pas se souvenir de ce qu'elle a vécu à cette période comme d'un drame. Elle n'est pas la seule à avoir souffert de burn-out. Elle n'est pas la seule à avoir trouvé un matin qu'aller au bureau était effrayant. Un jour où elle animait une réunion, elle a senti son cœur se serrer. Pendant qu'elle parlait, un étourdissement l'a saisie et ses jambes se sont dérobées sous elle. Cela lui est arrivé à plusieurs reprises. Une autre fois, elle a dû sortir en toute hâte de l'entreprise car elle avait l'impression qu'on l'étranglait. Elle a enduré ces troubles pendant plusieurs mois. Elle les attribuait au stress provoqué par un projet ou à une très grande fatigue.

Mais un jour, les larmes ont ruisselé sans raison sur son visage alors qu'elle quittait leur appartement. Elle n'a pas pu aller travailler. Son mari a hésité puis il est parti seul en lui conseillant d'aller consulter un médecin si elle ne se sentait pas mieux. Pour la première fois de sa vie, elle a pris un congé. Le médecin lui a demandé à quand remontaient ses dernières vacances. Elle lui a dit qu'elle ne s'en souvenait pas. En fait, elle ne voulait pas avouer qu'elle travaillait aussi sur son temps de repos.

Dans un premier temps, le médecin lui a prescrit un

anxiolytique en lui disant de surveiller son état pour voir s'il s'améliorait. Il l'a regardée avec douceur ; il lui a dit qu'elle semblait avoir accumulé beaucoup de stress sur une longue période et que son corps lui donnait un avertissement. Elle ferait mieux de s'arrêter quelques jours si elle le pouvait. En l'écoutant Yeong-ju a éclaté en sanglots, les épaules agitées de tremblements. Ce n'étaient pas les paroles du médecin qui avaient provoqué cette réaction, mais son regard bienveillant. Depuis combien de temps vivait-elle privée d'affection ?

Chang-in a été déconcerté par le soudain changement de sa femme. Son assurance légendaire avait laissé place à un air d'enfant perdue. Elle lui demandait de rester près d'elle, de l'écouter. Elle voulait lui raconter ce qui lui arrivait. Mais il n'avait pas le temps. Tout ce qu'il pouvait lui dire, c'est qu'il était très pris et qu'il lui consacrerait du temps un peu plus tard.

Elle le comprenait mais elle lui en voulait aussi. Il tenait à elle, mais il n'était pas affectueux. Même chose pour elle. Ils ne s'étaient pas mariés pour se manifester de l'affection. Comme il n'était pas disponible, elle n'avait pas d'autre choix que de réfléchir seule et de prendre ses décisions seule. Elle a progressivement réduit sa charge de travail, a pris tous les congés possibles et s'est mise à réfléchir à sa vie passée chaque fois qu'elle en avait le temps. Comme l'avait dit le médecin, cela faisait longtemps qu'elle vivait sous tension.

Depuis quand, d'ailleurs ? Sans doute depuis sa première année de lycée. Elle qui aimait lire et passer du temps avec ses amis, elle avait changé à ce moment-là. Il faut dire que l'entreprise familiale avait fait faillite du jour au lendemain et ne s'était rétablie qu'au bout de trois années, au cours desquelles elle avait absorbé toute l'attention de ses parents. Avec leurs visages blêmes, désespérés, ils avaient transmis leur angoisse à leur fille et elle était devenue une enfant inquiète. L'idée qu'elle risquait d'échouer si elle commettait la moindre erreur l'enchaînait à son bureau.

Elle s'est rappelé ses années de lycée. Parfois elle courait chez l'une de ses amies pour jouer avec elle, mais elle était vite rattrapée par l'inquiétude qui la faisait retourner en salle d'étude. Même chose à l'université. Elle ne s'était jamais beaucoup amusée avec ses amis. Ils se rapprochaient d'elle, attirés par son énergie joyeuse, mais lorsqu'ils prenaient conscience de son manque de disponibilité, ils s'éloignaient peu à peu.

Elle s'efforçait toujours d'être meilleure que les autres. Non, il est faux de dire qu'elle faisait des efforts. Etudier, travailler dur, cela lui était naturel. Elle ne savait pas prendre de repos. Elle a d'abord décidé d'arrêter de travailler. Elle a attendu quelques jours pour faire part de sa décision à Chang-in. Il a paru étonné, mais il a accepté rapidement. Mais ça ne lui suffisait pas : elle voulait qu'il arrête lui aussi. S'il continuait à mener la même vie qu'avant, elle aurait l'impression que le passé n'était pas derrière elle.

Quand elle le voyait, sa poitrine se serrait, elle avait envie de pleurer et son cœur se brisait. Elle a insisté pour qu'il démissionne et soit plus disponible pour elle, mais il ne l'a pas écoutée. Ils se sont affrontés pendant plusieurs mois. Et un jour, Yeong-ju lui a dit qu'elle s'en allait.

Tout le monde a pris son parti à lui. Aucun mari n'accepterait une demande aussi ridicule, lui disait-on ; pourquoi ne partirait-elle pas quelque temps en voyage ? Elle comprenait qu'ils soient tous du côté de Chang-in. Elle réagissait comme eux. Elle pensait elle aussi qu'elle était responsable de la situation.

Sa mère était particulièrement remontée contre elle. Elle venait tous les jours garder un œil sur son gendre et préparer son petit-déjeuner. Elle était gênée devant lui et critiquait sa fille, ce qu'elle n'avait jamais fait. Elle lui disait de reprendre ses esprits.

— Je t'assure que tu es la seule femme qui demande le divorce parce que son mari travaille dur. Si tu continues à n'en faire qu'à ta tête, je ne te reverrai plus. Appelle-moi quand tu auras changé d'avis.

Tels avaient été ses derniers mots. Yeong-ju n'avait pas appelé sa mère.

La procédure de divorce était facile à suivre. Comme Chang-in était débordé, elle s'est occupée de tout. Il s'est contenté de faire ce que lui demandait sa femme : il écrivait, signait, se rendait au tribunal. Jusqu'à la veille de la comparution, il voyait ce qui lui arrivait comme une vaste plaisanterie. Il semblait déterminé à rester un simple spectateur jusqu'à la fin.

Mais une fois toutes les formalités accomplies, il lui a dit, le visage fermé :

— Ça y est. Tu me quittes parce que tu veux être heureuse. Parfait. Sois heureuse. Il faut que tu sois vraiment heureuse. Car moi, je vais être malheureux sans toi. Comment se fait-il que je n'aie jamais vu que tu étais malheureuse avec moi ? Que je n'aie pas compris que j'étais la cause de ton malheur ? Il faut que tu m'oublies. Oublie tous les moments passés avec moi. Ne pense plus à moi. Mais moi je ne t'oublierai pas. Toute ma vie je t'en voudrai. Je me souviendrai de toi comme de la femme qui m'a rendu malheureux. Désormais, je ne veux plus te voir. Vivons sans jamais nous revoir.

Quand il s'est tu, il pleurait comme un enfant. Il comprenait enfin ce qui lui était arrivé.

Au souvenir de ce moment, Yeong-ju a pleuré sans retenue pour la première fois depuis leur séparation. Jusqu'alors, elle se sentait tellement coupable qu'elle n'osait pas se laisser aller aux larmes. Elle avait envie d'éclater en sanglots, mais elle se retenait. Elle pensait qu'il fallait qu'elle oublie parce que Chang-in le lui avait demandé. Elle était tellement désolée pour lui qu'elle ne pouvait même pas s'excuser. Elle se sentait tellement en tort qu'elle ne pouvait même pas avouer sa faute. Aujourd'hui, Chang-in a envoyé Tae-u pour lui dire qu'elle pouvait se souvenir de tout et pleurer jusqu'à épuisement.

— Complètement par hasard, j'ai lu tes chroniques, lui a dit Tae-u.

Ils étaient dans un petit café près de la librairie.

— J'ai dit à Chang-in qu'il devrait les lire. Il n'a fait aucun commentaire. Après votre divorce, chaque fois que je parlais de toi, il bouillait de colère. Mais apparemment, dès qu'il avait un moment de libre, il lisait tes chroniques, tes posts sur les réseaux sociaux et le blog de ta librairie. J'en ai été un peu soulagé, je me suis dit qu'il avait trouvé une forme d'apaisement. Il y a quelques jours, il m'a demandé de venir te voir. Il voulait que je te dise ceci :

Il reconnaissait avoir fait beaucoup d'erreurs. Il regrettait de ne t'avoir jamais demandé la raison de ton burn-out. Il pensait que ça te passerait. En fait, il le vivait mal parce que tout le monde lui demandait pourquoi tu ne venais plus travailler, pourquoi tu avais laissé tomber tous tes projets. Il a dit qu'il ne voulait pas faire peser sur toi son propre stress. Il croyait te protéger. Mais il s'est rendu compte qu'il avait tort.

— Si la situation avait été inversée, j'aurais fait comme lui, a dit Yeong-ju en pianotant sur sa tasse. Parce que j'ai changé si brusquement. Si Chang-in s'était comporté comme moi, j'aurais moi aussi été excédée. C'est moi qui étais dans mon tort. Lui n'a rien fait de mal. Tu peux lui dire ça.

— Peut-être que tu aurais réagi comme lui, ou peut-être pas.

Tae-u a souri avant d'ajouter :

— Chang-in trouve que tu écris bien.

Après avoir bu une gorgée de café, Tae-u a reposé

sa tasse et regardé Yeong-ju dans les yeux.

— D'après lui, tes textes sont empreints de tristesse. Il croyait que tu étais heureuse parce que tu faisais ce que tu aimais, mais cela ne transparaît pas dans ce que tu écris. Au contraire. L'idée que tu aies perdu ta confiance en toi à cause de lui le perturbe. Il souhaite te faire savoir qu'il vit donc beaucoup mieux qu'il ne l'avait imaginé. Il pense à toi de temps en temps, mais ça ne lui est pas pénible. En fait, je ne sais pas si je dois te le dire...

Il a hésité, bu une autre gorgée et finalement, il a continué :

— Chang-in m'a dit que vous étiez de bons partenaires. Il a ajouté que ça ne peut marcher entre des partenaires que s'ils ont les mêmes objectifs. Parce qu'ils se serrent les coudes. Si l'un change d'objectif, la dissolution du tandem est inévitable. Dissolution, c'est le mot exact qu'il a employé. S'il t'avait suffisamment aimée, il t'aurait emboîté le pas. Mais il n'a pas pu. Il en est désolé pour toi. Comme tu l'as quitté facilement, tu ne devais pas non plus l'aimer beaucoup, c'est ce qu'il a dit. La dissolution a été possible parce que vous n'étiez l'un pour l'autre que des partenaires. Voilà ce qu'il voulait te dire.

Yeong-ju n'a eu aucune réaction.

— Il a terminé en disant que ce n'était pas la peine de couper les ponts avec les personnes qui avaient des liens avec lui, comme tu l'as fait, et que tu pouvais rester en relation avec moi. Ça m'a énervé qu'il dise ça : c'est à moi de décider, pas à lui, non ?

Elle a souri.

— Yeong-ju…

— Oui.

— Ça m'a ravagé à l'époque.

Les yeux rouges, Yeong-ju l'a regardé.

— Je pense que je t'ai un peu trop bousculée. J'étais très en colère parce que j'avais l'impression que tu avais pris ta décision à la va-vite. Il me semblait qu'un couple devait surmonter ensemble tous les coups durs : c'était mon idée. Plus tard, j'ai réalisé que je me préoccupais plus de Chang-in que de toi. Je n'avais pas mesuré à quel point tu allais mal. Je te fais mes excuses, même si elles sont bien tardives.

Yeong-ju a essuyé avec les paumes de ses mains ses joues ruisselantes de larmes. Elle a secoué la tête.

— Chang-in se sent capable de te revoir dans trois ans environ. Il part pour les Etats-Unis en tant qu'expatrié et ne sera de retour que dans trois ans. Le travail lui réussit, il dit qu'il est né pour ça. Après ton départ, il s'est fait faire un bilan de santé et tout va bien, physiquement et psychologiquement. Ah, il a mis une condition à vos retrouvailles : qu'aucun de vous deux n'ait d'amoureux ou d'amoureuse ni ne soit marié. Parce que ce ne serait pas correct. Mais le plus important, c'est ça : même s'il est toujours seul, tu ne dois pas entretenir l'espoir de revivre un jour avec lui. Il n'en a pas du tout l'intention. Il est resté blessé par tout ce que tu lui as fait subir à la fin.

Yeong-ju souriait en l'écoutant. Elle se souvenait que Chang-in était assez distant avec les femmes qui le draguaient. Pratiquement tout ce qu'elle a raconté à Tae-u tournait autour de sa librairie : comment elle en avait eu l'idée et comment elle s'en occupait. Elle lui a confié que c'était un rêve d'enfant.

— A cette époque, je ne pensais qu'à ça. Ouvrir une librairie.

Elle voulait retrouver les jours heureux quand elle était une collégienne insouciante qui aimait la lecture par-dessus tout. Elle pensait qu'il lui fallait repartir de là. Après le divorce, elle s'est mise à chercher où elle pourrait ouvrir une librairie. Quand elle a appris que le *hyu* de *Hyunam* signifiait « pause », elle n'a pas arrêté de penser à ce quartier. Elle n'y était jamais allée, mais elle avait l'impression qu'elle en connaissait les habitants depuis longtemps. Elle a d'abord voulu prendre son temps pour se renseigner, mais une fois sa décision prise, elle a foncé. Elle a contacté des agences immobilières et visité des locaux à vendre. En quelques jours, elle est tombée sur ce qui est devenu aujourd'hui la librairie Hyunam. C'était une maison individuelle que son propriétaire avait transformée en café, puis abandonnée après la fermeture définitive du café, il y avait de cela plusieurs années.

Elle a eu un coup de cœur pour le bâtiment. Il avait besoin d'un grand coup de neuf, mais cela lui permettrait d'y imprimer sa touche personnelle. Elle a décidé de le remettre en état, comme elle remettait en état sa propre vie.

Elle l'a acheté le lendemain de la visite. Elle a également trouvé à proximité un petit appartement doté d'une belle vue. Elle les a payés tous les deux grâce à l'épargne qu'elle s'était constituée depuis qu'elle travaillait et à la vente de l'appartement qu'elle partageait avec son ex-mari. L'aménagement intérieur a duré deux bons mois. Elle a choisi elle-même l'entreprise, discuté des plans et contrôlé les matériaux. Le jour de l'ouverture au public, elle s'est assise sur une chaise et a regardé par la fenêtre. Et là, le poids de tout ce qu'elle avait réalisé est tombé sur elle et elle a éclaté en sanglots. Elle pleurait tous les jours pendant qu'elle recevait les livres, accueillait les clients et préparait du café.

Quand elle a enfin repris la maîtrise d'elle-même, le nombre de clients a augmenté et elle s'est remise à lire tous les jours, comme lorsqu'elle était au collège. Après avoir traversé la tempête, elle était arrivée à bon port, dans un endroit qu'elle aimait beaucoup. Mais plus elle retrouvait son énergie en travaillant à la librairie, plus elle se sentait coupable envers Chang-in.

Coupable d'avoir rompu leur relation de manière égoïste, de ne pas s'être excusée, de ne pas l'avoir attendu, de ne pas avoir cherché à le revoir. Chang-in lui avait interdit de reprendre contact avec lui, mais elle se demandait toujours si elle ne devrait pas s'excuser quand même auprès de lui. En même temps, elle avait peur. S'il voulait autre chose que des excuses, que ferait-elle ? Mais aujourd'hui, Tae-u lui a transmis un message de Chang-in, un message qu'elle avait envie d'entendre : « Je te présente mes excuses. J'accepte que tu t'excuses auprès de moi. Et tout ira bien entre nous. »

En ce moment, Yeong-ju pense à Chang-in autant qu'elle le veut. Elle pense au passé. Elle exhume des pensées et des sentiments qu'elle avait enfouis. Les images et les souvenirs du passé lui provoquent toujours un pincement au cœur, mais maintenant elle peut le supporter. Elle a dépensé tellement d'énergie à refouler le passé qu'il était enlisé tout au fond d'elle. Il va falloir qu'elle le laisse s'écouler. Même si cela la fait encore pleurer, elle doit laisser le passé s'écouler d'elle jusqu'à ce que ses larmes soient taries. Alors elle s'ouvrira au présent et l'accueillera avec joie. Il lui sera plus précieux que jamais.

Comme si de rien n'était

Bien entendu, il n'y avait aucune raison pour que l'ambiance de la librairie ait changé à cause des événements de la veille. Comme toujours elle était animée quand il y avait beaucoup de clients, et quand elle était plus calme, Yeong-ju pouvait prendre le temps d'une « pause fruits ». Cependant quelques scènes inhabituelles se sont déroulées aujourd'hui. Vers midi, alors que la libraire, encore seule, préparait l'ouverture, Hee-ju a fait son apparition. C'était la première fois qu'elle venait alors que la librairie était encore fermée au public.

Très surprise, Yeong-ju lui a demandé ce qui se passait. Hee-ju l'a observée du coin de l'œil sans répondre. Elle l'avait vue pleurer si souvent dans les débuts de la librairie... et maintenant, tout semblait aller mieux depuis un moment. Mais il avait dû lui arriver quelque chose. Raison pour laquelle elle était venue. Quand elle l'a vue sourire sous son regard insistant, Hee-ju, soulagée, lui a soumis des idées pour le club de lecture. Elle n'a pas manqué de lui dire de l'appeler en cas de besoin.

Dans l'après-midi, Jeong-seo a fait un passage

éclair. Elle a apporté des parts de son cheesecake préféré, qui est également le préféré de Yeong-ju.

— Pourquoi tu m'en apportes ?

— Pour que tu en manges quand tu t'ennuies, a-t-elle répondu de sa voix de stentor.

— Merci…

Jeong-seo a quitté la librairie, sourire aux lèvres.

C'est sans doute Sang-su qui l'a le plus aidée ce jour-là, mais elle ne s'en est pas rendu compte. Mine de rien, il lui a offert la liberté : si un client s'approchait d'elle, il le fixait jusqu'à ce qu'il se détourne pour s'adresser à lui. Et là, aux questions que le client lui posait, il répondait en l'étourdissant d'un flot d'explications dans un langage châtié. Il ne le laissait repartir que lesté d'un ou deux livres.

Etait-ce grâce à lui ? En tout cas, Yeong-ju a pu relire tranquillement ses questions pour la rencontre autour d'un livre, prévue quelques jours plus tard. Pour la première fois, elle avait programmé à cette occasion la projection d'un film qui en avait été adapté. Déroulement de la soirée : projection de 19 h 30 à 21 heures, puis discussion jusqu'à 22 heures autour des deux œuvres. L'ensemble aurait lieu en présence d'un critique de cinéma et elle y assisterait en simple spectatrice.

Son échange téléphonique avec le critique lui avait donné l'impression qu'il était fiable, qu'elle pouvait compter sur lui. Il avait une voix agréable, il s'exprimait bien, et surtout il semblait être du genre à communiquer son enthousiasme pour ce qu'il aimait. Elle avait quand même préparé quelques questions sur le roman, en cas de besoin. *En regardant le film, je réfléchirai à la comparaison entre le film et le livre*, se disait-elle. Assise au comptoir du café, elle peaufinait ses phrases en les marmonnant, stylo-bille à la main. Min-jun s'est approché d'elle à son insu. Il l'a regardée avant de lui demander, étonné :

— Ce sont les questions pour la rencontre sur le roman ?

— Oui, c'est bien ça, a-t-elle répondu en levant la tête.

— Le titre est bien *Après la tempête* ?

— Tout à fait.

Elle a souri, comme si elle comprenait l'étonnement de Min-jun.

— C'est l'auteur qui vient ?

Il écarquillait les yeux, comme s'il n'y croyait pas.

— Ah non... Notre librairie ne peut pas encore se le permettre.

— Mais alors ? a-t-il demandé, alors qu'elle se dirigeait vers son bureau.

— C'est un critique de cinéma qui va animer la soirée.

— Oh, je m'en doutais. Comment l'auteur serait-il venu jusqu'ici ?

Min-jun a jeté un rapide coup d'œil à son visage en s'asseyant à côté d'elle.

— Tu as vu les films de Hirokazu Kore-eda ? lui a-t-elle demandé.

Elle a ouvert un fichier Word sans se soucier de savoir s'il l'observait.

— Oui, bien sûr, j'ai vu presque tous ses films. Je l'aime bien, a-t-il répondu, soulagé de lui voir meilleure mine que la veille, malgré ses yeux encore gonflés.

— Quand je lis son roman, je ne comprends pas pourquoi on le considère comme un chef-d'œuvre, a-t-elle dit en pointant le curseur sur une phrase à corriger.

— Tu n'as pas vu son film ?

Elle a secoué la tête.

— Mais toi, Min-jun, tu as dû le voir, non ?

— Je l'ai vu l'année dernière.

— Comment tu l'as trouvé ?

— Comment dire… C'est le genre de film qui fait beaucoup réfléchir. On se demande si on est devenu l'adulte qu'on voulait être, on se demande où ça nous mène de poursuivre nos rêves, par exemple.

— Et alors, quel a été le résultat de tes réflexions ? a-t-elle demandé en modifiant une question sur l'ordinateur.

— Si je me souviens bien, la mère du personnage principal dit à son fils : « On ne peut pas être heureux sans renoncer à quelque chose. » Lui, il n'arrive pas à écrire le roman qu'il a en tête. Il est en panne depuis un bon moment.

Yeong-ju a hoché légèrement la tête.

— Mais même s'il n'arrive à rien, il s'accroche à son rêve. Autrement dit, il s'accroche à son projet de roman. C'est pour ça qu'il n'est pas heureux. D'une certaine manière, il est tout à fait logique que sa mère parvienne à cette conclusion : mon fils est malheureux à cause de ce foutu rêve. Quand j'ai vu la scène, je n'ai ressenti aucune empathie pour lui, au contraire, j'étais d'accord avec sa mère. Bien sûr qu'elle a raison : nos rêves peuvent nous rendre malheureux.

Yeong-ju a arrêté de taper sur son clavier.

— La mère ajoute : « Tu es malheureux parce que tu poursuis un rêve inaccessible. C'est pour ça que tu ne profites pas du présent. » Elle n'a pas tort. Mais on peut aussi être heureux en s'accrochant à son rêve, qui sait ?

Yeong-ju l'a regardé brièvement, puis ses doigts se sont à nouveau promenés sur le clavier.

— Je pense que ça dépend de chacun. Qu'est-ce qui est important pour nous ? Quelqu'un peut être prêt à tout risquer pour réaliser son rêve. Mais la plupart des gens ne veulent pas prendre de risques.

— Et toi, de quel côté penches-tu ?

— Du côté de la deuxième catégorie, je pense. On peut être heureux en s'accrochant à son rêve, mais est-ce qu'on n'a pas plus de chances de l'être en y renonçant ? Moi je veux mener une vie heureuse.

— Oui, c'est pour ça qu'on s'entend bien.

Les deux mains immobiles sur les touches de l'ordinateur, elle a esquissé un sourire en le regardant.

— Mais toi, tu as déjà réalisé ton rêve.

— C'est vrai. Et je m'en réjouis.

— Alors, disons qu'on n'est pas vraiment en phase.

Elle a souri à sa boutade, puis elle a haussé les épaules.

— Mais je n'aimerais pas rêver au détriment de mon bonheur. Rêver ou être heureux ? Quitte à choisir, je choisirais le bonheur moi aussi ! Ça n'empêche pas que j'ai toujours le cœur qui bat quand j'entends le mot *rêve*. Une vie sans rêves... Ce serait une vie aussi aride qu'une vie sans larmes. Mais dans *Demian*, j'ai lu qu'« il n'est point de rêve éternel. A chacun de nos rêves en succède un autre, et l'on ne doit s'attacher à aucun d'eux. »

— En t'écoutant, je me dis que j'aimerais pouvoir vivre comme ça.

— Vivre comment ?

Min-jun s'est levé lentement.

— Vivre d'abord en me laissant porter par le courant. Puis poursuivre mes rêves. Et à la fin, vivre de la manière qui me convient le mieux. Très joyeusement.

— Ah oui, c'est pas mal... Au fait, Min-jun...

Min-jun s'est tourné vers Yeong-ju après avoir jeté un coup d'œil à un client qui se dirigeait vers le comptoir du café, le nez collé à son smartphone.

— Le critique de cinéma qui va venir... j'ai vu qu'il avait fréquenté la même université que toi : même département, même promotion.

— Ah bon ? Comment s'appelle-t-il ? a-t-il demandé en ouvrant de grands yeux.

— Yoon Seong-cheol.

Min-jun a réfléchi pour essayer de reconstituer la façon dont les choses s'étaient passées. Puis, ayant compris, il l'a interrogée :

— Mais comment as-tu eu toutes ces informations,

l'université, la promo, etc ?

— C'est lui qui m'a écrit pour me suggérer une rencontre autour d'un roman de Kore-eda. Tout est dans son message.

— Ah ! Sa proposition était très détaillée, a-t-il dit en souriant, un peu mal à l'aise.

— *Too much information*, n'est-ce pas ?

Son message avait également fait sourire Yeong-ju. Il contenait beaucoup d'informations personnelles. Elle avait répondu immédiatement. Elle le remerciait de sa proposition et souhaitait programmer une rencontre. Sans qu'elle sache pourquoi, ce Yoon Seong-cheol dont elle venait juste d'apprendre le nom lui inspirait confiance. Il semblait s'intéresser de près à ce cinéaste et le connaître très bien. Et il avait l'air sincère dans ce qu'il écrivait. En fait, c'est ce qui l'avait incitée à lui faire confiance.

— Tu le connais bien ?

— Oui, trop bien… a répondu Min-jun en se tournant vers le client qui était arrivé devant le comptoir.

On s'apprécie, c'est tout

Yeong-ju a rentré le panneau d'affichage et fermé la porte. Elle a contemplé un moment Seung-woo, en arrêt devant la bibliothèque pleine de romans, puis elle s'est approchée de lui. Il lui a montré le titre du livre qu'il venait d'en sortir : *Alexis Zorba*, de Nikos Kazantzakis. Elle lui en avait parlé lorsqu'ils avaient fait connaissance.

— Pendant la rencontre à laquelle j'ai participé, vous m'avez parlé de Kazantzakis. En rentrant, j'ai relu *Zorba*. Pour être honnête, je n'avais pas été très impressionné la première fois que je l'avais lu. Je l'avais terminé, parce qu'on m'avait dit que c'était un bon livre. Mais pas plus que ça.

Seung-woo a laissé son regard errer sur les rayonnages devant lui, avant de se tourner vers Yeong-ju.

— Cette fois, je l'ai apprécié davantage. A cause de la personne qui m'a incité à le relire, peut-être ? Ça m'a permis de comprendre pourquoi le personnage de Zorba est tellement captivant. Maintenant que j'y pense, je n'ai jamais été comme lui, pas un instant depuis que je suis né. C'est pourquoi les personnes comme moi sont susceptibles de l'admirer.

Leurs regards se sont croisés.

— Je parie que c'est votre cas aussi.

Il s'est mis à marcher devant elle et s'est assis sur le canapé deux places destiné aux clients. Elle est venue le rejoindre. Une lumière douce tombait sur le canapé moelleux et confortable. Il voyait tous ses problèmes des derniers jours se résoudre d'un coup.

— En lisant ce roman, j'étais curieux. Quel changement le personnage de Zorba a-t-il apporté dans votre vie ? Mais peut-être que vous l'avez admiré sans que cela change quoi que ce soit pour vous ?

Elle semblait comprendre son propos. Il avait dû s'apercevoir que, malgré son apparence libre et heureuse, la vie qu'elle menait la maintenait enfermée à l'intérieur d'un cadre qu'elle avait créé elle-même et où elle ne pouvait même pas bouger le petit doigt. Il lui proposait indirectement d'en sortir et de vivre libre, comme Zorba. De mener une vie différente de la précédente, une vie qui ne serait prisonnière ni d'un schéma, ni d'une pensée, ni du passé.

— Pour moi, Zorba n'incarne qu'une certaine forme de liberté, a-t-elle répondu un peu abruptement. Il en existe beaucoup d'autres dans ce monde et ma préférée est celle de Zorba. Mais je n'ai jamais voulu vivre comme lui. Je n'aurais jamais osé l'envisager. Parce que je suis comme le narrateur du roman. Celui qui se contente d'admirer des êtres comme Zorba. C'est exactement moi.

Seung-woo a secoué lentement la tête.

— Mais si on admire quelqu'un, on a envie de

vivre comme lui. Et on veut l'imiter jusque dans les moindres détails.

— Ce n'est pas faux. Et je crois que je l'ai imité. Vous aimerez comme moi la scène qui m'a servi de modèle.

Il s'est tourné vers elle pour la regarder.

— La scène de la danse ?

— Oui, c'est elle. En la lisant, j'ai décidé de m'en inspirer pour vivre. Danser même si je suis déçue, danser même si j'échoue. Ne pas prendre les choses au tragique. Rire, rire et encore rire.

— Et vous y êtes arrivée ?

— En partie, oui. Mais après tout, je ne suis pas Zorba. Je ris et je pleure juste après. Je danse puis je m'effondre. Mais je me relève pour rire et pour danser. J'essaie de vivre comme ça.

— C'est une vie magnifique.

— Vous croyez ?

— C'est ce que je ressens.

Elle l'a regardé, un léger sourire s'est dessiné sur ses lèvres.

— Vous croyez que ma vie est limitée ? Que je suis prisonnière du passé ?

— Non. Le passé nous piège tous. J'espère seulement que vous changerez d'attitude en ma faveur.

Elle est restée silencieuse un moment.

— Changer… comment ?

— Comme Zorba.

— Comme Zorba ?

— En n'hésitant pas à aimer.

— Ne pas hésiter à aimer ? a-t-elle répété en souriant.

— Juste ne pas hésiter à m'aimer, a-t-il dit, sans sourire. Je sais que je demande beaucoup. J'aimerais vous poser une question. Je peux ? a-t-il repris après un moment de silence.

Elle a opiné de la tête. Elle semblait avoir deviné ce qu'il voulait savoir.

— L'autre jour, l'ami de votre ex-mari ne vous a pas blessée ?

Elle se doutait qu'il voudrait en savoir plus sur son ex-mari, mais elle ne pensait pas qu'il le ferait ainsi.

— Non, a-t-elle répondu en laissant échapper un petit rire. Il est gentil. Et c'est aussi mon ami.

— Tout va bien alors. Vous aviez vraiment la tête à l'envers ce soir-là.

— Oui, je comprends votre inquiétude, a-t-elle commenté d'un ton plein d'entrain.

Sans un mot, il s'est appuyé au dossier du canapé, puis s'est redressé avant de continuer :

— J'ai une autre question.

— Hum... faut-il que j'y réponde aussi ? a-t-elle répliqué avec le même entrain.

Il n'arrivait pas à discerner si elle était vraiment gaie ou si elle faisait semblant.

— Pourquoi m'avez-vous dit qui était cet homme ?

Leurs regards se sont croisés. Il a vu ses yeux changer et retrouver l'expression qu'ils avaient eue à ce moment-là. Des yeux tristes et troublés. Il a été convaincu qu'elle avait simulé la gaieté jusque-là.

— Parce que je ne voulais pas mentir, a-t-elle dit d'une voix sans timbre.

— Mentir ?

— Parfois, ne pas dire quelque chose est une forme de mensonge. Ça arrive. Garder le silence n'est généralement pas un problème, mais parfois, ça peut le devenir.

— Dans quel cas ? a-t-il demandé calmement.

— Quand l'autre a des sentiments.

Nouveau silence. Rompu encore une fois par Seung-woo :

— J'avais lu vos articles avant de vous rencontrer.

Elle s'est tournée vers lui et son regard signifiait « Vraiment ? ».

— Après les avoir lus, je me suis demandé quel genre de personne vous étiez. En réalité, vous ne ressemblez pas à la personne que j'avais imaginée. Ce jour-là, vous m'avez demandé si mon style me ressemblait.

Elle l'a fixé sans rien dire.

— Je voulais vous poser la même question. Je ne crois pas que vous ressemblez à ce que vous écrivez. Qu'en pensez-vous ?

— Pourquoi ne m'avez-vous pas posé la question ?

— Je n'ai pas voulu vous gêner. J'ai eu peur de vous dire que vous ne ressembliez pas du tout à ce que vous écriviez. Je ne voulais pas vous mettre mal à l'aise. C'est sans doute à ce moment-là qu'est née mon attirance pour vous.

Elle l'a regardé en silence, puis s'est détournée. Il l'observait.

— En fait, j'ai changé d'avis. Vous ressemblez à ce que vous écrivez. Beaucoup même. Vos articles ont un côté un peu morose.

Elle a souri.

— Un peu morose.

— On y sent un peu de tristesse. Cachée sous une apparence souriante. Difficile à déchiffrer. Alors, cela suscite encore plus de curiosité.

Par la fenêtre derrière le canapé, on voyait des gens rentrer chez eux après leur journée de travail. Au passage, ils jetaient des regards indifférents à la librairie. Le froid de l'hiver avait presque disparu. A la place de manteaux, même fins, ils avaient sorti leur veste la plus légère et la portaient sur eux ou sur le bras. On ne sentait plus le froid, même en simple sweat-shirt. Elle les regardait en silence.

— Yeong-ju…

— Oui.

— Je vais continuer à apprécier la personne que vous êtes.

Elle s'est tournée vivement vers lui.

— Je sais pourquoi vous m'avez parlé de votre ex-mari. C'était pour me dire de laisser tomber.

— Non, pas du tout. Je ne voulais pas vous dire de laisser tomber, a-t-elle répondu avec gêne.

— Yeong-ju, l'a-t-il apostrophée d'un ton ferme. Il la regardait dans les yeux. Vous avez été mariée combien de temps ?

Surprise, elle lui a rendu son regard.

— Moi aussi, j'ai eu une amie pendant six ans. Ma

plus longue relation. Même si on n'était pas mariés.

— Non, il ne s'agit pas de ça.

Elle ne cherchait pas à cacher son trouble.

— Si j'ai évoqué mon ex-mari, c'était simplement… Je voulais que vous abandonniez plus facilement vos sentiments pour moi.

— Je n'ai pas abandonné mes sentiments pour vous. En quoi est-ce un problème d'avoir été mariée ? a-t-il demandé avec calme.

— Je n'ai jamais pensé qu'il m'était impossible de vivre quelque chose avec vous parce que j'avais été mariée. Tout le monde peut divorcer. Par contre…

Il la regardait, impassible.

— Le problème, c'est la raison pour laquelle j'ai divorcé. J'ai détruit notre mariage, a-t-elle expliqué, le visage brûlant.

Il la regardait en silence tandis qu'elle parlait de plus en plus vite.

— C'est pour ça. Je l'ai beaucoup blessé. J'ai mis fin à notre relation par pur égoïsme. Je l'ai aimé à ma façon, oui. Mais à un moment, je me suis considérée comme plus importante que lui. Plutôt que de renoncer à ma vie pour l'aimer, j'ai pensé que je devais renoncer à l'amour et vivre ma vie. Pour moi, actuellement, le plus important, c'est ce que je sais et ce que je veux vivre. Et je peux quitter l'autre à tout moment pour me préserver et préserver mon choix de vie. Autrement dit, je ne suis pas la bonne personne à aimer.

En terminant, le visage de Yeong-ju était devenu écarlate. Seung-woo l'a regardée sans rien dire. Elle se jugeait entièrement responsable de son divorce, elle était égocentrique et son attitude pouvait être blessante envers autrui : voilà ce qu'elle pensait d'elle-même.

C'est pour ça qu'elle ne voulait plus tomber amoureuse, plus jamais. Mais lui, de son côté, il n'a jamais rencontré une âme assez désintéressée pour se préoccuper uniquement des autres et ne jamais blesser personne. Il n'a d'ailleurs jamais été un exemple en la matière. Chaque fois qu'il a vécu en couple, il a blessé sa compagne. Elles lui ont toutes reproché son égoïsme. Mais lui aussi, on lui a fait du mal, ses compagnes aussi ont parfois fait preuve d'égoïsme. Tout le monde vit comme ça. Yeong-ju ne pouvait l'ignorer.

Pourtant, elle n'arrivait manifestement pas à surmonter le passé. Le fait d'avoir quitté son mari et de l'avoir blessé. Elle ne pouvait pas l'oublier. Elle avait peut-être été choquée de se découvrir telle qu'elle était. Il pouvait le comprendre. *Si j'avais vécu le même genre d'expérience qu'elle, j'aurais moi aussi du mal à me lancer dans une nouvelle relation.*

— D'accord, je pense avoir compris ce que vous voulez dire.

Mais il s'est bien gardé de lui faire part de ses réflexions.

— Merci de votre compréhension, a-t-elle dit en se calmant peu à peu.

— Par contre… Cela vous contrarie que je vous apprécie ?

La douceur de son regard a touché Yeong-ju.

— Ce n'est pas possible, a-t-elle répondu en secouant la tête. Mais…

— Bon, on va arrêter là pour aujourd'hui.

Il s'est levé sans la regarder et s'est dirigé vers la porte. Elle l'a suivi. Sur le seuil, il s'est immobilisé pour se tourner vers elle. La regarder lui brisait le cœur. Il avait envie de la prendre dans ses bras, de lui caresser doucement le dos. Il avait envie de lui dire que tous, nous faisons du mal aux autres, que tous, nous vivons une rencontre puis nous nous séparons. Ce qui lui était arrivé n'était pas différent. Et elle le savait sûrement au fond d'elle-même. Mais il s'est retenu.

— J'aimerais bien continuer à animer mon atelier. Mais peut-être que cela ne vous convient pas ?

Elle a secoué la tête.

— Mais, pourquoi cela ne me conviendrait-il pas ? Seulement, je…

Elle le regardait comme si elle se demandait si ce ne serait pas trop dur pour lui.

— Je suis désolé.

Elle l'a regardé sans comprendre la raison de ses excuses.

— J'ai l'impression que mes sentiments vous pèsent.

Il gardait les yeux posés sur elle. Elle était incapable de répondre et lui, incapable de partir, restait figé sur place. Après un moment de silence, il a fini par dire :

— Yeong-ju... ce n'est pas une demande en mariage. J'aimerais qu'on s'apprécie, c'est tout.

Il est parti, tête basse. Les lampadaires de la rue éclairaient son chemin. Elle est restée sur le seuil un bon moment.

C'est la première fois que Min-jun voit Jimi éclater d'un rire aussi bruyant. Encouragé par les réactions de Jimi et de Yeong-ju, Seong-cheol n'arrêtait pas de parler. Min-jun a fouillé dans ses souvenirs pour savoir si son ami avait toujours été comme ça. Mais non. S'il avait toujours été aussi expansif, Min-jun se serait dit que les hommes ne changent jamais, et dans le cas contraire, qu'il leur arrive à tous de changer. La réponse était évidente.

Il y a une heure, Jimi a annoncé qu'elle n'était pas allée travailler aujourd'hui.

— Mais je suis venue à la librairie parce que j'étais toute seule et que je n'avais envie d'aller nulle part ailleurs ni de rester chez moi.

Elle était égale à elle-même quand elle a dit cela. Puis, avec la même expression, elle a dit qu'elle allait divorcer et là, Min-jun a été secoué, il ne s'y attendait pas.

Elle a bu une gorgée de café, puis une autre.

— Plus j'en bois, plus je le trouve riche en goût.

Elle a ajouté un compliment ; le barista ignorait comment le prendre. Il restait debout devant elle, le visage buté comme si elle l'avait rendu furieux. Elle lui a jeté un coup d'œil avant de boire une nouvelle gorgée de café.

— J'adore la tête que tu fais. Tu ne sais pas comment réagir, c'est ça ? Moi non plus. Je ne sais pas ce que je devrais ressentir. Alors, je ne ressens rien. Aucune émotion.

Finalement, il n'a rien pu dire. Il lui a juste versé un peu de café. Elle l'a remercié avec presque la même voix que d'habitude. On aurait pu croire que rien ne lui était arrivé. Impression renforcée par le fait qu'à côté de Yeong-ju, elle souriait.

La projection du film a commencé. Les trente spectateurs qui avaient assisté à la rencontre autour du roman ont regardé *Après la tempête* qui en était l'adaptation. Après avoir rangé son espace de travail, Min-jun les a rejoints et s'est assis tout au bout à gauche, au dernier rang. La vie insipide de Ryota incitait le spectateur à se demander si lui-même était devenu ce qu'il voulait devenir.

En revoyant le film, Min-jun a pensé que Ryota était un homme très maladroit. Son existence chaotique, lamentable, se reflétait dans sa chambre en désordre d'homme seul. Min-jun ne trouvait pas que ça faisait cliché. Le cinéaste voulait juste montrer que son héros était aussi incapable de tenir sa chambre propre que de vivre correctement. Son incapacité s'étendait aussi à l'écriture des romans, la seule activité qu'il aimait.

Une fois le film terminé, Min-jun a continué d'y réfléchir en regardant Yeong-ju et Seong-cheol se placer face au public. Pourquoi Ryota se débrouillait-il si mal dans la vie ? Parce que, pour la première fois, il avait l'impression d'être vivant ; pour la première fois, il pouvait réaliser son rêve de devenir romancier ; pour la première fois, il avait été abandonné par sa femme bien-aimée et il était devenu un père déplorable pour son fils chéri. Voilà sans doute pourquoi il était si maladroit dans ses actes et dans ses paroles et il avait l'air si seul.

En regardant Yeong-ju et Seong-cheol échanger questions et réponses, Min-jun a réalisé que sa vie actuelle était également toute nouvelle pour lui. Les films qu'il voyait le mettaient parfois devant des évidences qui ne lui étaient pas apparues auparavant.

Aujourd'hui Min-jun ressent un léger frisson devant sa prise de conscience inévitable. C'est angoissant de commencer une nouvelle vie. Elle a beaucoup de prix à ses yeux, car il a le sentiment qu'elle est vraiment sa vie pour la première fois et il ignore comment elle évoluera. Quand on se lance dans l'inconnu, il est impossible de prévoir ce que sera l'instant suivant.

Seong-cheol parlait sans bafouiller, comme un présentateur de télévision qui lit son texte sur un prompteur. Il expliquait d'une façon posée la vision du monde de Kore-eda et comment celui-ci l'exprimait dans ses films. Min-jun était ému en voyant les yeux de son ami briller ; il se sentait toujours heureux de voir quelqu'un prendre plaisir à ce qu'il faisait. Mais que ce soit son ami le réjouissait encore plus.

Le jour où Yeong-ju a prononcé le nom de son ami, Min-jun l'a revu. Il avait gardé son nom enregistré sur son téléphone et il l'a appelé en rentrant chez lui. C'était comme s'ils s'étaient quittés la veille. « Hé, où es-tu ? » a dit Seong-cheol. Tous deux ont éclaté de rire et ils se sont retrouvés chez Min-jun.

Ils ont discuté dans sa chambre jusqu'à l'aube en buvant le *soju* que Seong-cheol avait apporté. Cela a dissipé la légère gêne qui subsistait entre eux après tout ce temps. Seong-cheol a expliqué comment il en était venu à travailler dans le cinéma. Ne pas trouver de travail lui avait finalement été bénéfique.

— Tu te définis comme un critique de cinéma ? Mais tu n'appartiens à aucun journal…

— Je suis un critique parce que je fais la critique de films, a répondu Seong-cheol avec assurance et il a développé la même logique qu'autrefois. Vois-tu, il n'y a aucune différence entre les articles d'un critique reconnu et les miens.

— Oh, tu recommences ?

— En fait, ils se connaissent tous. C'est une fausse compétition entre eux.

— Tu es sûr ?

— Est-ce qu'un critique qui écrit pour un magazine de cinéma bien implanté, porteur d'une longue tradition, est meilleur que moi ? Ecrit-il mieux que moi ? Impossible à dire. On le pense simplement parce qu'il écrit dans une revue connue. Et si, en plus, il y a des gens autour de lui pour l'encenser, il devient un excellent critique. D'abord la rumeur, ensuite le papier. C'est très courant comme phénomène.

— Tu dis toujours ça ? Tu disais qu'un film avait dix millions de spectateurs parce qu'au départ il en avait eu trois. Je pense que tu es toujours dans cette logique.

— Je voulais dire qu'il n'y a pas de critère absolu dans ce monde. Bien sûr, il y a des textes très bien écrits et d'autres qui sont nuls. Mais entre deux textes de même valeur, c'est le nom de l'auteur qui fait la différence. Lis le mien. Il est très bien écrit.

— Qui le dit ?

— C'est moi qui le dis ! Moi qui ai lu d'innombrables critiques ! Les bons textes se ressemblent. Tu vas voir que je vais devenir très célèbre. Et alors on survalorisera ce que j'écris.

— Hé, je ne comprends pas pourquoi on doit encore parler en ces termes. C'est idiot.

— Je voulais dire que je suis un critique de cinéma qui critique les films. Je n'ai besoin de personne pour me définir. Il suffit que je pense que je le suis. Tu trouves que ce n'est pas suffisant ?

Il s'est mis à rire de bon cœur.

— Tu ne peux pas savoir à quel point nos discussions m'ont manqué ! a-t-il repris en donnant de petites tapes dans le dos de son ami. Comment vas-tu ? Tu vas vraiment continuer à travailler comme barista ?

— Peut-être, a répondu Min-jun en vidant son verre de *soju*.

— C'est ce que tu voulais ?

— Non.

— Mais ça te convient ?

— Est-ce que je voulais autre chose que trouver du travail ? Etre embauché dans une entreprise sérieuse et gagner beaucoup d'argent pour mener une vie stable. Mais ça n'a pas marché. A quoi bon espérer encore ?

— C'est trop tard maintenant ?

— Ça, je ne peux pas le dire, a répondu Min-jun après un temps de réflexion. Mais ce n'est plus ce que je veux. J'aime bien ce que je fais. Ce n'est pas suffisant ?

Il a donné des petites tapes sur le bras de son ami avant de poursuivre :

— Faire du café, c'est aussi un art. C'est un travail créatif. Avec les mêmes grains, on peut obtenir demain un café qui sera différent de celui d'aujourd'hui. La saveur dépend de la température, de l'humidité, de mon humeur et de l'ambiance de la librairie. J'aime jouer avec tout ça.

— Oh, je vois, tu es un philosophe.

— Arrête.

Seong-cheol a regardé son ami qu'il n'avait pas vu depuis un moment.

— Ce n'est pas trop dur ?

— Eh bien, non, ce n'est pas grave. Ou plutôt, je me comporte comme si ce n'était pas grave. Bien sûr, je n'ai pas obtenu ce que je voulais, mais je ne pense pas que ma vie soit un échec.

— Tu as raison.

— Et quand j'y réfléchis, c'est grâce aux autres.

— A qui ?

Min-jun s'est adossé au mur et il a regardé son ami.

— Les gens autour de moi. Je fais comme si tout allait bien, alors ils font de même. Personne ne fait d'histoire, personne ne m'adresse des paroles de réconfort, personne ne s'inquiète pour moi, comme s'ils savaient tout de moi. J'ai l'impression d'être accepté tel que je suis. J'ai arrêté d'essayer de m'expliquer et arrêté de refuser celui que je suis devenu. C'est en prenant de l'âge que je m'en rends compte.

Seong-cheol a reniflé bruyamment avant de sourire.

— C'est une autre philosophie, alors ? D'accord, si tu veux. Raconte-moi.

— Une vie avec beaucoup de bonnes personnes autour de soi est une vie réussie. Bien que je n'aie pas réussi socialement, chacune de mes journées est une réussite, grâce à ces personnes.

— Ooooh... s'est exclamé Seong-cheol, ému. C'est trop cool, ce que tu viens de dire. Ne me blâme pas si je le reprends à mon compte plus tard.

— Tu es trop idiot pour t'en souvenir.

— Waouh... C'est pour ça que je n'aurais jamais dû te rencontrer. En tout cas, tu me connais trop bien.

Il a gloussé en tendant son verre.

— Alors nous sommes de bonnes personnes l'un pour l'autre ?

— Le problème, c'est toi, a répondu Min-jun en trinquant. Moi je suis quelqu'un de bien.

— C'est parfait, alors. Moi aussi, je suis quelqu'un de bien depuis ma naissance.

Le Seong-cheol ivre qui ressassait les mêmes choses n'existait plus. Chaque phrase qui sortait de sa bouche était simple, claire et précise. Il avait l'air détendu, heureux. Min-jun le trouvait beau pour la première fois depuis qu'il le connaissait. Ce n'était pas à cause de son physique : il rayonnait.

Min-jun s'est détourné de Seong-cheol pour regarder tantôt Yeong-ju, tantôt Jimi. Yeong-ju face au public, à côté de Seong-cheol, et Jimi assise parmi les auditeurs qui riaient aux plaisanteries du critique et hochaient la tête quand cela devenait sérieux. Leurs sourires semblaient inciter Seong-cheol à parler. Leurs sourires ont donné du temps à Min-jun. Du temps pour accepter sa vie, pour prendre confiance en lui et en sa capacité à progresser même s'il était maladroit, même s'il faisait des erreurs.

Désormais, Min-jun a envie de sourire de la même façon aux deux femmes. Il a envie de sourire à ces femmes qui font comme si de rien n'était, même quand tout va de travers. De sourire à tous ceux qui l'entourent. Il est de très bonne humeur ces derniers temps. Il a l'impression qu'une idée a germé petit à petit pour finalement fleurir d'elle-même. Il a l'impression que son moi passé et son moi présent se sont enfin rencontrés. Que le moi passé a accepté le moi présent et réciproquement. Il a l'impression d'avoir enfin accepté pleinement sa vie.

Le lendemain matin de leurs retrouvailles, Seong-cheol s'est réveillé tôt. Il a secoué son ami qui dormait encore. Il a attendu qu'il ouvre les yeux.

— Je voulais juste te poser une question avant de partir, a-t-il dit.

— Laquelle ? a demandé Min-jun en se levant.

— Qu'est-il arrivé à tes boutonnières ?

— Mes boutonnières ?

— Mais oui. Tu m'avais dit que tu avais fabriqué de très beaux boutons mais que tout avait capoté parce qu'il n'y avait pas de boutonnières en face d'eux. Et maintenant ?

Min-jun a secoué la tête pour se rafraîchir les idées. Il a regardé son ami en réfléchissant.

— C'est très simple. J'ai changé de vêtement. Sur mon nouveau vêtement, il y a des boutonnières. Et j'ai fait des boutons qui vont avec les trous. Tout est parfait.

— C'est tout ?

— Quelque part, il y a des gens qui font des trous assez grands et qui attendent qu'on vienne vers eux. Ils aident ceux qui viennent vers eux à fabriquer les bons boutons. Je vois bien ce que tu penses. A quoi ça sert que quelques bonnes âmes s'entraident si le système ne change pas ? C'est ce que tu voulais dire ? Tu n'as pas tort. Mais comme je te l'ai dit hier, il faut du temps.

— Du temps…

— Le temps de se reposer, de réfléchir, de se détendre, de regarder en arrière.

Seong-cheol a hoché la tête pour dire qu'il avait compris. Il s'est levé et s'est préparé pour sortir.

— Et toi ? Comment as-tu réussi à faire ça ? lui a demandé Min-jun à son tour.

— Faire quoi ?

— Tu as toujours eu de très bonnes notes. Comment faisais-tu pour voir tous les films qui sortaient ? Je veux dire, comment fais-tu pour vivre en restant proche de ce que tu aimes, alors que tu es si occupé ?

— Mais tu es idiot ou quoi ? a répliqué Seong-cheol en pianotant du bout des doigts sur l'évier. C'est parce que j'aime ça. C'est tout.

— Seulement ça ? C'est tout ? a demandé Min-jun en se rallongeant sur le sol.

Seong-cheol a ri en agitant la main, puis il a mis ses chaussures.

— Je viendrai à la librairie après le boulot. A partir de maintenant, c'est ma base.

Min-jun l'a salué de la main, sans ouvrir les yeux.

Tester son cœur

Arrivé plus tôt que d'habitude chez Goatbean, Min-jun a vu Jimi assise seule, les mains plongées dans les grains de café. En le voyant, elle lui a désigné ceux qui se trouvaient sur la table d'à côté, déjà moulus.

— Essaie avec ça aujourd'hui.

Obéissant comme un gentil petit chien, il s'est exécuté. Elle a pris sa tasse, en a dégusté lentement le contenu et l'a reposée sur la table. De son côté, il a siroté sa boisson en silence tout en observant sa voisine. Elle semblait agir sans but, bien que son occupation ne fût pas totalement inutile : mélanger des cafés.

— Si on mélange différents crus au hasard… on obtiendra peut-être un goût exceptionnellement savoureux que personne n'aura encore trouvé, marmonnait-elle sans lever la tête.

Prenant conscience que Min-jun était particulièrement silencieux ce jour-là, elle s'est adressée à lui :

— Parle, si tu as quelque chose à me dire.

— Non, rien.

— Allez, vas-y.

— C'est peut-être de ma faute…

Elle lui a jeté un regard interrogatif.

— Comment ça ?

— A cause de ce que je t'ai dit l'autre jour.

— Ah.

Elle a secoué la tête, très étonnée.

— C'est pour ça que tu as l'air si déprimé depuis l'autre jour ?

Le visage de Min-jun s'est assombri, parce qu'il se sentait encore une fois désolé pour elle.

— Il faut que je te dise. Grâce à toi, j'ai pu regarder ma triste vie conjugale d'un œil objectif. Je te suis très reconnaissante. Tu m'as permis de mettre fin à une relation qui traînait en longueur.

Ces mots n'ont rien changé à la manière d'être du jeune homme.

— J'ai voulu assumer un fardeau trop lourd pour moi. Voilà ma grosse erreur. Maintenant, je sais que vivre signifie aussi rompre. On n'ose pas mettre fin à une relation, on craint le regard d'autrui, on craint de regretter la rupture. J'ai réagi comme ça. Maintenant, je me sens beaucoup plus légère.

Elle s'est tournée vers lui. Appuyée de tout son poids contre le dossier de sa chaise, elle avait son sourire habituel. Elle a inspiré lentement, elle a expiré, puis elle s'est mise à raconter.

— Ce jour-là, après t'avoir écouté, j'ai compris que j'avais besoin de temps pour porter un regard neuf sur mon couple. J'ai arrêté de me plaindre, d'insulter et de harceler cet homme. S'il rentrait à 3 heures du matin, je l'accueillais en souriant ; si ses vêtements étaient imprégnés d'un parfum de femme, je lui souriais ; s'il transformait l'appartement en porcherie, je lui souriais. Parce que j'avais décidé de l'étudier. Je voulais voir notre relation d'une manière objective. Mais, à un certain moment, il a commencé à changer. Il ne rentrait plus à l'aube ; il jurait qu'il ne m'avait jamais trompée ; il rangeait la maison d'une façon impeccable. Je me demandais ce qui se passait. Je me sentais mal, chaque soir, quand je mangeais le dîner qu'il avait préparé. Je me demandais si nous allions vivre comme ça désormais. Peut-être que si je ne lui avais pas posé de questions, on serait encore ensemble.

Elle a fait une pause. Elle a tourné la tête pour regarder par la fenêtre, au-delà de la machine à café. C'était le printemps, sa saison préférée.

— Tout en mangeant la nourriture qu'il avait préparée, je lui ai demandé pourquoi il était si gentil avec moi ces derniers temps. *Réponds-moi comme ça*. Et lui : *C'est parce que tu es gentille avec moi. Alors tu étais méchant avec moi parce que j'étais méchante avec toi ?* Il a hésité longtemps avant de me dire que oui. Apparemment, à un certain moment, il avait commencé ce petit jeu. Quand je lui ai demandé pourquoi il faisait ça, il a répondu que je l'avais humilié. Un jour, je l'avais traité de paresseux et de bon à rien. Ça l'avait mis en colère, ça l'avait vexé. Dès qu'il m'a raconté ça, j'ai pris ma décision. *Je vais divorcer*. Tout a été fini en un clin d'œil.

Elle a bu son café tiède. Ses yeux étaient brillants de larmes.

— Je t'ai déjà raconté que quand j'étais petite fille,

j'avais décidé de ne pas me marier. Quand j'étais jeune, à chaque réunion de famille, j'entendais mes tantes critiquer leurs maris. Elles disaient toutes la même chose : ce sont des gamins qui se prennent pour nos maris. Après le mariage, ils sont devenus des enfants du jour au lendemain. Il faut les caresser dans le sens du poil. Et ce n'est pas tout. Leur amour-propre est démesuré et ils s'énervent si on leur dit des choses qui leur déplaisent. Elles en avaient assez. Après avoir écouté l'une, les autres commentaient : « Tous les hommes sont comme ça. Il faut que tu t'y fasses. » Et moi, je détestais mon mari par avance. Pourquoi devrais-je épouser un homme-enfant ? Pourquoi devrais-je m'y faire ? Alors, j'ai décidé de ne pas me marier. Et puis, j'ai rencontré cet homme et je suis tombée amoureuse. Je te l'ai déjà dit, je crois ? C'est moi qui ai voulu qu'on se marie. Mais ce soir-là j'ai fini par comprendre que moi aussi, je vivais avec un gamin qui se prenait pour mon mari. Je vivais avec un enfant. Et là, tout est devenu clair. J'étais malheureuse, vraiment malheureuse avec lui. J'avais tellement mal à cause de lui. C'était si douloureux que mon cœur me brûlait. Et là, je découvre qu'il le faisait exprès. Comment continuer de vivre avec lui ? Le lendemain, je lui ai dit que c'était fini.

Elle était maintenant plus calme.

— Je t'ai dit tellement d'horreurs sur lui. Je n'avais pas conscience que je me comportais comme mes tantes. Je suis désolée, Min-jun. J'espère que tu n'as pas une trop mauvaise idée du mariage à cause de moi.

Il a secoué la tête.

— Tu ne faisais pas que le critiquer. Tu ajoutais toujours qu'il n'était pas si mauvais.

Elle était plus gaie.

— Mes tantes étaient pareilles. Après avoir insulté leurs maris à qui mieux mieux, elles concluaient en disant qu'ils n'avaient pas leur pareil.

Ils ont tous deux éclaté d'un rire silencieux.

— Merci de m'avoir écoutée. Tu es toujours disponible.

— Je peux toujours t'écouter. N'hésite pas à me parler quand tu en as envie.

Il a fait semblant de porter un téléphone à son oreille pour clore la conversation. Elle a fait le signe OK de la main.

Devant chez elle, Yeong-ju a vu deux femmes accroupies. D'après la forme des sacs qu'elles tenaient, elle a deviné que Jimi avait apporté de la nourriture et Jeong-seo des packs de bière. Entrées ensemble dans l'appartement, elles ont dressé la table avec soin, y ont placé des assiettes. Enfin, comme à un signal, elles se sont toutes les trois allongées sur le dos et ont fermé les yeux un instant.

— Je me sens très bien, a dit Yeong-ju.

— Nous aussi, ont renchéri les deux autres en chœur.

Elles se sont assises pour boire et se restaurer.

Après avoir savouré une bouchée de pudding au yuzu, Jimi a demandé à Jeong-seo :

— J'ai entendu dire qu'on te voyait moins souvent

à la librairie. Tu es trop prise ?

Jeong-seo mangeait du pudding à la vanille.

— Je passe des entretiens d'embauche.

Yeong-ju a ouvert de grands yeux en déballant le pudding au fromage.

— Des entretiens d'embauche ? Tu vas te remettre à travailler ?

— Il faut bien, a répondu Jeong-seo en clignant des yeux, comme si c'était évident. L'argent, l'argent, toujours l'argent, voilà le problème ! a-t-elle déclaré d'une voix théâtrale en appuyant sa tête contre le mur.

— C'est toujours une question d'argent, a confirmé Jimi.

— Tu t'es suffisamment reposée ? a demandé Yeong-ju.

Jeong-seo, appuyée contre le mur, extatique, dégustait son pudding. Elle s'est légèrement penchée en avant et a opiné de la tête. Ses yeux brillaient de leur intelligence habituelle.

— Je me suis bien reposée. J'ai appris des techniques pour maîtriser mes émotions. Maintenant, quoi qu'il arrive, il me semble que je pourrai simplement l'ignorer et garder mon calme.

— C'est vraiment bien. Raconte-nous tout, l'a encouragée Jimi, agitant sa cuillère pleine de pudding.

— Maintenant, même si une situation me met en colère, je suis capable de l'affronter sans souffrir : pour me calmer, il me suffit de tricoter ou de méditer. Bien sûr, ce sera toujours difficile, mais je pense que j'y arriverai. Je sais bien que je croiserai beaucoup de personnes malfaisantes dans l'entreprise, comme avant. Je serai toujours en CDD et les gens me mépriseront, comme avant. Mais pour moi, ces gens-là ne comptent pas. *Inner peace*. Je suis à la recherche de ma paix intérieure. J'essaierai de m'en sortir en continuant de pratiquer les passe-temps que j'aime et en fréquentant des personnes bienveillantes comme vous.

Les deux aînées ont applaudi la cadette et l'ont encouragée. Elles ont partagé leurs manières de soulager leur stress : Yeong-ju se promenait ou lisait ; Jimi bavardait ou dormait toute la journée ; Jeong-seo allait dans un karaoké car elle chantait très bien. Là-dessus, Yeong-ju a dit que cela faisait plus de dix ans qu'elle n'était pas allée dans un endroit pareil. Très choquée, Jeong-seo a supplié ses amies de l'accompagner le week-end prochain. Elles ont trinqué avec leurs canettes de bière en se promettant de le faire.

— Parlons d'autre chose… Que s'est-il passé avec monsieur l'écrivain ? a demandé Jeong-seo en reposant sa canette sur le sol.

Yeong-ju a cligné des yeux avant de détourner son regard, comme si elle n'avait pas entendu. Il serait plus exact de dire qu'elle a fait semblant de ne pas avoir la réponse, parce qu'elle était surprise de voir que Jeong-seo soupçonnait quelque chose entre l'écrivain et elle. Mais Jeong-seo est revenue à la charge :

— Cet écrivain, est-ce qu'il ne serait pas amoureux de toi, par hasard ?

Yeong-ju était incapable de répondre. C'est Jimi qui l'a fait à sa place.

— De qui parles-tu ? Quel écrivain ? Il y a beaucoup d'écrivains qui viennent à la librairie. Duquel parles-tu ? Lequel serait amoureux de Yeong-ju ?

— Ça se voyait comme le nez au milieu de la figure, non ? Le jour où tu es revenue à la librairie, toute pâle, il était encore plus pâle que toi.

— Ah, tu parles du jour où l'ami de son ex-mari est venu à la librairie ? a demandé Jimi en étudiant le visage de Yeong-ju.

Cette dernière restait muette, elle fixait le sol et tripotait sa canette. Comme elle ne semblait pas dans son assiette, ses deux amies se sont mises d'accord sans échanger un seul mot : elles n'allaient plus évoquer le sujet.

Jeong-seo a raconté comment son entretien de la semaine passée s'était déroulé. On lui avait demandé ce qu'elle avait fait pendant l'année écoulée et elle avait répondu fièrement qu'elle avait tricoté et médité. Comme elle imitait l'expression de ses intervieweurs, les deux autres ont éclaté de rire.

Après avoir fini leur collation, elles se sont allongées. Tout en parlant de choses et d'autres, Jimi a tendu le bras pour tapoter la main de Yeong-ju.

— Je te remercie pour aujourd'hui. Je sais que tu as voulu me voir pour que je me sente mieux. Je ferai pareil avec toi si tu ne vas pas bien.

— Tu peux venir chez moi tous les jours. D'ailleurs, tu peux dormir ici ce soir, a répondu Yeong-ju en lui serrant doucement la main.

— Moi aussi, j'ai beaucoup de temps, a glissé

Jeong-seo en fixant le plafond.

— Et puis, en ce qui concerne l'écrivain… a commencé Yeong-ju après une pause, à l'intention de Jimi. Je n'aurais jamais imaginé dire ça, mais je pense qu'il mérite de rencontrer une femme meilleure que moi. Donc ça n'a pas marché.

— Quoi ?

Jimi s'est immédiatement redressée et elle a empoigné Yeong-ju pour la faire asseoir.

— Je n'aurais jamais imaginé entendre une chose pareille. On ne parle plus comme ça, même dans les séries télé. C'est vraiment obsolète. Rencontrer une femme meilleure que toi ? Pourquoi tu dis ça ? Il sait qui tu es et il t'aime, non ?

— Je ne suis pas une bonne personne à aimer, point.

Yeong-ju a cherché à se rallonger en prétendant que tout cela n'avait aucune importance. Jimi l'en a empêchée.

— Pourquoi ne serais-tu pas une bonne personne à aimer ? Tu es intelligente, tu racontes bien les blagues, tu mets tout le monde à l'aise et tu aimes bien paraître en public. Tu es bien plus attirante qu'une femme qui dit tout le temps : « Oh, je ne sais pas… »

Yeong-ju a pris doucement la main de Jimi puis elle l'a lâchée .

— En fait, je ne sais pas ce que mon cœur ressent.

Elle s'est souvenue du roman que Seung-woo lui avait donné avant de quitter la librairie, ce samedi où il s'était déclaré, quelques semaines plus tôt. *Nos âmes la nuit* de Kent Haruf. Il lui avait tendu le livre en lui disant :

— Je me demandais si on pourrait avoir une relation comme celle qui est décrite là…

Après avoir longuement hésité, Yeong-ju avait ouvert le livre et ne l'avait abandonné qu'à l'aube, après avoir lu d'une seule traite ce texte si court et si beau. Il était question de la solitude et de la détresse de la vieillesse, mais aussi de l'amour qui naissait entre un homme et une femme arrivés à cet âge de la vie. *Pourquoi me donne-t-il cette histoire sur la vieillesse* ? s'était-elle d'abord demandé. Et puis, en relisant les phrases soulignées, elle avait compris ce qu'il essayait de lui dire.

Il aimait le temps passé avec elle et leurs discussions. Alors, elle ne devait pas avoir peur de l'amour, au contraire, elle avait le droit d'aller vers lui si elle se sentait seule ou si elle n'avait pas envie d'être seule. Il lui ouvrirait sa porte, n'importe quand.

Il était en train de lui dire qu'il l'attendrait.

Jimi pianotait sur le sol.

— Elle ne connaît pas son cœur, a-t-elle dit à voix basse.

Comme elle ne trouvait aucune autre solution, Jeong-seo a suggéré :

— Dans ce cas, elle pourrait faire un test, pas vrai ? Tester son cœur, puisqu'elle n'est pas sûre de ses sentiments.

— Comment ça ? Vas-y, on t'écoute, a dit Jimi.

— Bon, réfléchis… Veux-tu que le visage de l'écrivain pâlisse à cause de toi comme ce jour-là, ou préfères-tu qu'il reste de marbre, comme s'il ne se souciait pas de toi ? Veux-tu qu'il pleure avec toi quand tu es triste ou veux-tu qu'il s'en moque ? Veux-tu qu'il se réjouisse avec toi quand tu es heureuse ou veux-tu que cela lui soit égal ? On peut tout passer en revue comme ça. Si tu ne veux pas qu'il soit indifférent, ça veut dire que tu l'aimes, non ?

La trouvant attendrissante, Yeong-ju a esquissé un sourire timide. Mais elle s'est fait taper sur le bras par Jimi qui trouvait que son sourire n'était pas approprié à la situation.

— C'est bien que tu sois un être pensant. Mais penser peut parfois rendre pitoyable. Les gens comme toi écoutent leur cerveau avant leur cœur. Et après, ils disent qu'ils ne savent pas ce qu'ils ressentent. En fait, ils le savent très bien.

Un léger sourire a encore une fois flotté sur les lèvres de Yeong-ju. *Est-ce que je sais ce que je ressens ?* Elle se rappelait le regard de Seung-woo quand il lui avait dit : « J'aimerais qu'on s'apprécie, c'est tout. » *Etais-je heureuse d'entendre ça ou non ? Ce jour-là, mon cœur a-t-il battu plus fort ou non ? Jimi a peut-être raison. Je sais peut-être déjà ce que ressent mon cœur. Mais est-ce vraiment important ? Mes sentiments comptent-ils ?* Elle n'avait pas la bonne réponse pour Seung-woo. Que faire, que faire avec lui ? Elle ne savait toujours pas.

Un endroit qui fait de moi une meilleure personne

— Min-jun, tu te rappelles ce que je t'ai dit à notre première rencontre ? Je t'ai dit que la libraire fermerait dans deux ans. Je t'ai averti dès ton premier jour, parce que je voulais que tu puisses organiser ta vie. Et les deux ans se sont écoulés.

L'année de l'ouverture a filé en un éclair, je n'ai même pas eu le temps de m'en rendre compte. La librairie Hyunam était très inexpérimentée. Heureusement, les clients qui auraient pu relever mes nombreuses erreurs étaient bien rares. Si tu veux en savoir plus sur cette époque, demande à la mère de Min-cheol : elle était là.

En fait, pendant les premiers mois, je n'ai fait aucun effort pour attirer du monde. J'arrivais, un peu gênée, comme si j'étais une cliente. J'ouvrais à l'heure, je fermais à l'heure. Entre les deux, je restais assise, inerte. Je réfléchissais, lisais et réfléchissais encore. Un jour passait, puis un autre et au fur et à mesure, j'avais l'impression de retrouver une par une les choses que j'avais perdues. En ouvrant cette librairie, je me sentais vide. Mais petit à petit ce sentiment s'est estompé pour enfin disparaître. Et un jour, je me suis aperçue que j'avais retrouvé mon énergie.

Ce devait être environ six mois après l'ouverture. A partir de là, j'ai commencé à porter sur la librairie un regard d'entrepreneuse. *Comme ce que je vis ici m'est arrivé comme dans un rêve, je vais en faire un lieu de rêve*. Cette idée ancrée au fond de mon cœur m'a fait prendre conscience qu'il me fallait adopter un point de vue différent. J'ignorais combien de temps je garderais cet endroit – deux ans, trois ans – mais j'avais compris que pour qu'il vive, il fallait que s'y déroulent des échanges. Après tout, une librairie est un lieu où l'on échange de l'argent contre des livres et tout ce qui s'y rattache. Chaque jour, comme si je tenais un journal, je gravais dans ma tête : *Promouvoir activement les échanges, voilà le travail d'une libraire*. Je me répétais sans cesse cette phrase. Alors, j'ai commencé à me faire connaître. J'ai fait des efforts pour préserver l'originalité de ma librairie. Je les poursuis et je les poursuivrai *dans le futur*.

Quand tu as commencé à travailler pour moi, un autre échange a eu lieu : ton travail contre mon argent. Tu trouves que je parle trop en femme d'affaires en disant cela ? Tu te sens loin de moi ? Mais non ! C'est grâce à cet échange que nous avons noué une relation, passé du temps ensemble et eu de l'influence l'un sur l'autre. Plus nous nous rapprochons, plus je me sens responsable. Il me faut travailler dur pour gagner de l'argent, mais aussi travailler dur pour t'en donner. Depuis que je travaille avec toi, j'ai un nouveau souhait : que ton travail soit reconnu à sa juste valeur.

Dans le futur, je vais donc m'efforcer de gagner plus d'argent pour t'en donner plus. Tu as remarqué que je persiste à dire *dans le futur* ?

Je suis très reconnaissante que tu travailles pour moi. Sans toi, la librairie ne serait pas devenue ce qu'elle est aujourd'hui. Il n'y aurait pas ces lecteurs alléchés par l'odeur de ton café. Il n'y aurait pas ceux qui ne viennent que pour lui et dont le nombre ne cesse d'augmenter. La librairie a changé depuis ton apparition, et ce n'est pas seulement grâce à ton café. Je ne te l'avais jamais dit mais tu m'as montré l'exemple, avec le soin et le calme qui te caractérisent. C'est vrai. Voir la personne qui vient au même endroit que moi tous les jours se conduire ainsi, cela m'a donné du courage. Au bout de quelques jours, je te faisais déjà confiance. Pouvoir faire confiance à quelqu'un dans cette jungle, tu peux imaginer à quel point cela rend heureuse et reconnaissante, n'est-ce pas ?

Je suis très reconnaissante que tu travailles pour moi, mais d'un autre côté, je pense souvent que ce serait bien que tu travailles pour toi. Car à ce moment-là tu trouveras un sens à ce que tu fais. *Il faut que je travaille pour moi, même quand je suis salariée. Je ne dois pas me relâcher même quand je travaille seulement pour moi. Mais, le plus important : je ne dois pas me perdre, en aucun cas. Autre chose à garder en tête : si ma vie professionnelle ne m'apporte ni satisfaction ni bonheur, si chaque jour qui passe est dépourvu de sens et ne m'apporte que de la souffrance, je dois trouver autre chose. Parce que je n'ai qu'une vie*. Voilà ce que mes expériences passées m'ont appris. Toi, Min-jun, comment se passent tes journées ici ? Ne t'es-tu pas oublié ? C'est ça qui m'inquiète.

Tu devines probablement pourquoi je te pose cette question. Parce que je m'étais perdue moi-même. Je regrette beaucoup de ne pas avoir pu travailler sainement. Je voyais le travail comme un escalier, un escalier à gravir pour atteindre le sommet. Alors que le travail est comme un repas. Un repas que l'on prend tous les jours. Un repas qui nourrit le corps, l'esprit, l'âme. Dans ce monde, il y a des repas qu'on absorbe à la hâte, d'autres que l'on savoure en prenant son temps. Je veux devenir une personne qui mange des repas simples en y mettant tout son cœur, voilà comment je veux être.

Je pense que je suis devenue meilleure en travaillant à la librairie. Plutôt que de me contenter de réfléchir à ce que j'apprenais en lisant, j'ai voulu l'appliquer. Je suis toujours imparfaite et égoïste, mais j'ai essayé de partager et de donner un peu plus de moi. C'est vrai que je ne peux partager et donner que par un acte délibéré. Je suis comme ça depuis toujours, pas très généreuse. En vivant ici, je continuerai à essayer de m'améliorer. Pour que les belles histoires que je lis ne restent pas dans les livres. J'espère que ce qui se passe autour de moi pourra se transformer en belles histoires à raconter. Pour aller dans ce sens, je voudrais te demander quelque chose, Min-jun.

Contrairement à ce que je t'ai dit la première fois,

je veux continuer la librairie. Jusqu'à maintenant, je ne me suis pas impliquée à fond. J'avais peur de travailler trop et de finir par vivre comme avant. J'avais peur de ne voir dans la librairie qu'un endroit dédié au travail. Et honnêtement, j'ai toujours envie de venir ici en cliente comme au début. Bien sûr, il y a des moments où je ne sais plus où j'en suis. J'ai souvent des doutes : faut-il que je continue ou que j'arrête tout ? Mais fini les doutes. J'aime ma librairie, j'aime ceux que j'y rencontre et j'aime y venir. Je vais donc continuer.

Je vais essayer en gardant la librairie de trouver un équilibre entre travail et plaisir. Je crois que je peux y parvenir. Je veux faire vivre longtemps cette librairie à cheval entre le monde capitaliste et le monde de mes rêves. J'aimerais continuer à réfléchir aux livres et à la librairie. Et puis, j'espère que tu m'accompagneras dans mes réflexions. Alors, Min-jun ? Tu es partant ? Ça te dit de continuer avec moi à la librairie Hyunam ?

Comme s'il n'attendait que ça, Min-jun a accepté sa proposition. Assis face à face, ils ont paraphé un nouveau contrat.

— Maintenant, tu n'auras plus envie de partir, lui a dit Yeong-ju, bras croisés posés sur la table, alors qu'il signait à son tour.

— Tu n'es pas au courant ? La démission est à la mode ces jours-ci, a-t-il répliqué en lui remettant le document.

Ils ont éclaté de rire en se regardant.

C'est après la visite de Tae-u que l'esprit de Yeong-ju s'est emballé et qu'elle a commencé à voir loin. Elle a décidé d'arrêter de penser à la fin de la librairie. Et d'assumer les étapes de son développement.

Une fois ses idées mises en route, elle s'est dépêchée de mettre en œuvre trois projets. Projet 1 : avoir une personne de confiance à ses côtés. Projet 2 : partir en voyage à l'étranger. Elle voulait s'absenter un mois pour visiter des librairies indépendantes, surtout celles qui étaient ouvertes depuis longtemps. Elle rêvait de comprendre ce qui faisait leur longévité dans l'intention de réorganiser la sienne en conséquence.

Malgré ses efforts, il était vraisemblable que les choses ne se passeraient pas comme elle le souhaitait. Que son voyage dure un mois ou un an, elle devrait probablement fermer la librairie à son retour. Cependant elle voulait rester positive malgré le risque de fermer après son voyage. Si la future librairie Hyunam différait de l'ancienne, ce serait parce que le cœur de sa directrice avait changé. Donc, première chose : changer son cœur.

L'espoir, garder espoir.

Un mois avant de partir, elle a informé Min-jun et Sang-su de ses projets. Ils ont convenu de simplifier le programme de la librairie pour le mois de juin. « Vous travaillerez tous les deux huit heures par jour, cinq jours par semaine. Pas de rencontre avec les auteurs, pas d'événements ni d'ateliers. » Jeong-seo et U-shik ont donné leur accord pour les aider quand ils seraient disponibles : elle s'occuperait d'Internet et lui s'arrêterait tous les jours à la librairie en sortant du travail et donnerait un coup de main en cas de besoin.

Après avoir annoncé son voyage sur Instagram et sur son blog, publié le programme de juin et appelé quelques amis, elle a choisi plusieurs livres. Dans la mesure du possible, elle continuerait ses comptes rendus durant son absence. Elle a pris des romans et des essais sur les pays qu'elle allait visiter. Son plus grand luxe de lecture : aller dans les endroits décrits dans les livres et les lire là. Et passer des heures à New York, Prague et Berlin. Existait-il manière plus romantique de voyager ?

Pendant son temps libre, elle imaginait son voyage. Arrivée dans une ville étrangère, elle chercherait une librairie à l'aide de Google Maps. Elle en découvrirait le charme unique et imaginerait comment le transposer dans sa librairie à elle. Elle flânerait, s'arrêterait dans un café, reprendrait sa promenade, ferait une autre visite. Ce serait son premier voyage seule, donc son premier vrai voyage. Voilà ce qui l'excitait le plus.

Dans le bus pour l'aéroport, le Séoul nocturne défilait devant ses yeux. Elle a soudain pensé à sa mère, mais elle a fermé les yeux pour l'oublier. Elle savait bien pourquoi sa mère était aussi furieuse contre elle. Par peur et par haine de l'échec, car pour elle le divorce était ce qui pouvait arriver de pire à une femme. Sa mère s'était brouillée avec elle parce que l'éventuel échec de sa fille l'effrayait. C'était la seule réaction possible d'une personne fragile. Yeong-ju n'avait pas envie d'expliquer à sa mère qu'elle se trompait, que le monde avait changé et surtout qu'elle, sa fille, n'avait pas échoué. Pour le moment, elle ne voulait pas faire les premiers pas.

La tête appuyée au dossier de son siège, elle regardait par la vitre. Son portable a vibré. C'était Mincheol. D'une voix timide, il lui a annoncé qu'il avait une chose importante à lui dire. « Quoi donc? » lui a-t-elle demandé, les yeux toujours fixés sur l'extérieur. Il avait décidé de ne pas aller à l'université.

— Ah bon. Très bien, a-t-elle répondu après un silence. Tu auras beaucoup de temps. Tu pourras faire tout ce que tu voudras.

Conseil tout à fait banal, mais malgré tout plein de vérité.

— Oui. Et puis, j'ai lu *L'Attrape-cœurs*.

Le visage de Yeong-ju s'est éclairé comme s'il était devant elle, alors qu'elle lui demandait son avis sur le roman. A sa réponse que ce n'était pas amusant, elle a eu un léger sourire.

— Tu me dis que ce n'est pas amusant… C'est pour ça que tu m'annonces que tu l'as lu ?

— Non, pas du tout. Ce n'était pas amusant, a-t-il expliqué d'une voix un peu tendue, mais bizarrement, j'ai eu l'impression que le héros me ressemblait. Alors qu'il est très différent de moi. Sa personnalité, son comportement, tout ça… Pourtant je le trouvais très semblable à moi. Son indifférence au monde ? Sa nonchalance ? Oui, peut-être. Et ça m'a rassuré, l'idée que je ne suis pas seul de mon espèce. Surtout à la fin, quand il dit qu'il veut devenir l'attrape-cœurs, celui qui empêche les enfants de s'approcher de la falaise. Tu t'en souviens ?

— Oui, je m'en souviens.

— J'ai pris ma décision en lisant cette partie. Je n'ai pas besoin d'aller à l'université. Je ne sais pas pourquoi, mais c'est arrivé comme ça. Je sais bien que ce n'est pas rationnel… mais j'avais l'impression qu'il me disait que je pouvais faire ça.

— Oui, je comprends, a-t-elle dit en hochant la tête comme s'il était là.

— Vraiment ? Tu me comprends vraiment ? Moi,

je ne me comprends pas trop, a-t-il répondu, surpris.

— C'est vrai, je te comprends. Moi aussi, j'ai souvent pris des décisions après certaines lectures. Alors je peux comprendre. Et aussi l'impression de ne pas être rationnelle.

— Ah... Alors ça va bien se passer pour moi ?

— Quoi donc ?

— Le fait que j'aie décidé d'une façon... irrationnelle.

— Bien sûr. Même si ta décision est irrationnelle, c'est le choix de ton cœur. Je pense que oui, tout ira bien.

— Mon cœur ?

— Oui.

— C'est mon cœur qui l'a choisi ? Mon avenir, je veux dire.

— Oui.

— Ah, ça me rassure de t'entendre dire ça. C'est le choix de mon cœur.

— Oui. Ne t'inquiète pas.

Dans le silence, elle entendait le souffle de Mincheol. Finalement, il a dit, d'une voix pleine d'entrain :

— Bon, tante, je te souhaite un bon voyage. Je te retrouverai à la librairie à ton retour.

— D'accord. Porte-toi bien.

— Et merci.

— Mais pourquoi ?

— Ça m'a beaucoup aidé de venir à la librairie. J'ai aimé parler avec les gens là-bas.

— Alors tant mieux.

Elle allait ranger son téléphone dans son sac quand il s'est remis à vibrer. Elle a cru que l'adolescent la rappelait, mais c'était Seung-woo. Troublée, elle a regardé son nom s'afficher sur l'écran. Quand elle l'avait informé de ses projets, il n'avait rien demandé. Les ateliers s'étaient terminés début mai et elle n'avait plus à se soucier de lui. Cela faisait un mois environ qu'ils ne s'étaient pas vus. Elle n'avait de lien avec lui qu'à travers ses articles, et pour lui, c'était probablement la même chose. Pendant qu'elle était perdue dans ses pensées, le vibreur s'est arrêté. Puis a repris. Et là, elle a répondu. Cela faisait un moment qu'elle n'avait pas entendu sa voix.

— Yeong-ju ? C'est moi, Hyun Seung-woo.

— Oui.

— Etes-vous en route pour l'aéroport ?

— Oui.

Silence.

— Yeong-ju...

— Oui ?

— Où pensez-vous être la dernière semaine de juin ?

— La dernière semaine ?

— Oui.

— En Allemagne.

— Où en Allemagne ?

— A Berlin.

— Vous y êtes déjà allée ?

— Non.

— Moi, j'y suis resté deux mois. En voyage d'affaires.

— Ah bon…

— Et si je venais à Berlin à ce moment-là ?

— Pardon ? a-t-elle répondu, cherchant à dissimuler son trouble.

— Je me doutais bien que cela vous étonnerait. Mais je voulais vous le demander tout de même.

Elle n'a rien répondu.

— Alors je vous souhaite bon voyage. Je vais raccrocher.

Elle a regardé par la vitre. Elle pensait qu'elle entendait sa voix pour la dernière fois. Elle voyait dans le lointain les lumières de l'aéroport.

— Yeong-ju ?

— Oui.

— Vous ne dites plus rien. Ça va ?

— Oui, oui, ça va.

— Bon, alors je raccroche.

— Attendez, a-t-elle dit très vite.

— Oui.

A l'idée qu'elle ne l'entendrait plus jamais après cette conversation, elle n'avait plus envie de raccrocher. Mais que lui dire ? Elle avait toujours pensé qu'il valait mieux être honnête quand on n'était sûr de rien.

— Je ne crois pas que ce soit une bonne idée que vous veniez à Berlin. Il y a quelque temps, on m'a donné ce conseil : si tu n'es pas certaine de tes sentiments, teste ton cœur. Sauf que le test n'a pas marché non plus. Je ne sais vraiment pas quoi faire.

— Alors je vais vous aider.

— Oui, mais comment ?

— Imaginez… Vous marchez avec moi dans Berlin. Nous allons de librairie en librairie, nous mangeons, nous buvons de la bière ensemble. Imaginez ça un instant, trente secondes, pas plus. Je vous donne trente secondes.

Elle s'est sentie obligée d'imaginer ce qu'il lui avait suggéré : elle prend un thé avec lui, mange et boit de l'alcool avec lui. Elle marche avec lui, discute avec lui de livres et de librairies dans une librairie inconnue. Elle pose des questions, il lui répond. Il pose des questions, elle lui répond. Ils lisent le même livre et ils en parlent. Lorsqu'il écrit, elle le dérange en lui faisant une farce. Pendant qu'elle lit, il la fait rire. Elle imagine tout ça… Ce n'est pas désagréable. Elle trouve que ce n'est pas désagréable d'être près de lui. Elle a envie d'être avec lui et de lui parler

— Alors ? Cela vous déplaît quand vous imaginez être avec moi ?

— Non, a-t-elle répondu honnêtement.

— Alors… Après une hésitation, il a ajouté : Je peux venir vous rejoindre ?

— Oui, on se verra à Berlin, a-t-elle répondu d'une voix apaisée.

— Bon, c'est ce qu'on va faire.

Le bus entrait dans l'aéroport.

Qu'est-ce qui fait qu'une libraire survit ?

Un an plus tard.

Yeong-ju buvait le café que Min-jun lui avait préparé tout en suivant des yeux les phrases du livre choisi par Min-cheol, un mince ouvrage écrit par le seul auteur qu'il connaissait, J. D. Salinger. C'était *Franny et Zooey*, et cela a provoqué sa réaction silencieuse : *Je suis désolée pour toi*. L'adolescent pouvait-il vraiment être touché par ces textes courts mais profonds ?

Pour le moment, seuls Yeong-ju et Min-jun étaient dans la librairie, mais dans un quart d'heure, Sang-su allait arriver. Il a commencé à travailler il y a six mois. Lorsque Yeong-ju lui a proposé de venir régulièrement plutôt que par intermittence, il a d'abord parlé de ses cheveux : si la condition était de se faire couper les cheveux, c'était hors de question. A la réponse négative de la libraire, il a accepté l'offre immédiatement. Lors de son premier jour en tant qu'employé, il était sur les nerfs. Quelques jours plus tard, il a avoué discrètement à Yeong-ju que c'était la première fois qu'il était salarié.

Un mois après ses débuts, une autre petite bibliothèque a fait son apparition : elle contenait uniquement les livres que Sang-su avait lus et était pourvue d'une étiquette *livres lus par le bibliophage Sang-su*. Sang-su aux cheveux longs, Sang-su qui disait ne plus pouvoir lire qu'un livre par jour à cause de son travail, continuait de captiver les clients. D'ailleurs les habitués s'adressaient spontanément à lui plutôt qu'à Yeong-ju pour demander des conseils. Parmi eux, beaucoup étaient curieux de savoir ce qu'il lisait. C'est la raison pour laquelle Yeong-ju a créé le « coin de Sang-su ».

Cela fait trois mois que Min-cheol travaille à temps partiel. Il n'a pas intégré l'université, mais il a passé un trimestre en Europe, dont il est rentré au printemps. C'était la condition que sa mère avait fixée pour accepter qu'il ne fasse pas d'études supérieures. Elle pensait que voir le monde lui serait plus profitable que rester enfermé dans sa chambre. Pendant son absence, elle a parlé avec la libraire. Elle était à la fois excitée et amère : l'argent qu'ils avaient mis de côté ne servirait donc pas à financer les frais d'inscription à l'université, mais un voyage en famille.

Le travail de l'adolescent comporte une obligation : participer à tous les événements qui ont lieu. Pour l'un d'entre eux, le premier de chaque mois, la librairie sélectionne « le livre du mois que vont lire les employés de la librairie » ; elle en publie l'annonce sur les réseaux sociaux et sur le blog. Les quatre membres du personnel doivent donc lire ce roman et, le dernier jeudi du mois, le groupe de lecture se réunit. Au début, trois ou quatre personnes en plus des employés y participaient. Mais peu à peu ils ont été plus nombreux et le mois dernier, ils étaient quinze. Lors de la prochaine réunion, ils parleront de *Franny et Zooey*.

Quel a été le plus grand changement au cours de l'année écoulée ? Durant les deux mois suivant le retour de Yeong-ju, tout a continué comme avant. Puis elle a concrétisé le projet qu'elle avait longuement mûri : mettre en lumière le caractère unique de sa librairie. Elle a donc affiné sa sélection en se concentrant sur des livres exigeants et en excluant les best-sellers pour offrir une plus grande diversité.

Depuis toujours, les best-sellers lui posent un problème. Elle a toujours le cœur serré quand elle les voit. Qu'ils atteignent un public nombreux, elle l'accepte sans réserve ; mais qu'ils conservent leur popularité éternellement, cela ne lui va pas du tout. Elle en a conclu qu'ils étaient représentatifs d'un monde éditorial contemporain d'où la diversité avait disparu.

Lorsqu'elle visite le rayon des best-sellers des grandes librairies, elle a l'impression de contempler un autoportrait difforme du marché de l'édition, la triste réalité d'un monde qui s'appuie sur les quelques livres qui se vendent le mieux. A qui la faute ? A personne. C'est simplement le reflet d'une culture où la lecture n'a plus sa place. Dans cette réalité-là, le devoir d'une libraire est d'offrir aux lecteurs un vaste choix. Faire savoir qu'il existe autre chose que des best-sellers, d'autres auteurs que ceux qui les ont écrits. Faire savoir qu'il existe une grande pluralité de livres et d'auteurs importants. Pour atteindre cet objectif, elle a décidé d'exclure les best-sellers de ses rayonnages.

Si un livre se démarque du lot du jour au lendemain après qu'une célébrité l'a mentionné à la télévision, elle ne le commande pas. Non parce qu'il est mauvais, mais simplement par souci de diversité : elle propose des œuvres sur le même sujet à ceux qui demandent le livre dont tout le monde parle.

Il est difficile de dire si c'est vraiment nouveau pour ses clients, mais en tout cas, Seong-cheol s'en réjouit. Il dit d'ailleurs que la raison pour laquelle un livre est un best-seller, c'est qu'il est déjà un best-seller. Il se sent proche de Yeong-ju : les industries du cinéma et de l'édition souffrent des mêmes travers. « J'espère que les meilleurs films et les meilleurs livres vont être appréciés d'un plus grand nombre », dit-il souvent. En fait c'est le projet 3 que Yeong-ju a élaboré avant même son voyage : bannir les best-sellers de chez elle.

Au cours de l'année écoulée, même si la librairie a connu petits et grands changements, à certains égards, ils ne sont pas très sensibles. Tout simplement parce que la façon dont Yeong-ju envisage les choses se reflète dans ses choix. En parcourant les librairies indépendantes lors de son voyage, elle s'est rendu compte que chaque librairie avait son caractère propre, imprimé par son propriétaire. Et que pour l'imposer, il fallait du courage. Et pour que le courage du libraire se transmette à ses clients, il fallait de la sincérité.

Courage et sincérité. Yeong-ju pense que si elle réussit à incarner son idéal dans la réalité, si elle conserve sa sincérité, sa librairie pourra peut-être poursuivre son existence comme celles qu'elle a visitées. Elle espère que si elle continue à réfléchir et à évoluer, sa librairie pourra vivre plus longtemps que prévu. Son amour des livres doit être à l'origine de tout ce qu'elle entreprendra.

D'ailleurs, si elle aime les livres, si ses employés aiment les livres, cet amour ne se communiquera-t-il pas à ses clients ? S'ils échangent tous les quatre à travers les livres, rient à travers les livres, consolident leur amitié à travers les livres et poursuivent l'amour à travers les livres, les clients seront sensibles à leur sincérité. Si la substance même de la vie, que seuls les lecteurs peuvent appréhender, est palpable dans la librairie, si toutes les histoires que les lecteurs ont en tête se répandent hors de la librairie, les gens ne voudront-ils pas, eux aussi, ouvrir un livre au moins une fois ? Yeong-ju veut continuer à lire et à parler de ses lectures, pour que ses visiteurs puissent y avoir accès quand ils ont besoin d'une histoire dans leur vie.

Yeong-ju passera aujourd'hui une journée pareille à celle d'hier. Entourée de livres, elle parlera principalement de livres, s'occupera de livres, écrira sur des livres. Et en même temps, elle mangera, réfléchira, discutera. Elle sera tour à tour triste et gaie, et au moment de la fermeture, elle quittera sa librairie le cœur content – mais pas toujours –, en pensant qu'elle a vécu une bonne journée.

Elle appellera Seung-woo sur le chemin du retour et lui parlera pendant dix minutes. Une fois chez elle, elle l'appellera encore avant de prendre une douche et de se reposer. Ensuite, elle recevra probablement la visite de Jimi qui a emménagé dans l'appartement du dessus, puis, pour la première fois depuis un moment, elle partagera une bière avec Jeong-seo, venue sur les pas de Jimi. Sinon, elle pourrait se sentir un peu découragée à la vue de son nouvel appartement qui lui plaît moins que le précédent mais qu'elle a dû prendre en raison de l'augmentation du nombre de ses employés. Finalement, elle trouvera du réconfort dans le livre qu'elle a abandonné la veille au soir, elle le fermera avant de s'allonger sur son lit. Elle s'endormira en pensant à une phrase qu'elle a lue quelque part et qui dit que passer une bonne journée, c'est avoir une belle vie.

Les mots de l'autrice

2018. Au tournant du printemps, j'étais assise à mon bureau, contemplant comme toujours l'écran blanc. Cela faisait environ six mois que j'étais devenue écrivaine, réalisation d'un rêve ancien. Je me sentais découragée parce que mon souhait le plus cher, être une essayiste de qualité, me semblait irréalisable. Tous les jours, je m'asseyais pour écrire, en vain.

Et si j'écrivais un roman ?

Je ne me souviens pas avec exactitude du mois, du jour, de l'heure et de la minute où cette idée m'est venue, mais le fait est qu'un jour je me suis mise à écrire un roman. La première syllabe du nom de la librairie devrait commencer par Hyu, « pause ». La libraire s'appellerait Yeong-ju et le barista Min-jun. Avec ces trois idées en tête, je me suis lancée. La suite est venue naturellement au fil de l'écriture. Un nouveau personnage se manifestait-il, je choisissais après coup son nom et ses caractéristiques. Si je me demandais comment l'introduire, je décidais de le montrer en conversation avec un personnage déjà existant. Alors l'histoire se déroulait entre eux deux et tout s'enchaînait naturellement.

La période pendant laquelle j'ai écrit ce roman a été très agréable. Si auparavant, j'avais à lutter pour me mettre au travail, cette fois-là, ce n'était pas le cas. Je me réveillais le matin, pressée de poursuivre la conversation que j'avais interrompue la veille. La nuit, je quittais mon ordinateur à contrecœur à cause de mes yeux secs, de mon dos raide et de la règle que je m'étais fixée : ne pas dépasser ma charge de travail quotidienne. Pendant que j'écrivais, j'étais davantage préoccupée par la vie de mes personnages que par la mienne. Je vivais dans le sillage du roman.

Avant d'élaborer les grandes lignes de la narration, j'en ai imaginé l'atmosphère. Je la voulais proche des films *Kamome Diner* et *Petite forêt*. Je voulais créer un espace détaché du rythme effréné de la vie quotidienne, qui ne laisse même pas le temps de respirer. Un espace loin des bruits du monde qui nous incitent à devenir toujours plus efficaces, à nous dépêcher toujours plus. Et dans cet espace, une journée se déroule doucement comme une vague enveloppante. Non pas une journée qui épuise, mais une journée qui comble. Une journée remplie d'anticipation à son début, d'épanouissement à sa fin. Une journée où les événements nous appellent à progresser, où ces progrès nourrissent de l'espoir, où ont lieu des conversations éclairantes avec des personnes bienveillantes. Une journée qui comble le corps et le cœur. Voilà ce que je voulais décrire. Je voulais montrer des personnages qui vivaient une pareille journée.

Autrement dit, je voulais écrire des histoires que

moi-même j'aimerais lire. Des histoires de personnes qui trouvent leur propre rythme, leur propre voie, des histoires de personnes qui ont confiance en elles et persévèrent, même si elles connaissent inquiétudes, doutes et frustrations. Dans un monde où beaucoup de choses qui nous concernent – y compris nous-mêmes – se volatilisent si nous ne nous y accrochons pas fermement, je voulais écrire une histoire qui soutiendrait mes petits efforts, mon travail, mon endurance et qui me réchaufferait quand j'aurais perdu ma joie de vivre.

Je ne sais pas si mon but a été atteint, mais de nombreux lecteurs ont trouvé que le roman était réconfortant et chaleureux. Ces commentaires m'ont fait du bien. J'ai eu l'impression que nous nous rencontrions après avoir été dispersés comme des îles.

Les personnages du roman ne font rien d'extraordinaire, à moins qu'on ne les observe à la loupe, mais ils sont toujours en mouvement. Ils apprennent et se perfectionnent en modifiant d'infimes détails. Ils changent et progressent à mesure qu'ils agissent, même si ce qu'ils font ne les conduira pas à la réussite telle que la société la conçoit. Ils peuvent arriver à quelques pas à peine de leur point de départ. Peu importe que les autres trouvent élevé ou bas, bon ou mauvais, l'endroit où ils sont parvenus. Il suffit qu'ils aient progressé seuls et qu'ils en soient satisfaits. Le critère personnel est largement suffisant.

Même si ce n'est pas tous les jours, même si ce n'est pas fréquent, il arrive un moment où nous pensons que notre vie nous convient telle qu'elle est. Et alors que l'angoisse et l'impatience ont disparu, nous sommes fiers d'avoir fait de notre mieux pour atteindre ce point. En fait, cela nous comble. Si la librairie Hyunam concentre tous ces moments précieux, j'espère que beaucoup de lecteurs pourront imaginer leur propre librairie Hyunam.

J'aimerais vous adresser ces quelques mots de soutien, à vous qui passez la journée ici-bas.

Hwang Bo-reum
Janvier 2022

Liste des livres cités dans le roman

Muriel Barbery, *L'Elégance du hérisson*, Gallimard, 2006.

Monika Maron, *Animal triste*, traduction de Nicole Casanova, Albin Michel, 1998.

J. D. Salinger, *L'Attrape-cœurs*, traduction d'Annie Saumont, Robert Laffont, 1986.

Elizabeth Strout, *Amy et Isabelle*, traduction de Suzanne V. Mayoux, Plon, 2000.

Lee Ah-reum, *Je lis tous les jours* (livre fictif).

Joshua Greene, *Moral Tribes: Emotion, Reason, and the Gap Between Us and Them*, Penguin Press, 2013.

Laura Esquivel, *Chocolat amer*, traduction d'Edouard Jimenez et Jacques Rémy-Zéphir, Gallimard, 2009.

Cho Hae-jin, *L'Escorte de la lumière*, dans *Amours fantômes*, traduction de Kim Jeong-yeon et Suzanne Salinas, Decrescenzo, 2017.

Jawaharlal Nehru, *Glimpses of World History*, Penguin Books India, 1934.

Kim Geum-hee, *Trop d'amour pendant la journée,* Munhakdongne Publishing Group, 2016.

Choi Eun-yeong, *Le Sourire de Shoko,* Munhakdongne Publishing Group, 2016.

Johann Wolfgang von Goethe, *Faust,* traduction de Jean Amsler, Gallimard, 1995.

David Frayne, *Le Refus du travail : théorie et pratique de la résistance au travail,* traduction de Baptiste Mylondo, Editions du Détour, 2018.

Max Weber, *L'Ethique protestante et l'esprit du capitalisme*, traduction de Jean-Pierre Grossein, Gallimard, 2004.

Erich Fromm, *Avoir ou être ? Un choix dont dépend l'avenir de l'homme,* traduction de Théo Carlier, Robert Laffont, 1978.

Hyun Seung-woo, *Comment bien écrire ?* (livre fictif).

Aristote, *Ethique à Nicomaque*, traduction de Richard Bodéüs, Flammarion, 1997.

Park Wan-seo, *Rencontre du soir*, Munhakdongne Publishing Group, 1999.

Park Wan-seo, *Femme debout*, Seygesa, 2003.
Herman Hesse, *Demian*, traduction de Denise Riboni, Stock, 1979.

Nikos Kazantzaki, *Alexix Zorba,* traduction de René Bouchet, Cambourakis, 2015.

Hirokazu Kore-eda et Akira Sano, *Après la tempête*, Minumsa, 2017.

Kent Haruf, *Nos âmes la nuit*, traduction d'Anouk Neuhoff, Robert Laffont, 2016.

J. D. Salinger, *Franny et Zooey*, traduction de Bernard Willerval, Robert Laffont, 2015.

Table

Imprimé en France par
CPI Bussière
en mai 2024
N° d'impression : 2078010
Dépôt légal : août 2024